Die Wahrheit liegt unter Wasser – der Serienstart und erste spektakuläre Fall für Polizeitaucherin Svea Roth

Die Party an Bord der Jacht von Baulöwe Teschner ist in vollem Gange, als plötzlich vier Gestalten in Neoprenanzügen das Boot kapern, die Gäste berauben und Teschner kaltblütig erschießen. Polizeitaucherin Svea Roth vom BKA Hamburg findet im trüben Schlick der Elbe die Tatwaffe, die große Rätsel aufgibt. Teschner war umstritten, aber wer wollte ihn aus dem Weg räumen? Oder sollte der Überfall etwas ganz anderes vertuschen? Je näher Svea der Lösung kommt, umso lebensgefährlicher wird es für sie – über und unter Wasser. Der erste große Einsatz für Polizeitaucherin Svea Roth.

Marc Jansen ist das Pseudonym des Schriftstellers und Drehbuchautors Derek Meister. Er wurde 1973 hoch im Norden Deutschlands geboren und studierte Film- und Fernsehdramaturgie. Die Nordsee zog ihn schon als Kind magisch an, und noch heute findet er seine Inspirationen auf langen Wanderungen am Strand. Marc Jansen schreibt seine Krimis gerne bei Seewind oder im Strandkorb an der Elbe. »Unter falscher Flagge« ist der erste Band mit Polizeitaucherin Svea Roth.

Weitere Informationen finden Sie auf www.fischerverlage.de

Marc Jansen

POLIZEITAUCHERIN SVEA ROTH

UNTER FALSCHER FLAGGE

Kriminalroman

FISCHER Taschenbuch

Aus Verantwortung für die Umwelt hat sich der S. Fischer Verlag zu einer nachhaltigen Buchproduktion verpflichtet. Der bewusste Umgang mit unseren Ressourcen, der Schutz unseres Klimas und der Natur gehören zu unseren obersten Unternehmenszielen.

Gemeinsam mit unseren Partnern und Lieferanten setzen wir uns für eine klimaneutrale Buchproduktion ein, die den Erwerb von Klimazertifikaten zur Kompensation des CO_2-Ausstoßes einschließt.

Weitere Informationen finden Sie unter: www.klimaneutralerverlag.de

FSC www.fsc.org
MIX
Papier | Fördert gute Waldnutzung
FSC® C083411

Originalausgabe
Erschienen bei FISCHER Taschenbuch
Frankfurt am Main, September 2023

Die Publikation erfolgt durch die freundliche Vermittlung
der Literarischen Agentur Thomas Schlück GmbH, Hannover.

Redaktion: Claudia Jürgens

Tauchervignette: Adobe Stock
Satz: Dörlemann Satz, Lemförde
Druck und Bindung: CPI books GmbH, Leck
Printed in Germany
ISBN 978-3-596-70657-0

Holy diver
You've been down too long in the midnight sea

Ronnie J. Dio, »Holy Diver«

1

Svea Roth ging die Luft aus. Langsam, aber stetig.

Sie bewegte sich nicht.

Sie atmete nicht.

Sie schwebte. Im Dunkeln. Ganz ohne Gewicht, umhüllt von unberührter Finsternis.

Die Augen geschlossen, lauschte sie auf ihr Herz.

In gut drei Metern Tiefe, beinahe auf dem Grund des Kanals, drang die Stadt nur als gedämpftes Brummen zu ihr. Das Knarren ihres Hausboots, wenn es sich an den aufgehängten Reifen an der Kaimauer rieb, schien Kilometer entfernt. Von irgendwo aus der Dunkelheit summten Bootsmotoren, beruhigend, sie waren bloß das Atmen der vollkommen durch die schwerelose Finsternis geschluckten Stadt.

Hier unten existierte Hamburg nicht. Hier unten waren alle Probleme fern. Hier gab es nur sie. Sie, in ihrer eigenen Welt.

Allmählich verflog Sveas Zorn auf ihren Ex-Mann, und sie spürte, wie das kühle Nass ihr neue Kraft schenkte. Um sich herum fühlte sie nichts als die trostreiche Kälte, sie lauschte in sich und hielt weiter den Atem an, konzentrierte sich auf das Wasser, das gleichmäßig an ihren Wangen entlangströmte, und versuchte, ihren Kopf vollends zu leeren.

Die dritte Minute verstrich. Auch ohne Blick auf ihre Tauchuhr konnte sie die Zeit bis auf wenige Sekunden genau abschätzen.

Sie hatte mal gehört, ein Zeichen für beginnende Verwirrtheit sei es, wenn man eine Minute nicht mehr ordentlich abschätzen konnte.

Wenn es danach ging, war sie topfit.

Noch ein paar Dutzend Herzschläge, dann würde sie auftauchen. Auftauchen *müssen*.

Der Weltrekord lag bei über neun Minuten, bei den Frauen.

Neun Minuten ohne Luftholen im Schwimmbecken.

Sie hatte einmal die sechs gerissen, aber das war lange her. In einer anderen Zeit. In einem anderen Leben. Einem Leben, in dem Lena noch bei ihr war ... Lena ...

Ihr Gesicht begann zu prickeln. Das Prickeln wurde zu Stechen. Sie meinte, tausend Nadeln stächen in ihre Wangen, ihre Stirn, ihr Kinn ...

Lena ...

Vier Minuten ...

Von Apnoetauchgang zu Apnoetauchgang tastete sie sich seit den letzten Monaten weiter vor, versuchte, Sekunde um Sekunde länger ihre Atmung und ihren Herzschlag zu kontrollieren.

Allerdings war sie heute nicht aus Trainingsgründen in den Neoprenanzug geschlüpft und die Hängeleiter ins Wasser hinabgestiegen. Heute Nacht war sie zum Abkühlen in ihr Reich getaucht, um nicht mehr über Lars oder Lena nachdenken zu müssen.

Lena ... Da war sie schon wieder. Der Gedanke an ihre Tochter ließ sie ...

Beruhige dich. Das Stechen ist nicht echt. Das Prickeln nur Einbildung. Es sind keine echten Schmerzen.

Seit Lenas Tod vor zwei Jahren fand sie nur schrittweise zu sich selbst, sekundenweise. Jede Woche ein bisschen länger, ein wenig mehr Gleichgewicht. Ein paar Herzschläge zusätzlich in der wohltuenden Finsternis unter Wasser.

Sie öffnete die Augen und sah auf die Uhr. 4 Minuten, 12 Sekunden.

Es kostete sie ungeheure Überwindung, nicht sofort aufzutauchen. Abermals versuchte sie, sich auf ihren Herzschlag zu konzentrieren.

Denke an nichts. An die Dunkelheit. An die frische Kälte. An die Freiheit hier unten ...

Ihre Gedanken drifteten erneut ab.

Wie so oft in den letzten Monaten hatte Lars ein Treffen einfach verstreichen und sie ohne ein Wort sitzen lassen. An seinen Sachen, die noch bei ihr herumlagen, hatte er offensichtlich kein Interesse – ebenso wenig wie an einem ernsten Gespräch. Lieber wollte er sie demütigen und bestrafen. So konnte und durfte es nicht weitergehen.

4 Minuten, 23 Sekunden. Sie musste hoch. Es half alles nichts.

Ihr ging endgültig die Luft aus.

Svea tauchte an die Oberfläche.

Sofort kippte Hamburg zurück in ihr Leben. Der Verkehr von der B5 brummte als stetes Rauschen. Jemand hupte. Die Nachbarn auf dem Hausboot flussabwärts hörten Gangster-Rap. Grillen zirpten.

Sie blieb noch einen Moment auf dem Wasser liegen, hakte ihre Füße in die Hängeleiter und ließ sich treiben, beobachtete die wenigen Sterne, die es durch das Hamburger Licht schafften.

Das Stechen der tausend Nadeln im Gesicht verschwand. Langsam. Ruhig fand sie wieder in den Atem.

2

Einen Moment beobachtete Iris Teschner zufrieden, wie zwei Pärchen auf der winzigen, mit Lampions dekorierten Tanzfläche schwoften. Ihre wochenlange Planung der Party hatte sich ausgezahlt. Auf dem Schiff *Gute Laune*, einem kleinen Kahn auf der Elbe, amüsierten sich die feinen Damen in ihren bezaubernden Abendkleidern und die herausgeputzten Herren prächtig.

Tatsächlich hatte Vater nur ihr dieses schöne Fest zu verdanken. Er selbst hätte sicher bloß irgendeinen tristen Saal angemietet und mit seiner Firma zum Büfett geladen. Langweilige Reden, langweilige Gespräche, langweilige Musik.

Es wurde Zeit, dass sich in der Firma etwas änderte. Iris seufzte innerlich. Wann sah ihr Sturkopf von dämlichem Vater das endlich ein?

Sie war keine zwanzig mehr, und es wurde Zeit für eine Wachablösung. Wieso ließ ihr Vater sie nicht mitreden?

Iris spürte, wie die Wut langsam in ihr aufstieg. Für ihn war sie immer noch das kleine Mädchen, das nicht in der Lage war, einen Baukonzern wie seinen zu leiten. Aber statt seiner dreißigjährigen Tochter einen Platz im Vorstand anzubieten, hievte er bloß irgendwelche Trottel nach oben.

Die Band stimmte ein neues Lied an. Der Mann am Klavier und die schlanke Saxofonistin legten sich ins Zeug, um die wohlsituierte Gesellschaft aus Hamburger Unternehmern und hochrangigen Beamten in Stimmung zu bringen.

Gegen die schlechte Laune ankämpfend, nahm sie sich ein weiteres Kanapee vom üppigen Büfett und schlenderte Richtung Treppe, die zum Deck des Schiffes führte. Sie nickte stumm einigen Geschäftsfreunden ihres Vaters zu und ließ sich vom Service noch ein Glas Champagner reichen, dann trat sie hinaus aufs Außendeck.

Während das Partyschiff *Gute Laune* im Schritttempo die Elbe Richtung Blankenese hinabgefahren war, hatte sich eine fantastische Sommernacht über Hamburg gesenkt. Die Schwüle der letzten Tage war verflogen, die Dunkelheit hatte leichten Wind mit sich gebracht, der erfrischte. Iris überflog die Gäste, die plaudernd auf dem geschmückten Deck standen. Neben dem Geschäftspartner ihres Vaters auch die ganze Führungsetage, sämtliche Ingenieure und Bauleiter der Firma sowie etliche einflussreiche Köpfe aus dem Hamburger Senat. Sie erkannte den Staatsrat für Stadtentwicklung und Wohnen, der gerade angeregt mit der Senatorin für Umwelt, Klima und Energie sprach. Bis auf den Bürgermeister und seine Stellvertreterin waren eigentlich beinahe alle Staatssekretäre und Senatoren erschienen.

Der Wind trug den Geruch der Elbe und die Verheißung auf einen wunderbaren August zu ihr. Der perfekte Abend, um den Abschluss eines Millionenprojekts zu feiern und endlich ins Geschäft einzusteigen.

Heute, am Tag von Vaters Erfolg, würde sie Fakten schaffen. Sie hatte sich Mut angetrunken und würde Vater zeigen, was sie von ihm und seiner Firmenpolitik hielt. Es musste endlich eine Entscheidung getroffen werden.

Iris checkte kurz die Uhrzeit auf ihrem Handy und kontrollierte in der Spiegelung des Displays ihr Haar. Eine Strähne war immer so störrisch. Sie strich sie hinters Ohr.

Zwei ältere Damen, mit denen sie vor wenigen Wochen noch auf der Galopprennbahn Horn gefeiert hatte und die nun mit ihr plaudern wollten, vertröstete sie mit einstudierten Schmeicheleien auf später. An diesem Abend hatte sie wahrlich keine Lust, über das Verhandlungsgeschick ihres Vaters, des erfolgreichen Gründers der TeLo Bau GmbH, Small Talk zu halten. Nonchalant schlenderte sie die Reling entlang Richtung Bug und sah hinab aufs dunkle Wasser, das beruhigend vorbeizog. Die gleichmäßigen Wellen des Schiffs verzerrten rhythmisch das Spiegelbild des Mondes.

Iris fiel kurz ein schmales schwarzes Schlauchboot auf, das sich durch die Dunkelheit näherte. Sie meinte ein paar Leute darin auszumachen, doch als sie genauer hinsah, erloschen die Strahler, und das Boot verschmolz mit dem Dunkel. Einen Moment horchte sie über das Wasser, aber aller Motorenlärm wurde von der Musik geschluckt, die aus den Bordlautsprechern drang. Auf der Elbe war zu jeder Uhrzeit viel los. Sie schenkte dem Schlauchboot keine weitere Beachtung.

Langsam spürte Iris den Alkohol, stürzte ihren Champagner hinunter und beschloss, sich noch einen weiteren zu holen. Er beruhigte und machte sie stark für die Konfrontation mit ihrem Vater.

»Na, betrinkst du dich schön? Das kannst du ja auch am besten«, riss Iris' Stiefmutter sie aus ihren Gedanken, während ihr aufdringliches Parfüm zu ihr wehte. Barbara war in ihrem verführerischen Kleid aus viel Nichts neben sie getreten.

»Charmant wie eh und je.« Iris bedachte ihre Stiefmutter, die kaum älter als sie selbst war, mit einem kalten Lächeln. »Willst du nicht unter Deck irgendeiner Servicekraft deine feuchten Geheimnisse zeigen?«

Barbara lachte. »Ich bin zufrieden mit deinem Vater, meine Beste. Im Gegensatz zu dir.«

»Wie geistreich.« Iris setzte wieder ihr charmantes Lächeln auf und entfernte sich ein paar Schritte.

»Das ist nicht der richtige Moment, um mit Hermann zu reden!«, rief ihre Stiefmutter ihr nach.

Iris antwortete nicht, sondern suchte ihn. Ihr bereits leicht ergrauter Vater stand achtern und strahlte an diesem Abend seines Triumphes etwas überaus Erhabenes aus. In seinem feinen Maßanzug und mit dem edlen Hemd – natürlich hatte sie es für ihn ausgesucht, Barbara hatte keinen Geschmack – wirkte er hanseatisch lässig und zugleich seriös. Ein Macher eben. Jemand, der mit seiner Baufirma wegweisend die Hamburger Wirtschaft prägte. Iris' Vater lächelte höflich, hörte aufmerksam zu, nickte und wirkte dabei, als könnte er die Welt aus den Angeln heben.

Nachdem Iris näher getreten war, erkannte sie, dass sich Hermann mit den beiden Vorstandsvorsitzenden der Hamburg Port Authority und der Umweltsenatorin unterhielt. Lächelnd gesellte sie sich zu der Runde.

»Papa!« Sie stellte sich neben ihn. »Ihr sprecht doch nicht etwa übers Geschäft«, ermahnte sie ihn gespielt. »Und das, wo unten alle auf einen Walzer warten?«

Ihr Vater gab ihr einen Kuss auf die Wange.

Da meinte Iris, einen metallenen Schlag zu hören. Doch die Musik war zu laut. War etwas gegen den Rumpf geschlagen?

Niemand schien das Geräusch gehört zu haben. Iris lauschte einen Moment, aber das Geräusch wiederholte sich nicht.

»Wir sind hier gleich fertig, Schatz«, drängte ihr Vater sie aus dem Kreis. »Vielleicht gehst du schon mal vor?«

Iris zögerte. Immer noch! Ständig behandelte er sie wie ein Kind, wie ein lästiges Irgendwas.

»Sprecht ihr über den Terminalausbau? Ich habe Pläne, die …«, versuchte sie geradeheraus ins Gespräch einzusteigen, erntete jedoch bloß verlegene Blicke. »Du hast ihnen meine Pläne nie gezeigt, oder? Papa?«

»Ich …« Er wollte antworten, aber plötzlich ertönten Schreie.

Iris riss den Kopf herum. Instinktiv wich sie zurück … Männer … Sie kletterten über die Reling und trugen Waffen. Jemand brüllte Befehle, Gäste schrien, das Saxofon quietschte ein Solo.

Was zum …?

Es lief alles wie im Traum ab. Regungslos sah Iris zu, wie eine bullige Frau von der Security ihre Waffe zücken und durch die verängstigten, flüchtenden Gäste auf die Angreifer anlegen wollte.

Doch einer der Männer war schneller, bedrohte sie mit einer Pistole und zwang sie, die Waffe niederzulegen.

Die Eindringlinge waren alle in Schwarz gekleidet. Tauchanzüge, Sonnenbrillen. Nur ihre Münder waren zu sehen. Iris zählte fünf, nein, vier. Vier Männer in schwarzen Neoprenanzügen, zwei davon bewaffnet. Einer trug ein Gewehr, der andere eine Pistole. Sie hielten die Leute in Schach. Die anderen beiden rissen Gäste zur Seite, schrien Befehle.

Da spürte Iris die Hand ihres Vaters, der sie beiseiteziehen wollte, aber sie stand wie angewurzelt, konnte sich nicht bewegen. Alles drang nur gedämpft wie in einem Nebel zu ihr durch. Die entsetzten Gäste, die vor Schmerzen stöhnende Security-Frau, Barbara, die auf Louboutins Richtung Treppe zurückstolperte.

»Komm! Wir …«, stammelte ihr Vater, aber da hatten sich die Männer bereits vor der Treppe aufgebaut und trieben auch Barbara mit vorgehaltenen Waffen zu den anderen.

Einer von ihnen … nein, es war eine Frau! Sie hielt ein Handy hoch und filmte, ein anderer hatte sich eine GoPro vor die Stirn geschnallt.

Was passiert hier …?

Iris' Gedanken überschlugen sich. Es ging alles so schnell.

Mit einem Mal brüllte jemand: »Ausziehen!« Ein anderer packte die Umweltsenatorin, stieß sie brutal zu einem Tauchsack. »Alles da rein. Schmuck! Handy! Und ausziehen! Klamotten weg.« Die Senatorin schrie auf, als der Mann im Tauchanzug – oder war es auch eine Frau? – ihr das Kleid aufriss.

Hektisch sah sich Iris zu ihrem Vater um, der gerade das

Wort ergriff. »Nehmen Sie die Waffen runter!«, befahl er mit fester Stimme. »Wir tun, was Sie verlangen. Aber lassen Sie meine Gäste ...«

»Schnauze!«, fuhr der Kerl mit dem Gewehr ihn an.

Jemand rief Befehle. »Alle ziehen sich bis auf die Unterwäsche aus! Alle knien sich hin!« Es war die Frau, die mit dem Handy filmte.

Iris' Herz raste. Sie musste mit ansehen, wie selbst die Servicekräfte gezwungen wurden, ihre Kleider und Anzüge auszuziehen. Mit unbarmherziger Härte zwangen die Angreifer alle, sich halb nackt auf das Deck zu knien.

Auch Iris hockte sich hin und warf einen Blick zu ihrem Vater, der da kniete und offenbar der Dinge harrte, die da kommen mochten. Ihre Blicke trafen sich kurz, und er flüsterte ihr stumm zu, Ruhe zu bewahren.

Iris brachte es kaum über sich, ihr Kleid zu öffnen und es abzustreifen. Es war erniedrigend ... Und sie fühlte sich ungeschützt, völlig hilflos. Da riss die Frau ihr den Stoff herunter. Knöpfe flogen. Iris schrie auf.

Wie in Trance gehorchten die verängstigten Gäste. Es gab kaum Gegenwehr, und wenn, wurde sie im Keim erstickt. Die vier Gewalttäter separierten jeden, der etwas zu sagen hatte – ob in der Firma oder im Hamburger Rathaus –, von seiner Begleitung. Iris wurde zu ihrem Vater und den anderen einflussreichen Persönlichkeiten gestoßen. Halb nackt mussten sich Staatsräte, Sekretäre und CEOs in einer Linie hinknien, während die anderen Gäste und das Personal unter Deck eingeschlossen wurden. Auch Iris tat wie befohlen und hockte sich zu ihrem Vater vorn in die Reihe.

»Einer nach dem anderen!«, kommandierte die Anführerin. »Hier her!« Unbarmherzig filmte sie ihre Gefangenen. Iris war sich mittlerweile sicher, dass es sich um eine Frau handelte. Eine trainierte, flachbrüstige Frau, ebenfalls in Neoprenanzug und Kopfhaube. Zackig befahl sie dem Ersten in der Reihe, zu ihr zu krabbeln und Geld, Schmuck, Uhren sowie Handys in den Tauchsack zu werfen. Nur ihre Kreditkarten durften die Leute behalten.

»Nicht!« Brutal wurde Iris nach vorn gestoßen. »Ich habe nichts, ich ...«

»Ohrringe! Schmuck!« Die Frau hielt ihr genüsslich das Handy vor das Gesicht, filmte. Hastig riss sich Iris den Schmuck ab und warf ihn in den Sack.

Auf den Knien und bloß mit Slip und BH bekleidet, musste sie mit ansehen, wie der Staatsrat für Stadtentwicklung auf allen vieren zu der Bewaffneten vorkroch. Er hielt seine Kreditkarte, als wäre es eine weiße Fahne. Prompt bekam er einen Laptop gereicht. Der Mann wurde gezwungen, seine Kreditkartennummer einzugeben. Dann war der Nächste an der Reihe.

Einer der Angreifer, ein gedrungener Kerl, nahm von der Anführerin das Handy entgegen und filmte, wie sie sich in Pose stellte:

»Liebe Freundinnen und Freunde, liebe Welt. Schaut auf dieses Hamburg. Seht euch diese Verbrecher an. Da wimmern sie, nackt und ohne Macht. Wir, die *Mother-Nature-Front*, fordern von jeder und jedem dieser kapitalfaschistischen Umweltverbrecher eine Spende. Eine Spende für die Natur, für unsere Welt! Für eine bessere Welt!«

Iris' Vater war an der Reihe. Mit zitternden Händen musste er seine Kreditkartennummer eingeben. Alle anderen Daten waren bereits ausgefüllt. Sein Name und die hundertfünfzigtausend Euro, die er *spenden* sollte ... An ...? Iris konnte *Sea Shepherd* entziffern.

Der Typ mit dem Gewehr stieß sie zurück und ihren Vater näher zum Laptop.

»Das ist doch albern«, knurrte ihr Vater und begann, den Validation Code der Rückseite einzugeben. »Die buchen das doch zurück, wenn ...«

Ein Schlag mit dem Gewehrkolben ließ ihn nach hinten kippen. Blut lief ihm aus einer Platzwunde an der Stirn. Benommen rappelte er sich auf, stöhnte.

»Sie verfluchter ...«, fuhr Iris den Typen mit dem Gewehr an.

»Eingeben«, zischte die Anführerin und hielt den Laptop wieder Iris' Vater hin. Dem rann Blut von der Stirn über die Wange. Grimmig tippte er seine Geheimzahl ein, den Gewehrlauf an der Schläfe. Schließlich wurde er von dem Gewehrmann gepackt und nach hinten zu Iris gezerrt. Der Nächste war dran.

»Geht's dir gut?«, wollte Iris besorgt wissen, erhielt aber keine Antwort. Sie sah, wie ihr Vater seinen Zorn herunterschluckte und am ganzen Körper vor Wut über die Erniedrigung bebte. »Bleib ruhig. Papa ...?«

Er nickte. Immerhin.

»Schnauze! Zurück!« Ohne erkennbaren Grund trat der Mann mit dem Gewehr vor und schlug Iris' Vater mit dem Kolben erneut an den Kopf.

»Nein!« Mit einem wütenden Aufschrei packte Iris das Gewehr und zerrte es zur Seite, bevor der Typ ein zweites Mal auf ihren wehrlosen Vater eindreschen konnte.

Sie kippte dem Mann entgegen, der verlor das Gleichgewicht und prallte gegen die Reling. Er riss die Waffe hoch, brüllte etwas.

Da löste sich ein Schuss.

Der Knall war entsetzlich laut, dröhnte in Iris' Ohren, hallte vom Ufer wider. Die Gäste schrien. Iris' Vater, der sie gepackt hatte und zurückziehen wollte, stöhnte auf.

Voller Verzweiflung und Wut rang Iris mit dem Mann, stieß ihn mit aller Kraft nach hinten, über die Reling. Für eine Schrecksekunde konnte sie seinen überraschten Blick sehen, seine braunen Augen, die verwirrt dreinblickten, dann fiel er.

Er stürzte über das Geländer und klatschte neben dem Schlauchboot ins Wasser.

»Los! Das reicht! Los!« Eilig gab die Anführerin ihren Leuten ein Zeichen, die sofort einpackten. Sie warf ihrem Kollegen den Laptop zu und griff sich den gut gefüllten Tauchsack. Ohne zu zögern, sprangen die drei einfach über die Reling.

Reglos starrte Iris ihnen hinterher, bis sie ihren Vater stöhnen hörte ...

Er war zusammengesackt. Sofort fasste sie ihn unter den Schultern, wollte ihn hochziehen, als sie etwas Warmes an ihrer Hand spürte ...

»Papa?«

Es war Blut.

»Papa!«

Er fiel nach hinten, begann zu zucken. Eine Wunde. Die Brust. Der Schuss hatte ihn in die Brust getroffen!

Verzweifelt rang er nach Atem.

»Oh Gott, Papa!« Sie nahm seinen Kopf auf ihren Schoß.

Er wollte etwas sagen, aber es gelang ihm nicht. Stattdessen spuckte er Blut. In seinem Blick lag Todesangst.

Hektisch versuchte Iris, die Blutung zu stoppen, drückte die Hände auf seine Brust. Rot sickerte es zwischen ihren Fingern hindurch.

»Hilfe!«, schrie sie. »Holt doch Hilfe ... Papa!«

Ein Außenbordmotor heulte auf. Die Angreifer verschwanden in die Sommernacht.

Iris drückte weiterhin ihre Hände auf die Wunde. Überall war Blut, und als sie aufsah, entdeckte sie Barbara. Ihre Stiefmutter stand unweit des Eingangs zum Deck und starrte blass zu ihnen herüber. Wie angewurzelt verharrte sie und glotzte. Sie unternahm nichts. Gar nichts.

Ihr Vater zitterte unter ihren Händen. Seine Lider flatterten. Er versuchte ihr etwas zu sagen, doch er bekam zu wenig Luft.

3

»Sag das bitte noch mal.«

»Low-level armed robbery. Das Schiff hat in Blankenese angelegt.«

»Low-level …«. Svea musste lächeln. Ihr junger Kollege beim LKA, Hendrik Drilling, war immer für eine Überraschung gut. »Seit wann kennst du dich mit Piraterie aus?«

»Seitdem ich dich kenne … Außerdem ist das die exakte Bezeichnung. Auch wenn's technisch klingt. Apropos Technik: Die Technische ist übrigens auch schon unterwegs.«

Svea versuchte, neutral zu klingen. »Wieso?«

»Die wollen die Tatwaffe suchen.«

»Tatwaffe? Im Wasser?«

»Der Schütze wurde von Bord gestoßen. Mehrere Zeugen haben gesehen, wie er ohne Waffe wieder aufgetaucht ist.« Hendriks Stimme klang durchs Handy verrauscht. Wahrscheinlich saß er im Polizeiwagen und war bereits unterwegs zum Bootsanleger.

»Tote?«

»Ein Schwerverletzter. Angeschossen. Sag mal, hab ich dich geweckt?«

»Äh … Ja. Ich hab … ich hab schon geschlafen«, log Svea

und stellte das Handy etwas lauter. Dann tigerte sie in ihrem Neoprenanzug durch die Küche und hinterließ nasse Tapser auf dem Parkett.

»Facto?«, frotzelte er. »Bei *Besser lügen* bist du aber mit Auszeichnung durchgerasselt.«

»Witzig, Hendrik.«

»Sag mal, Svea. Kann man eigentlich unter Wasser schlafen?« Ihr Kollege war erst seit einem Jahr in ihrer Abteilung, kannte jedoch bereits all ihre Marotten.

Svea nahm sich eine Tüte Milch aus dem Kühlschrank und trat ans Fenster. Das Wasser des Elbekanals strömte ruhig und glatt der Nacht entgegen.

»Gab's Stress mit Lars?«

»Was?« Sie blickte sich zum Schlafzimmer um, in dem sich Umzugskartons stapelten. Im Kleiderschrank hingen noch immer Lars' Sachen. Nicht mal seine Lieblingsklamotten hatte er bei seinem Auszug mitgenommen. Von dem ganzen Kram zu schweigen, der sich in den Ehejahren angesammelt hatte. Bloß die Berge an Computerkrempel hatte er in den Tagen nach der Trennung eingepackt.

Trotz ihrer Wut auf Lars brachte Svea es nicht übers Herz, seine Sachen wegzugeben. Sie schlief lieber im Sessel, als sich mit diesen Erinnerungen, die im Schlafzimmer lauerten, auseinanderzusetzen. »Was meinst du?«, fragte sie, als ob sie keine Ahnung hätte.

»Ich dachte, ihr wärt verabredet gewesen und er wollte endlich seinen Kram holen?«

»Wollte er, ja.« Seufzend schloss sie die Augen, rief sich die Stille und Dunkelheit des Wassers in Erinnerung. »Weißt du, er kann noch nicht mal absagen. Noch nicht mal das kriegt er hin.«

»Hm. Verstehe. Lagere die Sachen doch extern ein. In einem Self-Storage. In Wandsbek gibt es einen.«

Sie ging nicht darauf ein.

»Na ja, du kannst ihm ja auch gleich hier vor Ort die Leviten lesen.«

Brummelnd begann sie, sich den nassen Neoprenanzug auszuziehen. Obwohl sie sich auf eine Aussprache vorbereitet hatte, wollte sie ihm jetzt nicht begegnen. Nicht so.

»Es ist immer gut, sich auszusprechen, Svea. Und das geht am besten, wenn man sich in die Augen sieht.«

»Wem sagst du das, Schatz«, wandte sie seufzend ein. Sie hatte absolut keine Lust, ausgerechnet mit Hendrik über ihren Ex zu sprechen – und noch dazu mitten in der Nacht. Bescheuerte Vorwürfe konnte sie heute wirklich nicht gebrauchen.

Sie wünschte sich, Lars wäre längst aus der Technischen Bereitschaft ausgestiegen und in irgendeiner anderen Einheit untergekommen. Ja, am besten in einem anderen Bundesland.

Svea wischte sich das Wasser aus ihren langen roten Haaren und hörte Hendrik aus dem Wagen aussteigen.

»Die Bereitschaft ist schon am Anleger. Gib ein bisschen Gas, Svea, ja? Ich schau mal, ob wir jemanden vernehmen können und was die Psychologen sagen. Beeil dich, wenn du mittauchen willst.«

»Du kennst mich doch.« Svea zog ihren Kleiderschrank auf. Neoprenanzug neben Neoprenanzug. In den Fächern lagen diverse Tauchmasken, Schnorchel und Badeanzüge. »Die Gäste sind noch auf dem Schiff?«

»Bis auf das Schussopfer.«

»Eppendorf? Uniklinik?« Das Telefon ans Ohr geklemmt, griff sich Svea den bequemsten Anzug und öffnete einen weiteren Schrank, in dem ihre Tauchausrüstung lagerte. Die Pressluftflaschen, Tarierwesten und unterschiedliche Atemgeräte, die sich in den Jahren angesammelt und die ihr überall auf der Welt gute Dienste geleistet hatten.

»Ja. Hermann Teschner. Der Gastgeber. Er wurde schwer verletzt. Ein Schuss in die Brust.«

»Ich bin in dreißig Minuten da«, erwiderte sie. »Sag Hansen, er möchte bitte warten, falls sie schon runter wollen.«

»Mach ich.«

Sie legte auf, warf den Neoprenanzug aufs Bett und zog sich einen Badeanzug an. Dann streifte sie sich eine Jeans und eine Bluse über.

Kurz darauf trug sie ihre Tauchausrüstung über die Gangway ihres Hausboots zu ihrem Wagen. Auch wenn sie Lars nicht sehen wollte, gegen einen weiteren nächtlichen Tauchgang hatte sie nichts einzuwenden.

Auf dem Anleger in Blankenese herrschte für die späte Stunde ungewöhnlicher Betrieb. Dutzende mobile Strahler waren aufgestellt worden. Die *Gute Laune*, ebenfalls taghell erleuchtet, hatte festgemacht, und Krankenwagen sowie diverse Polizeifahrzeuge parkten neben dem Lkw der Technischen Bereitschaft. Eine Handvoll Beamte war dabei, Pavillons und Zelte aufzubauen.

Sveas Kollegen vom LKA befragten die Gäste, während sich zwei Psychologen um drei Frauen kümmerten, die weinend vor einem der Rettungswagen standen. In ihren teuren Abendkleidern wirkten sie wie hingebeamt, wie Fremdkörper inmitten der konzentriert arbeitenden Beamten.

Im Licht der zahlreichen Powermoons konnte Svea die Mitarbeiter der Spurensicherung erkennen. Sie strahlten unwirklich in ihren weißen Overalls, während sie an Deck Spuren nahmen.

Sie versuchte, Hendrik im Getümmel auszumachen, aber wahrscheinlich war er bereits unter Deck.

Nachdem sie ihre Tauchausrüstung aus dem Fond genommen hatte, machte sie sich auf den Weg am Lkw vorbei Richtung Anleger.

Die WS25, eins der leichten Hafenstreifenboote der Wasserschutzpolizei, lag wenige Hundert Meter stromaufwärts in der Elbe vor Anker, und Svea sah, wie zwei Beamte Bojen versenkten. Vermutlich die Tauchmarkierungen, von wo aus die Suche nach der Tatwaffe starten sollte.

Sie ging am Partyschiff entlang. An der Reling baumelte ein Enterseil, und als sie hochblickte, bemerkte sie den imposanten Haken. Er sah wie selbst zusammengeschweißt aus. Keine Ware von der Stange.

»Wir dachten schon, du hast keine Lust.« Karl Hansen, der Leiter der Technischen Bereitschaft, sah von der Reihe an Tauchausrüstungen auf, die er auf dem Anleger gecheckt hatte. Er grinste schief, was immerhin ein paar seiner zahlreichen Fältchen aus seinem verknitterten Gesicht vertrieb und seinen Schnauzbart wippen ließ.

»Du weißt doch, wenn ich Wasser rieche …«

Der muskulöse Mann umarmte Svea herzlich. »Schön, dich zu sehen.« Hansen war ein Urgestein bei den Polizeitauchern. Letztes Jahr hatten sie sein vierzigstes Dienstjahr mit reichlich Küstennebel in einer Beachbar begossen. »Wir gehen dahinten rein. Ich hab die Stelle unterteilt, kannst du dir gleich auf der Karte ansehen.«

»Wie viele? Drei?«

»Ja.« Er nickte und nahm sich eins der Tauchjackets. Dann lief er den Anleger hinunter, und Svea folgte ihm. »Ihr geht zu dritt runter. Ich hab nur zwei Detektoren einsatzbereit. Die anderen beiden sind in der Reparatur.«

»Sagt der Mann von der *Technischen* Bereitschaft.«

Erneut musste Hansen lachen.

»Ist er auch da?«

Hansen blieb stehen. Sein mitfühlender Blick gefiel ihr nicht. Er machte sie so klein, degradierte sie zu einem hilflosen Mädchen. Aber sie wusste, dass Hansen es nett meinte. Nach den sechs Jahren, in denen sie in der Einheit mittauchen durfte, war er so etwas wie ihr Ersatzvater geworden.

»Ich schick Lars im zweiten Gang runter«, antwortete er schließlich. »Wenn du nicht mit ihm zusammen …«

»Doch … Doch«, unterbrach sie ihn. »Ist gut. Ist kein Problem. Wirklich nicht.«

Nochmals musterte er sie, diesmal skeptisch.

»Wirklich, Karl. Mir macht das nichts aus.«

Hansen fuhr sich über die Glatze und nickte, aber Svea sah ihm an, dass er ihr kein Wort glaubte. Kunststück, sie glaubte sich ja selbst nicht.

Ohne ein weiteres Wort ging sie voraus. Schon von weitem sah sie das Zodiac der Bereitschaft. Die Männer hatten das Schlauchboot zu Wasser gelassen und luden ihr Equipment ein. Als sie näher kam, erkannte sie im Licht der Scheinwerfer Lars. Ihr Ex war mit den Beinen in den Neoprenanzug geschlüpft, ließ das Oberteil aber lässig baumeln. Ihr hatte immer gefallen, wie natürlich er mit seiner Schönheit umgegangen war und wie wenig er mit seinem Sixpack und seiner Athletenfigur angegeben hatte. Nun war das Sixpack fort und seine Haut blass. Er schien sich auch seit ein paar Tagen nicht rasiert zu haben.

»Es wäre vielleicht gut, wenn jemand anderer bei mir den Buddy-Check macht«, wandte sie sich noch einmal an Hansen, der zu ihr aufschloss.

»Ich denke, da hast du freie Wahl, Svea. Kennst doch die Jungs.«

»Dann nehm ich dich.«

Hansen brummte zustimmend.

Als sie das Ende des Stegs erreichten, warf Lars ihr lediglich einen kurzen Blick zu.

War da Verachtung in seinen Augen?

Sofort spürte Svea, wie sie sich anspannte. Sie nickte ihm zu und wartete, bis Hansen außer Hörweite war, bevor sie ihm sagte: »Is' ziemlich kindisch, immer wegzulaufen, Lars. Hm? Irgendwann musst du mal mit deiner Ex reden.«

Er antwortete nicht, sondern streifte sich den Neoprenanzug über und tat, als wäre sie Luft.

»Wenn du ein Problem damit hast, zu mir zu kommen, dann sag es. Verflucht nochmal, ich kann auch 'n Kaffee trinken gehen, während du dein Scheißzeug bei uns …« Sie berichtigte sich: »Bei *mir* rausholst.«

Er antwortete noch immer nicht.

»Meine Nähe ist schon zu viel, ja?«

»Ja«, brummte er endlich. »Das wär' vielleicht nicht schlecht. Wenn du weg wärst.« Seine Stimme klang belegt, und als sie ihm in die Augen blickte, sah er schnell weg.

»Hast du getrunken, Lars?«

»Was?« Er schüttelte den Kopf.

Sollte sie ihm das glauben? Seit Lenas Unfall hatte er sich ständig besoffen. Wer weiß, was er in seiner Singlebude heute Abend getrieben hatte? Sollte sie Hansen einen Wink geben? Angetrunken zu tauchen war kein Kavaliersdelikt. Allerdings würde es Lars' Ansehen in der Truppe extrem schaden.

»Du glaubst mir nicht, hm?«

Statt zu antworten, zog sie ihre Bluse aus. »Warum bist du nicht gekommen?«

»Ich hab's ja versucht, verfickt nochmal.«

»Ach.«

»Ich war schon halb in Eilbek, aber …« Er winkte ab.

»Aber?«

»Geht dich 'n Scheiß an, Svea.«

»Geht mich … geht mich 'n Scheiß an?!« Sie atmete noch einmal durch. »Du hast versprochen, deine Klamotten abzuholen. Vor drei Monaten. Soll ich sie wegwerfen?«

Lars fixierte sie. »Von mir aus! Is' doch scheißegal. Schmeiß sie weg. Wen interessiert's?!«, zischte er so laut, dass sich Hansen und die beiden Taucher im Zodiac nach ihnen umdrehten.

Kopfschüttelnd wandte sich Lars von Svea ab. »Was glotzt ihr denn so?«, fuhr er seine Kameraden an und streifte sich einen seiner Tauchschuhe über. Er stand dabei sicher auf einem Bein. Betrunken war er also nicht. Oder sehr trinkfest.

Sie suchte nach einer Antwort, aber ihr fiel keine gute ein, und als sie endlich ansetzen wollte, hatte er sich bereits den zweiten Schuh übergestreift und seine Ausrüstung geschnappt.

Was hatte Hendrik gesagt?

Es ist immer gut, sich auszusprechen, Svea. Und das geht am besten, wenn man sich in die Augen sieht.

Hendrik. Kaum zwanzig und haute Weisheiten raus, als wäre er ihr Urgroßvater. Der hätte sicher dasselbe gesagt.

Svea seufzte. Gute Ratschläge ... Die hatte sie auch haufenweise nach Lenas Tod bekommen – und alle hatten sich als unnütz herausgestellt.

Mürrisch sah sie Lars zu, wie er zu den beiden Tauchern ins Zodiac sprang. Sie hatte kaum ihre Weste angelegt, als Hansen zu ihr auf den Steg trat.

»Er steckt das mit Lena immer noch nicht gut weg, hm?«

»Glaubst du, ich tu das?«, fuhr sie ihn schroffer an, als sie beabsichtigt hatte.

»Heyho! Das hab ich nicht gesagt.«

»Entschuldige. Ich ...« Sie versuchte runterzukommen. »Tut mir leid. War kein einfacher Tag.«

»Gib ihn nicht auf, okay? Lars braucht Zeit.«

Wie oft hatte sie das die letzten zwei Jahre gehört?

»Ich weiß nicht, Karl«, erwiderte sie leise. »Ich glaube

nicht, dass wir das jemals gekittet kriegen. Und weißt du was?«

»Was?«

»Ganz ehrlich, ich weiß nicht mal, ob ich's überhaupt kitten *will.*«

»Verstehe. Ist es wirklich okay, wenn du mit ihm tauchst?«

Sie nickte.

Trost spendend klopfte er ihr auf die Schulter. Dann half er ihr schweigend, die Pressluftflasche anzulegen, und führte den Buddy-Check durch, indem er alle Anschlüsse und sämtliche Ausrüstungsteile an ihrem Körper überprüfte. Lars so nah bei sich zu wissen, hätte sie nicht ertragen.

»Na, dann wollen wir mal«, meinte er aufmunternd. »Du gehst mit Lars und Walter runter. Dann Ulf, Michael und ich.«

Schweigend stimmte Svea zu.

4

Sie saßen Schulter an Schulter im Zodiac, das durch die Elbe schnitt. Der kühle Fahrtwind trug, obwohl es noch hundert Kilometer bis zur Mündung waren, den Geruch der Nordsee zu ihnen.

Svea vermied es, Lars anzusehen, und blickte die Elbe hinauf. Die Kräne der Hafenanlagen verrieten sich durch ihre Warnlichter in der Nacht. Sie liebte diese Stadt.

Svea schloss die Augen und sog die Sommerluft ein. Der Geruch erinnerte sie ein wenig an Santa Marta, an ihre Kindheit an der Karibik-Küste, und brachte ein bisschen Entspannung mit sich.

Eine Waffe im Fluss aufzuspüren war wie das Suchen einer Nadel im Heuhaufen. Allerdings war es gut, dass der Vorfall nicht einmal eine Stunde her war, da hatte die Strömung wahrscheinlich noch nicht allzu hart gearbeitet und die Waffe noch nicht allzu weit mitgenommen.

»Hier.« Lars reichte ihr einen der Metalldetektoren, während Hansen das Zodiac an der Boje festband.

Sie stellte das Suchgerät so ein, dass es Alufolie und kleine Metallteile wie Nägel nicht anzeigte. Aber aus Erfahrung wusste sie, dass jedes verrostete Fahrrad, jede Konserve und anderer Schrott, der in der Elbe lag, das Gerät piepen lassen würde.

Routiniert wusch Svea ihre Tauchmaske aus, setzte sie auf und streifte sich die Kopfhörer des Detektors über, dann machte sie sich für den Tauchgang bereit. »Lasst uns direkt unter der Boje beginnen und dann in immer größeren Kreisen den Grund absuchen«, schlug sie vor. »Standard.«

»Gut«, antwortete Walter, während Lars ihr stumm ein *Okay* zeigte.

Hansen instruierte sie noch ein letztes Mal, dann gab er grünes Licht. Gemeinsam mit Lars und Walter ließ sich Svea rücklings vom Zodiac ins Wasser fallen.

Blitzartig umschloss sie das dunkle Nass und schenkte ihr wie immer das tröstliche Gefühl von Geborgenheit. Sie schaltete ihre Tauchlampe ein, sah Lars und Walter keine zwei Meter entfernt und folgte den beiden hinab in die Finsternis. Ein Aal und eine Handvoll Brassen flüchteten in die Dunkelheit.

Hier in der Elbe war es kälter als im Kanal unter ihrem Hausboot und die Strömung um einiges stärker.

Gemeinsam tauchten sie bis zum Grund, auf dem büschelweise Seetang wuchs, und begannen systematisch mit der Suche. Svea wusste, wie schwer es von einem Schiff aus zu beurteilen war, wo etwas ins Wasser ging. Ohne Erfahrung in Sachen Peilung konnte man nur grob abschätzen, wie weit man vom Ufer weg war und auf welcher Höhe.

Sicherlich würden sie Hunderte Quadratmeter absuchen müssen.

Immer wieder ließ Svea den Detektor über den Schlick gleiten und versuchte, dabei möglichst wenig davon aufzuwühlen. Sie schwamm noch ein paar Meter weiter, schwenkte den Messfühler und …

Ein Piepen verriet ihr, dass sie auf Metall gestoßen war. Der Ton war nicht sehr intensiv, aber immerhin. Sofort gab sie den anderen Zeichen.

Erst nachdem die zwei ihrerseits signalisiert hatten, dass die Nachricht angekommen war, tauchte sie hinab zum Schlick. Sie deutete Walter, zu ihr zu kommen und sie zu unterstützen.

Es war nichts zu erkennen, aber als sie den Detektor noch ein paarmal hin und her streifen ließ, piepte er immer an derselben Stelle.

Walter leuchtete, während sie vorsichtig den Grund abtastete. Wolken aus Schlick verteilten sich und trübten das Wasser ein. Sie schluckten beinahe alles Licht der Strahler.

Endlich ertasteten Sveas Finger etwas im Morast.

Es war solide, und sie meinte, den kurzen Lauf einer Waffe … Sie zog es aus dem Dreck.

Ihr Licht streifte über ihre Handschuhe und über ein komplett verrostetes Metallstück. Es musste seit Jahrzehnten hier liegen. Schwer zu sagen, was es einmal gewesen war, denn …

Svea zuckte zurück. Ohne Warnung durchstieß ein riesiger Fischkopf die Schlickwolke und tauchte in ihren Lichtkegel. Ein Maul – so groß, dass ihr Kopf spielend hineingepasst hätte. Barteln, fast so lang wie ihr Arm. Winzige Augen glitzerten im diffusen Licht, dann drehte der Wels elegant bei und verschwand wieder in der Dunkelheit.

Ihr Herz raste. Svea rang nach Atem, versuchte sich zu beruhigen.

Bist du okay?, zeigte Lars.

Ja, bestätigte sie und bekam trotz Mundstück – weil Walter, der Hobbyangler, so begeistert die gigantische Größe des Welses zeigte – so etwas Ähnliches wie ein Lächeln hin.

Nachdem der Schreck verflogen war, bedeutete sie den beiden, weiterzusuchen.

Allerdings konnte sie nicht umhin, sich vorsichtshalber noch einmal nach dem unverhofften Besuch umzublicken. Von dem riesigen Fisch war jedoch nichts mehr zu sehen.

In den nächsten vier Stunden zogen die beiden Teams drei Fahrräder, den Teil eines Motorrads, eine Gewehrgranate aus dem Zweiten Weltkrieg, diverse Uhren und eine mit Muscheln besiedelte Geldschatulle aus dem Morast.

Svea und die Männer hatten jetzt einen Radius von gut dreißig Metern um die Boje abgesucht. Und jede Runde verschlang mehr Zeit. Dies war ihr letzter Tauchgang, dann würden sie abbrechen und morgen weitersuchen. Bei ihren Einsätzen mussten sie oft unverrichteter Dinge abziehen.

Ein Schwarm Döbel schwamm vorüber. Ihre weiß-silbernen Schuppen schimmerten wie ferne Sterne im Licht von Sveas Lampe.

Sie spürte die Müdigkeit in jedem ihrer Knochen, während sie am Ende ihres dritten Tauchgangs ein Stahlrohr aus dem Schlick zog und ernüchtert ins Netz zu dem anderen Metallschrott steckte.

Erschöpft sah sie auf ihren Tauchcomputer. Eine Art Uhr,

die den Luftvorrat anzeigte. Der Sauerstoff war fast aufgebraucht.

Sofort gab sie Lars und Walter Zeichen, sie müsse gleich auftauchen. Die beiden bestätigten, dass sie ebenfalls nur noch wenige Minuten hatten.

Svea hatte Lars den Detektor überlassen. Als sie zu ihm schwamm, hielt er mit einem Mal inne und lauschte. Sie hob den Finger zum Fragezeichen, und er signalisierte, dass das Gerät sich gemeldet hatte.

Wieder ein Fahrrad, dachte Svea, bedeutete Lars jedoch, nachsehen zu wollen.

Noch einmal ließ er das Suchgerät wandern und hielt über etwas inne. Mit zwei Zügen war Svea unten. Wie bei jedem Fund zuvor tastete sie sich durch Algen und Modder. Sie spürte etwas Hartes, aber es war bloß ein Ast. Deswegen hatte der Sucher nicht gepiept …

Behutsam strich sie weiter über den Boden.

Da. Sie umfasste das Metall. Das Ding war schwer. Durch die Schlickwölkchen konnte sie seine Form nicht erkennen.

Als sie es ins klarere Wasser und vor ihre Tauchbrille ins Licht zog, war sie überrascht.

Sie hatten zwar gefunden, wonach sie suchten, aber Svea hatte mit einem alten Gewehr gerechnet. Einer Flinte oder einem Modell aus den 1950er Jahren. Eine jahrzehntealte Waffe aus einem vergessenen Schuppen …

Aber was sie da in ihren behandschuhten Händen hielt, sah nagelneu aus.

Es war ein modernes Sturmgewehr.

5

Svea legte den Plastiksack mit der schweren Waffe auf den Tisch, den das LKA unter einem Pavillon errichtet hatte. Sie sah sich nach Dr. Tauenzien, dem Chef der Forensik, um. Er diskutierte einige Meter entfernt am Anleger mit dem Tatortfotografen.

Svea beschloss, einen Moment zu warten. Sie wollte sich eine Einschätzung geben lassen und dann Hendrik suchen. Da merkte sie, dass ein Mann hinter sie trat. »Haben Sie das hochgeholt?«, fragte er mit sonorer Stimme, und sie wandte sich um.

Vor ihr stand ein gut aussehender Typ mit Dreitagebart, stahlblauen Augen und strubbeligen Haaren. Er trug ein lässiges Kurzarmhemd und Jeans, rauchte noch einen Zug, bevor er seine Zigarette ausdrückte und den Stummel artig in einen Mülleimer warf.

»Kommt drauf an, wer das wissen will.«

Er setzte sich hinter den Tisch und zog neugierig den Beutel zu sich heran. »Recht neu«, meinte er knapp. »Hm. Ein Heckler und Koch. Ohne LLM.«

Sie sah ihn fragend an.

»Laser-Licht-Modul. Es hat keinen Ziellaser.« Prüfend

wendete er das Sturmgewehr in der Hand. »Sieht kaum benutzt aus.«

Sie konnte ein herbes Parfüm riechen. Nicht unangenehm. Eins, das Lars niemals aufgelegt hätte. »Vom Militär?«

Statt einer direkten Antwort lächelte er. Grübchen zeichneten sich ab. Nachdem er die Waffe genauer inspiziert hatte, nickte er. »Sieht aus wie das Standard HK G36. Hm. Reflexvisier von Zeiss. Nett. Als mir von einem Gewehr berichtet wurde, dachte ich eher an so was wie ein Schmeisser AR15-9. Etwas in der Art.«

»In der Art. Sind Sie der Neue?« Svea hatte den Mann im LKA am Bruno-Georges-Platz noch nie gesehen.

Er nickte und schob ihr das Gewehr hin. »Jan Brixn. Und Sie sind Frau Roth, die Wassernixe.«

»Gibt's andere?«, fragte sie prompt.

»Was? Frauen?«

»Nein, Nixen.«

Jetzt hatte sie ihn aus dem Konzept gebracht, wie sie befriedigt feststellte.

»Äh?«

»*Nixen*. Außerhalb von Wasser.«

»Wie bitte?« Er verstand kein Wort.

Beinahe hätte Svea laut gelacht. »Schon gut, vergessen Sie's«, winkte sie ab. »Ich meine nur, weil Sie ... Sie haben *Wasser*nixe gesagt. Wie weißer ... «

»Ah! Wie weißer Schimmel? Wie Glasvitrine? Verstehe.« Er stand auf. »Hat man Sie gar nicht informiert? Hat Tennhaus nicht mit Ihnen gesprochen?«

»Worüber?«

»Na ja. Ich fahr heute ins Revier. Meine erste Frühschicht. Und was ist? Tennhaus sagt: Fahr zur Elbe, triff da deine neue Kollegin. Von Deutschlehrerin hat er allerdings nichts gesagt.«

»Aber von *Wassernixe.*« Sollte Tennhaus sie wirklich so bezeichnet haben, würde sie mit ihrem Chef noch eine halbe Hühnerfarm rupfen müssen. Alle ihre Kollegen – bis auf Hendrik – zogen sie gern mit ihrer Tauchleidenschaft auf, und sie hatte auch schon öfter das Wort *Nixe* zu hören bekommen. Gutheißen konnte sie es aber ganz und gar nicht.

»Einer Ihrer Kollegen hat das gesagt. Ich wollte Sie nicht beleidigen.« Sein verschmitztes Grinsen gefiel ihr. »Es klang irgendwie ... Nun ja ... Es klang ziemlich *interessant.*«

»So wie: Schatz, das Essen schmeckt interessant?«

»Nein. Eher wie, dass Sie eine interessante Frau sind.« Er lächelte erneut. Es machte den Eindruck, als sei er geübt in solchen Anmachsprüchen.

»Wenn Sie wen anflirten müssen, dann machen Sie das bitte bei jemand anderem, okay?«, stutzte sie ihn zurecht. »Ich dachte, Sie fangen morgen bei uns an.«

»Morgen ist heute.«

Svea seufzte. Er hatte recht.

Über Brixn war ihr schon so einiges zu Ohren gekommen. Angeblich hatte es beim BKA Berlin wohl Reibereien mit dem Chef und mit Kollegen gegeben. Wie es Brixn allerdings vom BKA Berlin ins LKA Hamburg geschafft hatte, wusste sie nicht. Hendrik hatte auf Beziehungen getippt.

Brixn nickte zur Waffe hin. »Wenn Sie mich fragen, kommt die aus Bundeswehrbeständen. Wir sollten Fingerabdrücke nehmen. In Berlin haben wir mal eine Pistole aus der Spree gefischt, war zwanzig Tage im Wasser, und trotzdem haben wir Eins-a-Abdrücke gefunden.« Er stand auf und kratzte sich den Dreitagebart. In aller Ruhe trat er aus dem Pavillon und zückte seine Zigaretten. »Ich geh noch mal eine rauchen. Dann sollten wir uns um diese Partygäste kümmern.«

Svea stimmte zu, da klingelte ihr Handy. Hendrik.

»Ja?«

»Ich hab da was Interessantes. Die Spusi hat was zwischen Bowle und Kanapees auf dem Büfett entdeckt.«

6

Dutzende Strahler blendeten Svea, die mit der Hand ihre Augen schützen musste, als sie das Deck des Schiffes betrat. Sechs Frauen und Männer klebten Markierungen, pinselten und fotografierten, schritten geschäftig und beinahe lautlos in ihren weißen Overalls über das Schiff. Die Spurensicherung hatte das gesamte Deck abgesperrt und ging wie ein gut geöltes Uhrwerk ihrer Arbeit nach. Nachdem sich Sveas Augen an das Licht gewöhnt hatten, konnte sie letzte Motten und erste Mücken erkennen, die als flatternde Wolken um die aufgestellten Strahler kreisten. Die schwirrenden, leuchtenden Tupfen erinnerten sie an die Abende in Santa Marta, an die bunten Falter und lästigen Moskitos, die die Lampions am Meer so oft wie Zauberglitter umhüllt hatten.

Der märchenhafte Eindruck verflog sofort, als sie ein paar Schritte weiterging und das Blut auf dem Boden sah.

Im grellen Licht der Strahler wirkte die Lache wie ein schwarzer Fleck auf dem hell lackierten Metall des Kahns. Die Männer und Frauen der Spurensicherung konzentrierten sich aber nicht nur auf den Bereich, wo der Partygeber angeschossen worden war. Auch andere Areale waren abgesperrt und bereits mit Fundnummern dekoriert.

Svea betrachtete die Blutlache einen Moment. Sie war verschmiert. Schuhabdrücke von verschiedenen Personen. Schließlich wandte sie sich an Brixn, der ihr gefolgt war. »Haben Sie Hendrik schon kennengelernt?«

»Harry Potter? Ja. Wir sind zusammen hergeflogen.«

Svea ging die steile Treppe hinab unter Deck und betrat das trostlose Szenario einer abgebrochenen Feier. Das Büfett war halb geplündert, zahlreiche Lampions tauchten die Reste in warmes Licht. Auf einer winzigen Bühne weiter hinten lagen die Instrumente verstreut. Überstürzter Abgang.

Hendrik sprach gerade mit Carsten Bremer, dem Chef der Spurensicherung, als Svea mit Brixn hereinkam. Hendrik – wie immer in seinem steifen schwarzen Anzug – wirkte wie aus dem Ei gepellt. Er trug mit Vorliebe dezente Anzüge und schmale Krawatten. Er lächelte Svea an und kam auf sie zu. »Wie ich sehe, habt ihr euch schon kennengelernt.«

Svea hatte keine Lust auf Small Talk. »Wir wollen gleich mit den Zeugen reden. Irgendwas, was wir einbringen sollen? Was habt ihr bisher?«, fragte sie ohne Umschweife.

Hendrik erstattete kurz und präzise Bericht, allerdings kam dabei nicht sehr viel mehr herum, als sie bereits wusste.

»Eine Sache gibt's. Die ist interessant.« Er ging zu einem Dutzend Plastikboxen, in denen die Spurensicherung Material gesammelt hatte. »So was sieht man auch nicht alle Tage.« Hendrik nahm eine Klarsichthülle aus der obersten Box. In ihr steckte ein DIN-A4-Blatt. Es war eng mit Druckbuchstaben beschrieben. Kaum Rand. Oben prangte so etwas wie ein Logo. Dilettantisch aufgedruckt, als wäre es mit einem alten Stempel und nicht mit dem Computer hergestellt worden.

»Ein Bekennerschreiben?« Neugierig trat Brixn näher und studierte gemeinsam mit Svea das Blatt.

Sie begann zu lesen: »Wir können uns den Prozess der Umwälzung der ökologischen Verhältnisse nur vorstellen als einen Prozess, in dem wir in der Durchsetzung konkreter Forderungen und Ziele Gegenmacht aufbauen, die nötige Veränderungen durchsetzen wird und in einem lang andauernden Kampf die Befreiung unseres Planeten erkämpft. Wir werden diesen Kampf für das Wohl unserer Zukunft, für das Leben auf unserem Planeten, gegen das faschistische, machtbesessene und egoistische Herrschaftssystem mit all jenen kämpfen, die notwendige Veränderungen wollen.

Die ökologisch-revolutionäre Bewegung muss Wirklichkeit werden, endlich fühlbar, indem wir ungerechte und zerstörerische Entwicklungen konterminieren und wahre, reale Veränderungen für alle Menschen schaffen. Für uns steht damit fest, dass wir den Staat, dass wir die Staatsräte:innen und Senator:innen, jede:n die:der darauf abzielt, unsere Meere zu vergiften, unsere Wälder zu töten, unsere Luft nicht mehr atembar zu machen, und aus Habgier und Machtbesessenheit das Klima unseres Planeten zerstört, bekämpfen werden. Jede:r, die:der unsere ökologische Gegenmacht zurückzudrehen versucht ...« Svea hörte auf, vorzulesen.

»Hübsch. Das klingt nach starkem Tobak«, meinte Brixn. »Ist bei euch so etwas bei einem anderen Fall schon mal aufgetaucht? Wie nennen die sich?« Er schaute auf das Logo. »Mother-Nature-Front. MNF.«

»Ja. Vor ein paar Monaten. Oder, Hendrik?«

»Ja. Diese MNF hat sich schon einmal gemeldet. Und zwar ... Sekunde ...« Hendrik holte ein Notizbuch aus seiner Anzugtasche und blätterte. »Ja, hier. Sie haben vor drei Monaten einen Anschlag auf Airbus verübt. Auch ein Bekennerschreiben mit einem ähnlichen Logo.«

»Auch mit Schusswaffengebrauch?«, wollte Brixn wissen.

Hendrik überflog seine Notizen. »Nein, ich glaube nicht. Aber wir werden das abklären. Auch die Echtheit des Schreibens. Und ob es dieselben sind.«

Als Svea das Blatt wendete, bemerkte sie, dass die Buchstaben teilweise durchs Papier gedrückt waren. »Schreibmaschine?«

»Ja, sieht ganz so aus«, bestätigte Brixn. »Wir haben es mit ein paar Ökospinnern zu tun, die keinen Laptop benutzen.«

»Ziemlich gut bewaffnete Ökospinner«, warf Svea ein. »Ich bin gespannt aufs forensische Schriftgutachten und die Linguistik.«

»Ich bringe es stante pede rüber ins LKA«, meinte Hendrik gestelzt.

»Wir brauchen eine Liste all derer, die an Bord waren. Was ist mit dem Opfer?«

»Die Liste haben wir bereits. Das Schussopfer ist Hermann Teschner. 56 Jahre. Hamburger. Er ist der Gastgeber. Miteigentürmer einer GmbH. Der TeLo Bau GmbH.«

»TeLo? Die sind doch groß im Geschäft«, sagte Svea.

»Facto. Ich denke, dies war unter anderem auch der Grund dieser Feierlichkeit. Der Abschluss des Großauftrags Hahnenloch.«

»Die Industriepark-Erweiterung. Terminalausbau?«

Hendrik nickte.

»Na, das passt ja«, meinte Svea und fügte auf Brixns fragenden Blick hinzu: »In Berlin nichts von gehört?«

»Sicher. Jeden Tag. Ständig. In allen Nachrichten ... Wissen Sie, Hamburger Bauprojekte sind mein größtes Hobby.«

»Die wollen ein Industriegebiet in die Elbe bauen. Ziemlich große Landerschließung. Die ganzen Umweltverbände laufen seit Jahren dagegen Sturm.«

»Diesen Mittwoch«, warf Hendrik ein, »hat das Projekt im Senat die letzte Hürde genommen.« Er nahm die Plastikbox und ging voraus an Deck. »Und für Teschner endet ein paar Tage später die Party dafür im Krankenhaus.«

7

Bald ging die Sonne auf. Der Himmel hatte schon die sanfte Farbe von Perlmutt und tauchte den Seitenarm der Binnenelbe in ein erstes Schimmern. Entschlossen watete Petra durchs Wasser auf das Zodiak zu.

Mit Schwung kippte sie den Benzinkanister aus, und die stinkende Flüssigkeit rann über die Gummihaut. Petra verteilte alles auf dem gesamten Boot, schüttete reichlich auf den Außenborder. Sie hoffte, es genügte, um das ganze Ding bis zur Unkenntlichkeit zu verbrennen.

Petra und ihre drei Mitstreiter waren die Elbe Richtung Meer hinuntergefahren und irgendwann in einen Seitenarm abgebogen. Die Stelle war perfekt, um sich zu verstecken. Die angrenzenden Felder und Bruchwiesen waren um diese Zeit menschenleer. Mit etwas Glück würde die Polizei die Überreste des Schlauchboots erst in Tagen, vielleicht sogar erst in Wochen finden.

Sie hatten von Anfang an geplant, das Boot zu vernichten und so jegliche Spuren auszulöschen. Die Beute – Schmuck und Handys – wollten sie Stück für Stück über das Jahr verteilt zu Geld machen, um neue Aktionen zu finanzieren. Allerdings war das nach Jeromes Schuss nun viel zu heiß.

Eigentlich hatten sie vorgehabt, dass niemand zu Schaden kommen sollte. Eigentlich.

Jetzt würden sie alles verbrennen und dem Wasser überlassen.

Petra biss bei dem Gedanken die Zähne zusammen. Sie musste hart bleiben. Hatte sie nicht unzählige Male durchgespielt, was alles passieren könnte? Sie versuchte, einen klaren Kopf zu bewahren, musste sich jedoch eingestehen, dass sie sich wie der Rest ihrer Truppe noch immer in einer Art Schockzustand befand.

Erst mit der Sonne kehrte ihr Kampfgeist allmählich wieder. Adrenalin flutete erneut ihren Körper. Sie liebte dieses aufregende Gefühl, denn sie kam sich dadurch lebendig vor.

Sie warf den Kanister ins Boot, das sanft auf den Wellen dümpelte. Es war eine Sünde, es zu vernichten – auch ökologisch. Aber den Preis war sie bereit zu zahlen. Manchmal musste man eine kleine Sünde begehen, um eine große zu verhindern.

Hoffentlich waren die Videoaufnahmen nicht zu verwackelt, und hoffentlich waren nicht nur die nackten Bonzen im Bild, sondern auch dieses Arschloch von Partygastgeber Teschner selbst, den Jerome niedergeschossen hatte.

Einen Moment lang horchte Petra in sich hinein, auf der Suche nach einem Funken Mitleid.

Nein, sie war weit entfernt von jeglichem Bedauern. Geschah diesem Betonkönig ganz recht, mal was abzukriegen. Mit seinem Hafenausbau nahm er den Tieren der Elbe ihr Zuhause, ihre Lebensgrundlage – da konnte er selbst auch mal ein paar Schmerzen ertragen. Es hatte bestimmt nicht den Falschen erwischt. Er hatte sich die Welt zum Feind gemacht – und die Welt hatte sich gerächt.

»Los! Hilf uns endlich!« Ansgar zog Jerome vom Ufer hoch, an das er sich gesetzt hatte.

Petra gefiel es gar nicht, dass Ansgar – kaum hatten sie vom Partyschiff abgelegt – Jerome angegangen war. Der blasse Ansgar, die Bohnenstange, gegen den breitschultrigen Jerome, der wie ein Fels wirkte, massiv und unbezwingbar. Zu ihrer Überraschung hatte Jerome Ansgars Wutanfall einfach über sich ergehen lassen, obwohl er ihn spielend binnen Sekunden zu Boden hätte ringen können. Unter Jeromes Neoprenanzug zeichneten sich deutlich Muskeln ab, und mit seinem kantigen Gesicht wirkte er sehr viel männlicher als der bleiche Sommerspross mit seinen roten Haaren.

Stumm kam Jerome ans Boot, machte aber keine Anstalten, Petra mit dem zweiten Kanister zur Hand zu gehen. Stattdessen fuhr er sich unsicher durch die Haare und starrte auf das benzingetränkte Zodiac.

»Das war ein Unfall«, murmelte er. »Ich ... Wir müssen untertauchen.«

Petra verdrehte die Augen. Sie hätte Jerome als wesentlich härter im Nehmen eingeschätzt.

Ansgar, der beim Wagen stand und ihre Klamotten entlud, lachte wütend auf. »Was meinste, was wir hier machen! Du hast abgedrückt! Wir wollten niemanden verletzen. Du ... du hast dieses Arschloch abgeknallt!«

Petra bemerkte, wie Jerome um Haltung rang. Er biss die Zähne zusammen, wandte sich ab und starrte über das Wasser zur anderen Uferseite, wo der Himmel die Sonne ankündigte. Als wäre er in einem bösen Traum gefangen und wüsste nicht, wie er wieder aufwachen konnte.

»Das war keine Absicht«, brummte er. »Diese Frau da, die hat mich angegriffen!«

»Was hast du eigentlich bei den Scheißbundis gelernt?«, fuhr Ansgar ihn an. »Lässt dich vom Schiff schmeißen und ballerst doof rum ... Und jetzt auch noch flennen.«

»Schluss jetzt!« Petra ging dazwischen. »Schnauze halten, Ansgar!« Sie leerte den zweiten Kanister und war mit zwei Schritten durch das seichte Wasser neben Jerome. »Das gilt auch für dich. Schluss jetzt mit deinem Geheule.«

Er reagierte nicht darauf. »Wir müssen uns auflösen«, sagte er leise, ohne sie anzusehen. »Wir müssen untertauchen. Wir müssen weg.«

Jerome war erst letztes Jahr dazugestoßen. Er hatte bei der Bundeswehr gedient, schlug sich anschließend als Arbeiter im Containerhafen durch und schien auch sonst kein Weichei zu sein. Der – wie sollten sie es nennen? – *Vorfall* auf dem Partyschiff nahm ihn jedoch ziemlich mit. Eigentlich hielt Petra sich für eine gute Menschenkennerin, doch diese Schwäche überraschte sie.

»Was passiert ist, ist passiert. Wir wollten alle härter durchgreifen«, sagte sie zu den beiden. »Wir alle wollten diesen kapitalistischen Umweltfaschos zeigen, wo ihre verfickten Grenzen sind. Deine Worte, Jerome.«

Endlich blickte er auf. »Ja, aber ... Ich hab ... «

»Halt einfach den Mund«, knurrte Ansgar.

»Wir müssen jetzt damit leben, Jerome. Okay? Wir alle.« Petra watete ans Ufer zurück, Jerome folgte ihr. »Wir müssen damit klarkommen, versteht ihr? Wir alle zusammen! Wir müssen zusammenhalten. Jetzt erst recht.« Sie sah sich nach ihrem vierten Teammitglied um. Mareike hockte im Gras, den Rücken an eine Birke gelehnt, und spielte mit einem Halm. So saß sie schon die ganze Zeit da, den Blick ins Leere gerichtet. Petra spürte sofort, dass es mit ihr wegen Jeromes *Unfall* Ärger geben könnte. Seitdem die Gruppe sich bei den Protesten zum G-20-Gipfel gefunden hatte, war Mareike immer die Sanfteste und Nachdenklichste von ihnen gewesen.

»Jerome, kannst du dich um sie kümmern?«, fragte sie in besorgtem Ton und nickte zu Mareike hinüber. Vielleicht konnte sie ihn so aus den Selbstvorwürfen reißen und wieder auf Kurs bringen. Sie ging zu Ansgar. »Komm schon, Schatz«, meinte sie und gab ihm einen Kuss. »Hör auf zu streiten. Lass uns unser Ding durchziehen.«

Lächelnd atmete Ansgar aus. »Ist gut«, lenkte er ein und begann ihre Anziehsachen auszupacken.

Petra beobachtete zufrieden, wie Jerome sich zu Mareike setzte und die beiden miteinander sprachen.

»Was machen wir jetzt mit den Handys und so? Mit dem Schmuck?«, wollte Ansgar wissen.

»Alles wegwerfen. Besser zu früh als zu spät.«

»Wir sollten auch die Anzüge vernichten«, meinte Ansgar.

»Richtig. Zünde alles an.«

Ansgar holte ein Sturmfeuerzeug aus einer der Taschen mit Klamotten und watete zurück zum Boot.

Die aufgehende Sonne streifte durch das Uferwäldchen und ließ Lichtflecken auf dem Wasser tanzen. Wenn sie nicht von irgendwelchen Bauern gesehen werden wollten, mussten sie sich beeilen. Petra pellte sich aus dem nassen Tauchanzug, während Ansgar das Benzin entfachte. Mit einem lauten Zischen loderten Flammen auf. Schmatzend begannen sie sich langsam in die feste Gummihaut zu fressen.

Fasziniert von dem Tanz der Flammen, watete Petra splitterfasernackt näher ans Boot und warf ihren Tauchanzug ins Feuer. Einen Moment sah sie dem Stoff zu, wie er verschmorte, zusammenschrumpelte, sich in den Flammen wand und schmolz. Andächtig verfolgte sie den Rauch, der vom Boot aufstieg.

»Was wollen wir denn jetzt machen?«, fragte Mareike in die Runde und wischte sich die Tränen weg. »Jerome hat doch recht. Wir müssen uns trennen ... Petra?«

Petra antwortete nicht. Sie wandte sich wieder dem brennenden Boot zu.

Goldorange, warm und schmeichelnd spiegelte sich das Feuer im Wasser. Durch das Fauchen der Flammen meinte sie, ein paar Vögel zu hören. Sonne fiel durch die Wipfel der Uferbäume, Licht wie auf alten Gemälden, und die Flammen wärmten wohlig ihre Haut.

Auf seltsame Weise kam sie sich hier im Fluss – nackt und bis zu den Knien im kalten Wasser, die Hitze des Feuers auf der Haut – lebendiger vor als jemals sonst. Noch nicht mal das Adrenalin schenkte ihr eine so tiefe Verbundenheit mit dem Leben.

Sie kam sich reifer vor, als wären sie heute Nacht trotz Jeromes »Unfall«, oder besser *wegen* seines Fauxpas, einen entschiedenen Schritt vorwärtsgekommen. Als hätten sie vier gemeinsam eine neue Stufe erklommen. Eine Stufe der Rebellion, eine Stufe des Widerstands.

Klar und deutlich lag nun ihr weiterer Weg vor ihr.

Sie würden ihre Taten wie geplant durchziehen – und all jene bestrafen, die die ganze Welt mit Füßen traten, die sich einen Scheiß um die kommenden Generationen kümmerten und ihre eigenen Kinder mit ihrer fettwanstigen, korrupten Umweltzerstörung zum Tode verurteilten.

Sie würden es ihnen allen zeigen, diesen Mördern.

Petra tauchte die Hände in den golden brennenden Fluss. Ihre Handflächen waren großflächig vernarbt, aber sie spürte das Wasser und das Leben des Flusses bis in jede Faser.

»Petra?«, hörte sie Jerome vom Ufer her rufen. »Wir müssen weg. Wir sollten uns in verschiedene Städte ...«

»Nein«, fuhr Petra ihn an. »Nein. Wir bleiben. Wir bleiben zusammen. Notfalls decken wir uns gegenseitig.« Gänsehaut überflutete ihren Körper. Sie spürte dem kühlen Wasser an den Beinen und der Hitze des Feuers auf ihren nackten Brüsten, ihren Wangen und ihrer Seele nach.

Sie hatte den Krieg weiß Gott nicht begonnen, aber wer in die Schlacht zog, der hatte auch zu kämpfen.

8

Die Warteecke im Universitätsklinikum Hamburg-Eppendorf besaß den Charme eines alten Wasserkochers. Funktional, irgendwie zuverlässig, aber abgenutzt und wenig ansprechend.

Auf ungepolsterten Stühlen warteten zig Damen und Herren. Sie gaben ein seltsames Bild ab, denn alle trugen piekfeine Abendgarderobe und passten so überhaupt nicht ins geschäftige Treiben des Krankenhauses. Im Vorübergehen erkannte Svea, dass einige Schürfwunden hatten. Prellungen an Kopf oder Ellbogen. Alles in allem sahen die Partygäste eher derangiert als verletzt aus. Bis auf die Frau von der Security und Hermann Teschner schienen sie den Anschlag ohne große Blessuren überstanden zu haben.

Dr. Braun, ein junger Arzt in Turnschuhen, führte Svea und Brixn durch den Wartebereich und ein Stück weiter den Gang hinunter, wo zwei Frauen saßen. Die beiden waren um die dreißig und sahen übermüdet aus. Während die eine sich mit frischer Schminke ihre dunklen Augenringe und die vom Weinen entstandenen Spuren versucht hatte zu überdecken, hatte die andere sich nicht die Mühe gemacht zu verbergen, wie angeschlagen sie war. Svea fiel sofort auf, dass die zwei möglichst weit voneinander entfernt saßen und sich keines Blickes würdigten.

Sie und Brixn stellten sich den beiden vor und zeigten ihre Ausweise. »Wer von Ihnen ist Frau Teschner?«

»Ich«, antworteten die Frauen gleichzeitig.

Brixn warf Svea einen amüsierten Blick zu.

»Ich bin seine Ehefrau«, meinte die geschminkte Dame mit fester Stimme. Sie trug einen teuren Pelzmantel. »Barbara Teschner.«

»Und ich bin Iris Teschner, die Tochter«, bemerkte die andere spitz.

»Verstehe.« Die beiden waren, wenn überhaupt, bloß ein paar Jahre auseinander. Svea wandte sich an die Tochter, weil sie näher bei ihr stand. Behutsam begann sie das Gespräch, fragte, ob es Neuigkeiten über den Zustand ihres Vaters gebe und ob sie ihnen den Hergang schildern könne. »Ich weiß, es ist schwer, aber vielleicht können Sie uns dennoch ...«

Die Frau zog eine Decke zu sich heran und legte sie sich um die Schultern. Einen Moment lang starrte sie auf die Tür, die zum Trakt mit den OP-Sälen führte. »Der hat plötzlich abgedrückt und dann ...«, meinte sie schließlich. »... einfach abgedrückt, und Papa ist ... Er ist ... Ich ...« Sie sah auf ihre Hände. Getrocknetes Blut klebte daran. Zwar hatte man es grob abgewischt, doch es hing wie eine schlechte Erinnerung in Falten und unter Fingernägeln fest.

»Haben Sie sich verletzt?«

Iris schüttelte den Kopf. »Nein ... Das ist Papas ... Blut.«

»Verstehe. Können Sie die Angreifer beschreiben? Wir wissen, dass sie Neoprenanzüge trugen. Mit Hauben.«

»Ziemlich schlichte Dinger. Keine Streifen oder so. Alles ziemlich billig.«

»Sie kennen sich aus?«

Ein verlegenes Lächeln huschte über Iris' Lippen. »Nun ja ich ... ich tauche ab und an«, sagte sie und verfiel wieder in Schweigen. »Die Hauben, die ...«

»Ja?«

»Die hatten einen Nasensteg. So geteilt im Sichtfeld.«

Barbara sah von ihren French Nails auf, die mit dem Hamburger Wappen verziert waren. »Die hatten Sonnenbrillen auf. Auch billiger Kram. Totaler Müll. Bevor Sie fragen: Damit kenn *ich* mich aus. Das war'n Sonnenbrillen von der Stange. Aus 'ner Tanke oder so.«

Svea ließ sie ausreden, obwohl es ihr nicht gefiel, dass sich Teschners Frau einmischte. »Und sonst? Wie viele waren es?«, richtete sie sich noch einmal an Iris.

»Fünf ... Nein. Vier. Vier.«

»Alles Männer? Oder auch Frauen? Können Sie trotz der Anzüge jemanden näher beschreiben?«

»Ist jemand gehumpelt oder war extrem groß. Tätowierungen?«, ergänzte Brixn. »Irgendwas, das uns weiterhilft.«

Mit einem Blick gab Svea Brixn zu verstehen, dass sie die Befragung leitete. Es war nicht okay, dass er als Neuer so ungefragt reinredete. Brixn brummte, zog sich jedoch einen Schritt zurück und überließ ihr das Feld.

Iris schüttelte den Kopf und sackte in sich zusammen. »Die ...«, begann sie zu stammeln, »die ... ich ... Wenn ich diesen Mann nicht ... dann ... dann wär Papa ... und ...« Sie verstummte.

»Da haste ausnahmsweise mal recht«, schnauzte Barbara, und Svea fiel auf, dass sie nicht den Hauch eines Versuchs unternahm, um ihrer Stieftochter beizustehen, die sich anscheinend Vorwürfe machte.

»Sie haben den Schützen angegriffen? Und da hat sich der Schuss gelöst?«

»Die haben gesagt, wir sollen uns nicht rühren«, zeterte Barbara. »Doch Madame kann natürlich wie immer nicht hören!«

Iris hatte zu weinen begonnen. Sie nickte schwach, suchte nach einem Taschentuch, fand aber keins. Brixn war so nett, ihr eines zu geben. »Ich dachte, er schlägt Papa tot, wenn er noch mal ... und ...«

Svea setzte sich zu ihr. »Ich denke, Sie sollten sich keine Vorwürfe machen. Es ist nicht Ihre Schuld.« Sie schenkte der Frau ein aufmunterndes Lächeln. »Es wird schon werden.«

»Die muss ja immer mit'm Kopf durch die Wand.«

»Zu Ihnen kommen wir noch, okay?«, wies Brixn Frau Teschner zurecht.

»Das is' *mein* Mann dadrin! Kapiert? Und die da, die musste ja die Heldin spielen. Ach, fuck.« Sie fuhr aus dem Stuhl. »Ich muss eine rauchen. Eskortieren Sie mich doch, wenn's sein muss.«

Svea warf Brixn einen Blick zu. Teschners Frau war anscheinend nicht gerade ein Feingeist. Sie sprach eher wie eine der Damen von der Straße.

»Sie bleiben bitte hier«, befahl Svea streng.

Barbara dachte gar nicht dran und wollte los, aber Brixn

reagierte sofort, indem er sich der Frau in den Weg stellte. »Sie können eine rauchen, wenn wir fertig sind.«

»Ach, komm!« Kopfschüttelnd setzte Barbara sich wieder. Alles an ihrer Haltung drückte Widerstand aus. »Diese Scheißökos«, sagte sie. »Die haben alles gefilmt. Die wollten uns fertigmachen.«

»Gefilmt?«, fragte Svea bei Iris nach.

Die bestätigte stumm, meinte dann: »Sie wollten uns demütigen. Die haben wirklich alles aufgenommen. Mit Handys und so kleinen Actioncams. Ich ... Keine Ahnung. Ich glaube, es waren zwei Frauen und zwei Männer. Aber die Gesichter?« Sie schüttelte den Kopf.

»Die sind mit 'nem Schlauchboot weg«, sagte Barbara. »So 'n schwarzes Ding.«

»Komplett mit Luft oder ein Zodiak?« Jetzt wandte sich Svea Barbara zu.

»Bin ich 'n Scheißschiffbauer? Was weiß ich. So 'n schwarzes mit Motor hinten. Und rechts und links so Luftdinger. Die haben da gerade so reingepasst.«

»Ein Zodiak«, bestätigte Iris. »Also ein RIB, würd ich sagen.«

RIB, ein Rigid Inflatable Boat. Ein Schlauchboot mit festem Rumpf. Anscheinend kannte sich Iris tatsächlich aus.

»Da war 'n Aufkleber drauf«, seufzte Barbara.

»Hab ich nicht gesehen.«

»War da aber.«

Iris verkniff sich irgendwelche Widerworte. Sie hatte eindeutig keine Lust, sich mit ihrer Stiefmutter zu streiten.

»So ›Atomkraft? Nein danke‹ und so. Wie auf Autos. Und

so ein Totenkopf mit Gabeln oder so was«, führte die Ehefrau aus. »Diese Scheißökos ... Kann ich jetzt endlich eine rauchen? Oder nehmen Sie mich fest, weil ich 'n Opfer bin?«

»Wir kommen auf Sie zu, wenn wir Fragen haben«, meinte Svea zu Barbara und bedachte Iris mit einem aufbauenden Lächeln.

»Hermann ist stark, der überlebt das.« Barbara stand wieder auf, zog ihre Zigaretten aus dem Mantel und musterte Brixn von oben bis unten. »Wollen Sie auch eine?«

9

»Kann ich dir helfen?« Mareike beugte sich zu Jerome hinunter, der vor einer unauffälligen Familienkutsche kniete und andere Nummernschilder anschraubte. Petra hatte sie gestern in einer Tiefgarage geklaut. Es war eines der Fahrzeuge, die schon seit Wochen dort standen.

Unwahrscheinlich, dass die Halter den Diebstahl schon bemerkt hatten, redete sich Mareike gut zu und nahm einen der Schraubendreher von der Motorhaube, um ihn Jerome zu reichen.

»Geht schon.« Er drückte den Plastikrahmen fest, kam hoch und wischte sich die Hände an seiner Jeans ab.

Sanfter Sommerwind wehte den Duft der Sommerrapsfelder zu ihnen. Sie standen auf dem Parkplatz einer Sporthalle irgendwo im Nirgendwo. Zwei Stunden waren sie, wie geplant, durch die Felder bis zum geklauten Wagen gegangen, den sie bereits gestern mit Mareikes Motorrad hier abgestellt hatten.

»Sie will keine Pause einlegen, richtig?«, fragte Jerome und sah sich zu Petra um, die mit Ansgar bei ihrer Maschine stand. Die schnittige Kawasaki war Petras Markenzeichen und stand zugleich im Widerspruch zu ihr. Mareike, die in

Hamburg alle Strecken möglichst zu Fuß oder mit dem Rad zurücklegte, verstand nicht, warum Petra so radikal sein und dennoch bei ihrem Motorrad von »Freiheit« sprechen konnte. Ökologisches Handeln sah anders aus. Auf der anderen Seite war es irgendwie beruhigend zu wissen, dass die taffe Petra auch nur ein Mensch war. Widersprüche kannte Mareike auch bei sich zur Genüge.

Meine Gewissensbisse zum Beispiel, überlegte sie, während sie in die Sonne blinzelte. Mareike fand es richtig, Teschner gedemütigt zu haben. Seit Jahrzehnten und trotz aller Proteste wurde die Elbe, Stück um Stück begradigt und ausgebeutet, immer lebensfeindlicher. Und das alles für den internationalen Handel. Immer ging es um Geld. Deswegen wuchsen die Häfen. Container über Container wurden verfrachtet, Kisten voller Schrott, den niemand brauchte, geliefert von Schiffen, die so viel CO_2 wie ganze Kleinstädte ausstießen. Ja, Teschner und diese Politiker zu demütigen, damit hatten sie ein gutes Zeichen gesetzt. Der Raub als solches war ebenfalls in Ordnung, aber der Schuss?

Wer A sagt, muss auch B sagen, oder?, grübelte Mareike. Sie wusste es nicht. Sie war einfach noch nicht so weit, auch rohe Gewalt als Mittel ihres Protestes anzuerkennen.

Sie wollte handeln, aber nicht den letzten Schritt gehen – das war wohl ihr Widerspruch.

Jerome hatte Mareike gebeten, Petra noch einmal zu beknien, alle Aktionen einzustellen.

»Auflösen und untertauchen ist keine Option. Eine Pause ist Stillstand, hat Petra gesagt.« Mareike schirmte die Augen mit der Hand vor der Sonne ab und beobachtete, wie Petra

Ansgar in den Hintern kniff, auf ihre Kawasaki stieg und ihn küsste.

»Das hat sie gesagt?« Jeromes verbitterter Unterton war nicht zu überhören. »Sie will wirklich einfach weitermachen, als wäre nichts?«

»Ja.« Mareike seufzte und spürte, wie nah Jerome bei ihr stand. Ein wohliger Schauer lief ihr über den Rücken. Sie mochte Jerome sehr. Wahrscheinlich weil er immer besonnen und trotzdem bestimmt wirkte. Viel weniger impulsiv als Petra. Von ihm war auch der Vorschlag mit dem Überfall aufs Partyschiff gekommen. Petra hatte sich erst geziert, aber Mareike glaubte, dass es ihr nur gegen den Strich gegangen war, dass die Idee nicht von ihr stammte.

»Tu mir einen Gefallen«, wandte sich Jerome jetzt leise an Mareike. »Mach nichts Auffälliges. Geh deinem Job nach, sieh zu, dass du ein bisschen Abstand gewinnst. Von Petra. Versprich mir das, ja?«

Feist grinsend kam Ansgar zu ihnen herüber. »Na? Habt ihr Geheimnisse?«

Mareike wollte etwas erwidern, aber Jerome schob sich vor sie. »Geht dich nichts an.«

Die beiden Männer maßen sich mit Blicken.

»Geht mich sehr wohl was an. Dank deiner irreparablen Aktion«, entgegnete er gestelzt und zog die Hintertür auf. »Fahren wir jetzt? Oder wollt ihr weiter Petra schlechtmachen?«

Flüchtig trafen sich Mareikes und Jeromes Blick, und sie konnte spüren, wie sehr Ansgar Jerome nervte. Die beiden waren sich seit ihrem ersten Kennenlernen vor rund einem Jahr nicht grün.

»Hier macht keiner wen schlecht«, brummte Jerome und hielt Mareike ganz altertümlich die Beifahrertür auf, dann ging er um den Wagen herum und setzte sich hinters Steuer.

»Weißt du, wo dein Problem is', Mister Oberschlau?« Ansgar beugte sich von der Rückbank vor. »Wenn's hart auf hart kommt, dann kneifst du.«

Jerome antwortete nicht.

»Du hast Mist gebaut. Na und? Damit können wir umgehen. Aber du, Jerome, willst hier den Anführer spielen ...«

»Quatsch.«

»Du schlägst die Aktion vor, hängst dich voll rein ... Und kaum geht mal was nicht nach Plan, ziehst du den Schwanz ein.«

»Wenn du meinst«, sagte Jerome.

»Komm, lass, Ansgar«, mischte sich Mareike ein, aber Ansgar achtete, wie so oft, nicht auf sie.

»Bist du so auch im Containerhafen gelandet?« Er grinste herablassend. »Da is' wohl auch was nicht nach Plan gelaufen, was? Schön Schichtbetrieb und Malochen? Dachte, du hast studiert ...«

Mareike sah, wie Jerome die Zähne zusammenbiss. Bisher hatte er wenig von sich verraten. Außer dass er Che Guevara verehrte und sich für Ökologie und Sozialismus interessierte, wusste Mareike wenig über ihn. Was ihn allerdings in ihren Augen noch attraktiver machte. Attraktiver als den von sich überzeugten Ansgar allemal.

Endlich schien sich Jerome wieder unter Kontrolle zu haben und bedachte Ansgar mit einem provokanten Lächeln: »Und ich dachte, so eine Laborratte wie du wäre clever. Zumindest schlau genug, um zu erkennen, wann es besser ist, unterzutauchen und sich zu trennen.«

Ansgar winkte mit einem abfälligen Schnaufen ab.

»Oder hat dir die gute Petra das Hirn rausgevögelt?«, fragte Jerome lächelnd und sah sich zu Petra um. Die ließ gerade ihre Maschine aufheulen und den Kies spritzen. Dann jagte sie mit ungeheurem Speed vom Parkplatz.

»Können wir jetzt endlich?«, warf Mareike ein, der es allmählich zu bunt wurde. »Seid ihr fertig?«

Die beiden Männer fixierten sich im Rückspiegel, stumm schätzten sie sich ab, dann legte Jerome endlich den Gang ein und trat aufs Gas.

10

Petra zog das schlanke Kajak an Land und deckte es mit Zweigen ab. Von der Anlegestelle waren es bloß ein paar Minuten Fußmarsch über die Elbinsel Neßsand bis zu ihrem Versteck, einem aus Ästen zusammengeschnürten Unterschlupf, umgeben von Bäumen. Sie hatte die anderen nach Hause geschickt. Jerome hatte nicht aufgehört, vom Untertauchen zu faseln. Und besonders Mareike brauchte eine Mütze Schlaf. Petra selbst fühlte sich noch immer wie elektrisiert. Die Aktion war der Hammer gewesen, und sie konnte diese Energie, die sie durchströmte, nicht ungenutzt lassen.

Durch ihr Geophysik- und Ozeanografie-Studium, das sie sicher bald mit einem Doktortitel abschließen würde, hatte sie die Binneninsel vor Jahren kennengelernt. Und als sie die MNF gründete, hatte ihr die Idee gefallen, dass sie sich alle nicht in irgendeiner Wohnung in einer gottvergessenen Mietskaserne trafen, sondern direkt in der Natur, für die sie kämpften.

Außerdem gab es auf Neßsand zig Verstecke, meist abgedeckte Löcher im Wald oder an Wurzeln vertäute, wasserdichte Säcke, die in der Elbe schwammen und die niemand ohne weiteres bemerkte.

Selbst wenn jemand über den Unterschlupf der MNF stolpern sollte, würde er denken, er sei bloß ein weiterer Beobachtungsposten eines Ornithologen.

Petra nahm den schmalen Pfad flussaufwärts zur Spitze der Insel. An einer Stelle blieb sie stehen und ging in die Knie. Hier spannte sich nur einen Fingerbreit über dem Boden eine dünne Angelschnur. Sie führte zu einem der Bäume und war dort an einem Ästchen festgebunden. Der würde sofort abbrechen, wenn jemand die Schnur herunter- oder dagegentrat. Doch die Schnur war noch gespannt, es war also niemand hier gewesen. Sie suchte sich einen stabilen Stock und fand durch geübtes Stochern eine mit Gestrüpp abgedeckte Mulde. Sie legte eine Kiste frei, öffnete sie und zog eine alte Reiseschreibmaschine heraus. Sie war schwer, und Petra fragte sich, warum sie sie eigentlich so weit entfernt vom Unterschlupf vergrub. Der Sandboden vor dem Lager, den sie beim Verlassen plangestrichen hatte, war unberührt. Es war also wirklich seit ihrem letzten Besuch niemand hier gewesen. Gut.

Hier, im Unterschlupf, roch es intensiv nach Wald, aber auch nach Zigaretten und Ideen. Nach Natur und Aufbruch. Zufrieden setzte sich Petra in den schattenkühlen Sand und platzierte die Schreibmaschine auf ein Brett, das auf zwei Bücherstapeln ruhte. Wissen über Ozeanografie, Waldtiere und die Elbe dienten diesem behelfsmäßigen Tisch als Stütze. Sie kniete sich davor, als wäre es ein Altar. Die sechzig Jahre alte Consul hatte sie von ihrem Großvater geerbt. Die Schreibmaschine war klobig, und man musste regelrecht auf die Tasten einhämmern. Trotzdem kam ihr das Tippen auf ihr ehrlich vor, ehrlicher als auf einem Computer. Das Einzige, das Petra gehörig störte, war die Lautstärke.

Internet. Computer ... Denkende Maschinen. Was hatte Ted Kaczynski in seinem Manifest noch geschrieben? »Es ist nicht sicher, ob das Überleben der industriellen Gesellschaft weniger Leiden bringt als ihr Zusammenbruch. Die Technologie hat die Menschheit an sich gefesselt, und es sieht nicht so aus, als würde ein Entkommen daraus einfach sein.«

Besser hätte man den Irrglauben an die Technik nicht ausdrücken können. Beim Anblick der Menschen, die sie jeden Tag in der U-Bahn, auf dem Campus der Uni oder bei ihren Forschungen sah – die alle den Kopf gesenkt hielten, den Blick auf die falschen Leben im kalten Smartphone gerichtet –, musste sie oft an Kaczynskis Manifest denken. Daran und an die RAF, deren Schriften sie immer wieder studierte.

Noch fühlte sie sich nicht bereit, ihr eigenes Manifest zu verfassen, aber die Zeit würde kommen.

Ihre schlanke Hand schmerzte, als sie das Blatt einspannte. Es waren nicht die vielen Narben, die ihre Handflächen überzogen, sondern das Gelenk. Sie hatte es sich beim Sprung vom Partyschiff ins Schlauchboot verstaucht. Sie ignorierte den stechenden Schmerz.

Es dauerte einen Moment, das Blatt für das nächste Bekennerschreiben in der Schreibmaschine genau in Position zu bringen. Sie hatte vor Tagen bereits angefangen.

Sie begann zu tippen, ihre Gedanken schweiften jedoch ab.

Mareike stellte seit heute Morgen alles in Frage. Petra mochte sie, sie war seit ihrem Studium eine gute Freundin, und Mareikes Gespür für die Gefühle anderer Leute war unbezahlbar. Während sie selbst oft zu hart und zu schnell entschied, konnte sich Mareike besser in die anderen hineindenken. Besonders in der Gruppe konnte Petra sich auf Mareikes Einschätzungen verlassen.

Doch heute lag Mareike falsch. Sie mussten nicht aufhören. Nicht, weil ein Schuss gefallen war. Nein.

Sie hatten das Richtige getan.

Und Petra hatte den nächsten Schritt bereits seit Wochen geplant. Jeromes versehentlicher Schuss auf dieses Arschloch von geldgeilem Bonzen spielte keine Rolle.

Wenn sie recht überlegte, hatte Teschner es sogar verdient. Sollte er mit seinen Bestechungen und seinen korrupten Marionetten im Staatsapparat wirklich durchkommen und der Startschuss des Hafenprojekts tatsächlich übermorgen fallen, wären die Folgen für die Natur katastrophal. Zahlreiche Tierarten würden verschwinden. Ihr Lebensraum wäre für immer vernichtet.

Und dazu hatte kein Mensch das Recht. Es gab Arschlöcher, die waren für weniger angeschossen worden.

Sie konzentrierte sich wieder auf das Schreiben an den Senat. Sie überflog das bereits Getippte und merkte, wie das Feuer der Gerechtigkeit in ihr aufloderte.

Sie waren auf dem richtigen Weg.

Die MNF war auf Kurs, dem richtigen Kurs, der diese krawattentragenden Umweltterroristen endlich in ihre Schranken weisen würde.

Ihre agile und schlagkräftige Einheit würde es schaffen, da war sie sich sicher. Sie tippte weiter, und im flackernden

Sonnenlicht, das durch das Dach aus Ästen fiel, ließ sie die Worte fließen, als wären sie ein glühendes Eisen. Ein Speer, den es zu den Feinden zu tragen galt.

Die Bedingungen des Kampfes haben sich in der Dialektik von Angriff und Reaktion verändert. Und wenn sich die Bedingungen ändern, können und müssen sich auch die Formen des Kampfes ändern.

Es ging nicht darum, irgendein barbarisches und umweltfeindliches Bauprojekt zu verhindern ... Nein! Sie würden ein Zeichen setzen.

Sie würden andere motivieren. Mehr Menschen animieren, sich ebenfalls zu erheben. Die kleinen, radikalen, ernsthaften Umweltgruppen – nicht die großen Lobbyverbände, die sich eh schon seit Jahren von Politik und Industrie hatten kaufen lassen –, all diese Gruppen würden auf die MNF schauen und sich gestärkt fühlen. Sie würden dank ihres Kampfes spüren, dass man wirklich etwas verändern konnte, und ebenfalls losschlagen. Für die Natur. Für ein besseres Leben.

Und wenn sie es richtig anstellten, könnten sie vielleicht endlich ein Netzwerk bilden, besser als Earth First! Eine schlagkräftige Community.

Und wie schlagkräftig wir sein werden, dachte Petra. Sie hielt beim Tippen inne und kroch aus der Behausung. Neben einer verkrüppelten Kiefer gab es ein Sandloch, das mit einem Feldstein markiert war. Sie schob ihn beiseite und zog eine abgegriffene Plastiktüte heraus.

Darin eingeschlagen, wartete eine Pistole. Eine moderne P8. Die dunkle Handfeuerwaffe fühlte sich kalt und schwer an, als Petra sie aus der Tüte zog und in der Hand wog.

Petras Handy brummte. Sosehr sie die Geräte verachtete, ohne kam auch sie nicht aus. Schließlich galt es, das System mit seinen eigenen Waffen zu schlagen.

Eine neue Nachricht war eingetroffen. Wie so oft in den letzten Stunden, seitdem sie ihren Film in den sozialen Medien hochgeladen hatten.

Petra scrollte den Feed durch und blieb bei einem Clip hängen. Ein Nachrichtenbeitrag eines Lokalsenders.

Sie konnte zwei Beamte auf dem von Strahlern erleuchteten Partyschiff sehen. Eine hübsche Frau mit auffallenden Haaren, rot und wallend, und ein smarter Kerl in lässigem Designerhemd und Jeans. Die beiden schritten die Gangway zum Schiff hinauf. Petra schob den Ton-Slider auf Max, aber da tickerte bereits ein Infotext durchs Bild. Anscheinend waren die beiden vom LKA. Eine gewisse Roth und ein Mann namens Brixn.

Petra schrieb sich eine Notiz dazu, swipte zurück und machte ein paar Screenshots, um die Gesichter zu den beiden Namen abzuspeichern. Dann vergrub sie den leeren Plastikbeutel wieder im Sand und platzierte den Stein als Markierung.

Gut gelaunt, die Waffe im Bund, schlüpfte sie zurück in den Unterstand. Sie musste ihre Ankündigung noch beenden.

Sie setzte sich vor die Reiseschreibmaschine. Doch die Worte wollten nicht fließen. Ob diese beiden Ermittler auch das Video von ihrer Aktion gesehen hatten?

Wir sind alle Sklaven unserer Technologien, dachte sie seufzend und zog ihr Handy hervor.

Es war unfassbar. Petra konnte die Zahl kaum glauben. Über 7300 Likes hatte der Film des Überfalls, und die Aufnahmen waren bereits über 1300 Mal geteilt worden. 22 000 Kommentare, und die Zahl explodierte weiter.

Ihr Video ging viral.

Lächelnd zog sie die P8 aus der Jeans. Sie konnte nicht anders, als sich zu fragen, ob dieser Erfolg auch Jeromes Dummheit zu verdanken war.

Die MNF würde weitermachen. Noch erbarmungsloser. Noch kompromissloser. Bald schon musste die Welt auf sie schauen. Ihnen zuhören.

Ein wohliges Kribbeln lief über ihre Arme bis zu ihrem Nacken.

Mit einem Grinsen nahm Petra die Pistole hoch und sah entschlossen in die Kamera. Sie gegen den beschissenen Rest der Welt.

11

Tennhaus drückte auf Stopp, und das Handyvideo des Überfalls fror zu einem Standbild ein, auf dem drei Täter zu sehen waren. Einer mit einer Waffe, die der ähnelte, die sie gefunden hatten. »Und hier ist es zu Ende. 7 Minuten, 36 Sekunden.«

Im Besprechungsraum des LKA ließ Svea ihren Blick zu Brixn und dann rüber zu sechs weiteren ihrer Kollegen sowie der Staatsanwältin schweifen. Sie alle hatten es sich zwischen Papierstapeln, Aktenordnern und Einwegflaschen bequem gemacht. Tennhaus – ein glatzköpfiger Mann Mitte sechzig, dessen Tränensäcke wie erkaltete Lava in seinem strengen Gesicht aufgeworfen worden waren – hatte für seine Mannschaft viel zu viel süßen Naschkram aus dem Automaten gezogen. Immerhin half der Zucker, um bei der Sache zu bleiben.

Nachdem der Chef Jan Brixn als neuen Mitarbeiter vorgestellt hatte, hatte er erläutert, welche Ergebnisse bisher vorlagen.

Es war nicht sehr viel.

Das verwackelte Handyvideo vom Überfall war seit Stunden auf Telegram und Facebook zu sehen. Wer eine Gruppe reicher Menschen und eine gehörige Anzahl an Hamburger Politikern erniedrigt sehen wollte, kam ohne Zweifel 7 Minuten und 36 Sekunden auf seine Kosten.

Die gehässigen sowie oft menschenverachtenden Kommentare und Hunderte Likes sprachen eine deutliche Sprache.

»Die Forensik erstellt für jeden der Angreifer ein Profil. Körpergröße, Gewicht ... Was man so rauslesen kann aus dem Bildmaterial«, führte Tennhaus weiter aus und strich sich über die Glatze. »Nur zwei sprechen. Nur Wortfetzen. Deutsch. Ohne große Einfärbung.«

»Ah! Aus Hannover«, warf einer der Kollegen ein und erntete einen kurzen Lacher.

»Wenn's so simpel wäre ... Ich gestehe, ich mach mir bei der Videoanalyse wenig Hoffnungen.«

Im Besprechungsraum 308 roch es – wie in der ganzen Etage im LKA-Hochhaus am Bruno-Georges-Platz – nach Teppichkleber. Die Sommerhitze flutete trotz Klimaanlage die Flure und Büros und ließ den Kleber schwitzen. Seit Wochen wurden die Großraumbüros mit neuer Auslegware bestückt, und Svea fand, mit ihrem Braun und den dezenten Streifen wirkte sie modern. Die meisten der neuntausend Bediensteten interessierte das allerdings kaum. Svea jedoch hatte ein Auge für so etwas. Oft fielen ihr Details bei der Inneneinrichtung auf, sei es in einem schicken Café oder im Haus eines Zeugen, und sie überlegte sich dann, das eine oder andere für ihr Hausboot anzuschaffen. Ihre Eltern waren immer stolz auf Sveas Dekorationseinfälle gewesen. Und jetzt, seitdem Lars nicht mehr an Bord war, gab es niemanden mehr, der sie ausbremste.

Ihr wurde bewusst, dass sie abschweifte. Hilfesuchend griff sie sich einen der Schokoriegel. »Sieht man das Zodiak irgendwo?«, hakte sie nach.

»Das RIB? Nein.«

»Schade. Die haben nur den Film und das Bekennerschreiben hochgeladen?«

Tennhaus nickte.

»Und ihr Social-Media-Profil?«, wollte Brixn wissen.

»Sind wir natürlich auch dran. Aber es ist mit einer Wegwerf-E-Mail eingerichtet worden. VPN, das übliche Spielchen. Aber wir sind dabei, sämtliche Benutzer abzuchecken, die das Video geteilt haben. Vielleicht kennt einer von denen unsere Täter ja persönlich.«

»Na, viel Vergnügen.« Eylül, eine junge DNA-Analytikerin aus dem Fachbereich 3, fächelte sich mit einem Blatt Luft zu. Es war heiß und stickig im Raum, und die Luft wurde seit vierzig Minuten nicht besser. »Das waren vor einer Stunde schon über vierhundert.«

»Ja«, gab Tennhaus zerknirscht zu. »Wir konzentrieren uns auf nur jene Verteiler des Videos, die uns schon früher bei anderen Aktionen aufgefallen sind. In Hamburg, Schleswig-Holstein und Niedersachsen. Die LKAs sind informiert. So sieben wir aus.«

»Aktionen? Aufgefallen?« Brixn horchte auf. »Soll heißen?«

»Randale. Unsere Freunde von der Roten Zora. Linksradikale. Attac und Co. Die ganzen Chaoten, die auch bei Fridays for Future mitmischen und ähnlichem Scheiß.«

Brixn bedachte seinen neuen Chef mit einem Kopfschütteln. Es war ihm anzumerken, dass er über die Fridays-Bewegung anders dachte. »Meine Tochter macht bei dem *Scheiß* übrigens auch mit«, entgegnete er schnippisch.

»Ne Greta-Jüngerin? Fein.« Tennhaus grinste. Mit seiner Glatze, den kantigen Zügen und dem wettergegerbten Gesicht sah der ältere Mann aus, als wäre er geradewegs von Bord eines Schiffes in das Meeting spaziert. Frisch von einem Törn, der jahrelang und pausenlos über alle sieben Weltmeere geführt hatte. Svea respektierte Tennhaus, mochte aber seine überhebliche Art nicht.

»Jeder, wie er meint«, lenkte der Chef immerhin ein wenig ein. »Was soll's ... Zumindest haben wir«, er sah auf einer Notiz nach, »bisher 32 Kontakte.«

»Und direkt hier? In Hamburg?«, wollte Svea wissen.

»Drei. Drei sind bei Demos auffällig geworden und haben das Video geteilt. Die Kollegen Brunner und Klausen sind da dran.«

»Gut. Und was ist mit dem Gewehr?« Svea warf einen Blick zu Lara Ulrich, einer Staatsanwältin, die sie sehr schätzte.

Die Dame im eleganten Businessdress sortierte ihre Unterlagen. »Wir haben Teilfingerabdrücke auf der Waffe gefunden. Die haben aber noch keinen Treffer ergeben. Die Seriennummer ist entfernt worden. Wir haben nur zwei Ziffern rekonstruieren können. Ob es die Tatwaffe ist, wird noch geprüft. Und wir checken, ob jemand ein Sturmgewehr vermisst.«

»Ja. Die Bundeswehr. Hunderte«, wieder hatte der Kollege einen Lacher auf seiner Seite.

»Und das Bekennerschreiben?« Brixn stand auf und holte sich einen Becher Wasser aus dem Spender.

Svea beobachtete kurz, wie er das Wasser in einem Zug austrank, und ließ ihren Blick weiter zum Fenster gleiten, durch das man einen fantastischen Blick über Hamburg hatte. Im Süden konnte sie das Millerntor-Stadion und die Außenalster sehen. Und ein Stück weiter die Landungsbrücken und die Norderelbe. Etwas südwestlich und flussabwärts hatte sie heute Morgen nach der Waffe getaucht.

»Das Bekennerschreiben.« Ulrich, die Staatsanwältin, seufzte. »Unsere Experten sagen, es ist echt. Dieselbe Reiseschreibmaschine der Marke Consul – DDR-Gerät aus den 60ern –, die auch schon bei den anderen beiden Anschlägen benutzt wurde.«

»'tschuldigung?« Erstaunt sah Brixn in die Runde. »Andere beiden Anschläge? Vielleicht sollte mal jemand 'ne Handreichung zusammenstellen.«

»Vor anderthalb Jahren gab es einen Brandanschlag auf Airbus«, führte Tennhaus aus. »Weil sie auch eine Rüstungssparte haben. Nur geringer Sachschaden, eine Scheibe ist zu Bruch gegangen und ein Büro halb abgebrannt.«

»Und kurz vor Weihnachten hat sich die Gruppe Mother-Nature-Front dann noch einmal gemeldet«, erklärte Svea und wurde jedoch vom Klingeln ihres Handys unterbrochen. Mit einer kurzen Entschuldigung blickte sie darauf, nur um festzustellen, dass es Lars war. Sie drückte ihn weg. »Es gab eine Drohung gegen den Staatsrat für Stadtentwicklung Dr. Habermann. Die haben ihm ein Päckchen geschickt mit weißem Pulver drin. Wollten ihm Angst machen. Es war aber nur Backpulver.«

»Sie drohten ihm, Anthrax zu schicken, wenn er das Bauvorhaben im Hafen nicht stoppt«, fuhr Tennhaus fort. »Wir haben das damals schon ernst genommen. Generalstaatsanwalt Hatz ermittelt.«

»Mit welchem Ergebnis?«, fragte Brixn.

»Darauf wollte ich jetzt kommen.« Tennhaus tippte auf seinem Laptop herum und öffnete einige Fenster. Es erschienen acht Personenfotos. »Das sind die Verdächtigen, die wir auf dem Kieker hatten. Leider hat sich keine der Spuren erhärtet.«

»Wir haben damals alle acht zur Vernehmung vorgeladen und Spuren zu Attac zurückverfolgt«, erklärte die Staatsanwältin. »Ohne Ergebnis.«

Svea sah sich die Gesichter genauer an. Es waren fünf Männer und drei Frauen. Alle zwischen Anfang zwanzig und Ende vierzig. Einer der Typen, ein Mann mit Kapuzenpulli und eisernem Blick, sah recht ungepflegt aus. Svea musste an den Unabomber denken. Diesen Kaczynski. Er hatte ziemlich verwahrlost als Aussteiger im Wald gehaust.

Brixn hatte sich vorgebeugt und betrachtete die Porträts ebenfalls sehr genau. »Und Sie glauben, dass einer oder eine von denen …?«

»Oder mehrere«, ergänzte Tennhaus. »Ja. Gut möglich, dass jemand von diesen acht der Mother-Nature-Front angehört und an dem Überfall beteiligt war. Und wenn einer der Social-Media-Kontakte Verbindungen zu einem von den acht hier hat, dann wären wir schon ein Stück weiter.«

»Wer von denen ist der Hauptverdächtige?«

»Alle acht. Wir wissen es einfach nicht.«

Seufzend lehnte sich Brixn zurück. »Wieso hab ich davon

nichts gehört? Aus der Presse. Ich meine, vor Monaten, also Weihnachten?«

»Von der Drohung gegen Dr. Habermann?« Tennhaus und die Staatsanwältin wechselten einen Blick. »Wir haben versucht, das Ganze unter der Decke zu halten. Im Einvernehmen mit Dr. Habermann ... War nicht leicht. Wir wollten denen«, Tennhaus nickte vage zu den Fotos der Verdächtigen, »keine Bühne bieten. Deswegen keine Presse.«

Die Staatsanwältin stimmte zu. »Außerdem wollten wir bereit sein, wenn die Gruppe wieder zuschlägt, und sie nicht warnen.«

Brixn lachte auf. »Na ja, das hat ja prächtig funktioniert. Sie *haben* noch mal zugeschlagen. Ungestört. Und eine Bühne haben die sich jetzt selbst geschaffen.«

Der Geruch des Teppichklebers löste bei Svea Kopfschmerzen aus. Sie sah sich nach den beiden Ventilatoren um, die jemand in das Besprechungszimmer gestellt hatte. Sie liefen auf Hochtouren. Es half nichts. Die Luft wurde weder besser noch kühler. Sie zog die Kopien des Bekennerschreibens zu sich heran und sah noch einmal zum Monitor, auf dem drei maskierte Räuber Partygäste bedrohten. Der Mann mit dem Sturmgewehr stand im Vordergrund. Er hielt es professionell und richtete es auf die Gäste. »Ein Brandanschlag, Sachbeschädigung ... Eine persönliche Drohung ...«, grübelte Svea. »Und jetzt ein Raubüberfall mit Schusswaffen und ein Angeschossener im Krankenhaus ...«

»Die radikalisieren sich«, führte Brixn Sveas Gedanken zu Ende.

Sie nickte. »Unter diesen Neoprenanzügen ... das könnte

jeder sein. Aber so einen Brief zu schreiben ...« Sie hielt die Kopie hoch. »Das ist schon was Besonderes. Was sagt denn Reutlinger?«

»Reutlinger? Der braucht zwei Wochen.« Die Staatsanwältin versuchte sich an einem Lächeln. »Sie kennen ihn doch.«

Svea hatte den Fachmann für Linguistik erst einmal im LKA getroffen. Bei einem Entführungsfall vor zwei Jahren. Damals war Reutlinger eine große Hilfe gewesen. Auch wenn die Zusammenarbeit mit ihm nicht gerade leicht gewesen war, hatte er entscheidend zu einem hilfreichen Täterprofil beigetragen.

»Wenn Ihr Experte was aus dem Bekennerschreiben rauslesen kann«, regte Brixn an, »dann sollten wir ihm Feuer unterm Hintern machen.«

»Ja«, stimmte Svea zu. »Das wird nicht der letzte Anschlag gewesen sein. Die Abstände werden kürzer, die Härte nimmt zu. Können wir eine Liste haben? Mit den Gesichtern und Namen dazu?«

Tennhaus nickte. »Jetzt haben wir eine Person auf der Intensiv. Von den ganzen traumatisierten Gästen mal abgesehen. Der nächste Anschlag wird wahrscheinlich tödlich verlaufen.«

12

Obwohl Svea schon seit etlichen Jahren beim Landeskriminalamt Hamburg arbeitete, hatte sie noch nie Reutlinger in seinem Haus in Lemsahl aufgesucht. Für gewöhnlich informierte Reutlinger sie erst nach Abschluss seiner Arbeit und besuchte sie in der LKA-Zentrale.

Entsprechend überrascht war sie vom Anwesen, dessen Garten zugemüllt war. Ein uralter Traktor stand neben zwei Holztruhen und Kisten voller Spanngurte, und allerlei ausgemusterte Fenster warteten auf ihren Einbau. Ein rostiger Citroën parkte quer in der Einfahrt, weil kein Platz mehr zwischen den Bergen aus Baumaterial und Fahrzeugteilen war.

Sie fing einen erstaunten Blick von Brixn auf. »Gute Frage«, murmelte und stieg aus. »Ich hatte mir den Wohnsitz eines Sprachwissenschaftlers auch anders vorgestellt.«

Svea sah auf ihre wasserdichte Tauchuhr. 19:53 – eigentlich hatte sie längst Feierabend. Ihr machte es nichts aus, länger zu arbeiten – zumal ihr leeres Hausboot nicht gerade einen unterhaltsamen Abend versprach –, aber die Tauchgänge, das Herumgefahre, die Besprechungen und Befragungen forderten ihren Tribut. Ohne es zu wollen, gähnte sie ausgiebig, während sie mit Brixn zum Haus ging.

Der Putz war an vielen Stellen der Fassade abgeplatzt, und Grünbelag hatte sich darauf ausgebreitet.

Svea drückte den abgegriffenen Messingknopf der Türklingel.

Es dauerte eine halbe Ewigkeit, bis ein Mann mit grauem Vollbart und Augenbrauen, die an Wollknäuel erinnerten, öffnete.

»Ja?«, fragte er, über seine Brille blickend, und machte keine Anstalten, die Tür weiter als einen Spaltbreit zu öffnen.

»Svea Roth, LKA. Kennen Sie mich noch?«

»Was? Jaja, sicher.«

»Das ist mein Kollege Jan Brixn. Wir haben telefoniert.«

»Ach Sie ... Ja, ja ... Kommen Sie ... kommen Sie rein.« Er stieß die Tür auf und marschierte, ohne ein weiteres Wort zu verlieren, schnurstracks einen dunklen Flur hinunter, der in die Tiefen des einstigen Bauernhauses führte. Dort verschwand er in einem Zimmer. Seinen Besuch schien er vergessen zu haben.

Brixn verdrehte die Augen und schloss die Tür, bevor sie dem Hausherrn in das Zimmer folgten, das sich als Küche entpuppte. Allerdings nutzte Reutlinger sie unzweifelhaft als Arbeitszimmer. Zwischen Kochgeschirr und Lebensmittelverpackungen stapelten sich Papiere, Lupen, Schreibgeräte, und sogar ein Mikroskop entdeckte Svea.

Sie hatte wirklich Mühe, das ansonsten tadellose Auftreten des Professors mit seinem Arbeits- und Wohnchaos in eins zu bringen. Sein Küchentisch und die schmale Holzbank dahinter schienen unter den Papierstapeln, Ordnern und Laptops beinahe zusammenzubrechen.

»Wollen Sie einen Kaffee?« Reutlinger räumte einen Stapel Zeitschriften, der ihm bis zum Kinn reichte, von einem der Stühle und legte ihn einfach auf dem Boden ab.

Während Svea höflich ablehnte, nahm Brixn dankend an. Genau wie Svea sah er sich ungläubig in dem ganzen Chaos um. »Sind Sie 'n Messi?«, fragte er geradeheraus, so dass Svea beinahe das Herz stehen blieb.

»Was? Ach so, das. Nein. Nein.« Reutlinger lächelte verlegen und zwängte sich zwischen die Papiere auf die Bank. »Ich hab einen Wasserschaden in meinem Büro. Meine Frau, wissen Sie?«

»Ihre Frau ist 'n Wasserschaden?«

»Wie meinen?« Reutlinger, der seine Nase bereits wieder in ein paar Schriftstücke gesteckt hatte, blickte auf.

»Na, Sie sagten ...«

»Ich weiß, was ich gesagt habe«, unterbrach Reutlinger Brixn schroff. »Nein, meine Frau ist kein Wasserschaden. Und sie hat auch keinen. Schaden, mein ich ... Obwohl, doch, hat sie schon. Sie hat mit einem Hammer auf die Heizungsrohre eingeschlagen, bevor sie weg ist.«

»Ach.«

»Ja. Ach. Wissen Sie, was in diesen Leitungen drin ist? Ich bis dato nicht.«

»Wasser?«, versuchte es Svea und musste ein weiteres Gähnen unterdrücken. »Können wir zur Sache kommen, bitte?« Es wurde Zeit, den Tag zu beenden. Während ihre Kollegen im LKA fieberhaft nach der Herkunft der Waffe forschten und mit Hilfe der Provider durch die IP-Adressen an die Klarnamen der Social-Media-Kontakte herankommen wollten, saß sie mit einem Professor und ihrem neuen Kollegen in dieser Küche herum.

»*Schwarzes* Wasser. Diese Substanz hat mein Büro geflutet. Und ich kann Ihnen versichern, sie ist nicht gerade ein Schmeicheln für die Nase.«

Brixn warf Svea einen amüsierten Blick zu und trat zu Reutlinger an die Laptops.

»Wir wissen, dass Sie das Ergebnis erst für nächste Woche angekündigt haben, aber wie ich schon am Telefon sagte: Wir bräuchten möglichst schnell was«, versuchte sie, Druck zu machen.

»Ad-hoc? Ihnen ist bewusst, dass es dann weniger evaluiert ist.« Schmatzend öffnete er auf einem der Laptops ein Programm. Es zeigte das Bekennerschreiben und eine Anzahl verschiedener Werte. »Ihre Annahme dürfte übrigens berechtigt sein«, stellte Reutlinger kurz darauf ohne ersichtlichen Anlass fest.

»Welche Annahme?«, fragte Brixn.

»Dass diese Subjekte in nächster Zeit noch einmal zuschlagen. Ein weiterer Anschlag. Das legt das Schreiben inhaltlich nahe.« Er räusperte sich und begann aus dem Gedächtnis zu zitieren: »*Wir können uns den Prozess der Umwälzung der ökologischen Verhältnisse nur vorstellen als einen Prozess, in dem wir in der Durchsetzung konkreter Forderungen und Ziele Gegenmacht aufbauen* … Ein *Prozess*, verstehen Sie? Der hält selbstverständlich noch an.«

Offenbar hatte Reutlinger den angebotenen Kaffee komplett vergessen. Stattdessen vertiefte er sich in die Schriftbilder, die das Programm ihm zeigte.

»Können Sie den Täter irgendwie charakterisieren? Ist das möglich bei einem getippten Text?«

»Genau genommen analysiere ich als Sprachwissenschaftler in diesem Fall natürlich nicht die Schrift. Es geht eher um Sprachduktus, Dialekte, typisierende Fehler, Wörter, die auf soziale Herkunft, das Alter, das Umfeld schließen lassen, und so fort. Wir nennen das forensische Sprachanalyse. Ihren Brief habe ich mit der Nationalen Tatschreibensammlung abgeglichen.«

»Die vom BKA?« Neugierig hob Brixn einen Duden hoch und sah sich das linguistische Fachbuch darunter an.

»Seit Anfang der 90er-Jahre haben wir über sechstausend Unikate gesammelt«, erklärte Reutlinger Svea, nur um dann Brixn zu ermahnen, doch bitte das Buch wieder zurückzulegen. »Und faszinierenderweise befindet sich Ihr Schreiben auch darunter.«

Ungläubig sah Svea ihn an. »Wie bitte? Der Brief war schon in der Datenbank?«

Reutlinger lächelte. Seine Zähne waren schief und gelb, aber sein Lächeln offenherzig. »Kleiner Scherz. Nicht direkt. Aber das Original, wenn man so will. Das Schreiben ist einem Bekennerschreiben der Roten Armee Fraktion nachempfunden, einem Text von 1991. Allerdings hat Ihr Verfasser eine gendersensible Schreibweise genutzt, wenn auch an vielen Stellen falsch. Die:der-Konstruktionen. Der RAF-Brief wurde als eine Folie benutzt. Ich glaube nicht, dass er als Ablenkung gedacht ist. Das ergibt wenig Sinn.«

»Sondern?«

»Ich tippe auf ein linkes Milieu. Ja, ich weiß, was Sie denken – und Sie haben wahrscheinlich recht: Es sind Studenten. Keine Studenten der Gender-Studies, dazu sind zu viele Fehler enthalten. Vielleicht Studenten der Politologie, Geschichtswissenschaften, Soziologie. Die ökologisch-revolutionäre Anklage spricht selbstverständlich auch für Umweltwissenschaft und dergleichen.«

Obwohl Svea nickte, war sie enttäuscht. Mit linken Studenten hatte sie schon gerechnet.

»Hier nimmt jemand den Duktus einer anerkannten Terrororganisation auf und nutzt ihn für seine Zwecke. Wer immer das verfasst hat, ihm oder ihr gefällt die gedrechselte Sprache, das geradezu unübersichtliche, das überladene Konstrukt der Sätze. Eine erste Analyse lässt auf eine Frau schließen. Mehrfach wird auf Gefühle – *fühlbar* – referenziert. Die Tatsache, dass eine Folie zugrunde liegt, macht es schwer, ein Alter zu bestimmen. Aber ich tippe auf eine Frau zwischen Mitte zwanzig und Mitte dreißig. Recht belesen, aber …«

»Aber?« Brixn beugte sich vor, um das Bekennerschreiben auf dem Monitor besser zu sehen. Diverse Wörter waren markiert, verschiedenfarbige Kästchen zeigten irgendeine unverständliche Mathematik an.

»Aber es ist bemerkenswert, wie nah sie sich am RAF-Schreiben von 1991 orientiert.«

Svea und Brixn blieben stumm, warteten auf weitere Erklärungen, aber Reutlinger vertiefte sich wieder in seine Arbeit.

»'tschuldigung.« Brixn räusperte sich. »Haben Sie noch mehr für uns?«

»Was? Ach ja. Es hat fast den Anschein, als brauche sie einen Text, um sich daran entlangzuhangeln. Weil sie ihn mag, aber auch, weil sie ihn als Stütze benötigt. Die Person, die Sie suchen, stammt wahrscheinlich nicht aus einer gehobenen Schicht, in der solch verschachtelte Texte verfasst werden. Wahrscheinlich ist es eher andersherum: Diese komplexe Sprache fasziniert sie, und ihre Mails und Briefe sind sehr viel einfacher gehalten.«

»Sie meinen, wer immer das geschrieben hat, möchte damit angeben?«, brachte es Brixn auf den Punkt. Er wollte nach einer der Abhandlungen greifen, die sich neben ihm stapelten, doch Reutlinger stoppte ihn mit einem scharfen Blick.

»Ja. So kann man es sagen. Ich glaube, sie will eloquenter erscheinen, als sie eigentlich ist. Und damit meine ich nicht, dass sie nicht höchst intelligent ist. Verstehen Sie mich nicht falsch. Ich glaube nur, dass die Verfasserin in ihrem täglichen Umfeld nicht mit solchen Texten zu tun hat. Oder hatte. In ihrer Kindheit.«

Svea hakte noch einmal nach. »Sie wollen uns sagen, dass wir eine rund dreißigjährige Frau aus dem studentischen Milieu suchen, die sich an komplexen Texten abarbeitet, um sich gewitzter zu geben, als sie ist. Eine intelligente Frau, die aus eher einfachen Verhältnissen stammt?«

»Das kann ich ad hoc dazu sagen. Der Text bedarf jedoch noch einer sehr viel eingehenderen Analyse. Hilft Ihnen das kurzfristig weiter?«

Noch auf dem chaotischen Hof von Reutlinger breitete Svea die Fotoausdrucke der verdächtigen Aktivisten auf der Motorhaube des Zivilfahrzeugs aus. Obwohl die Sonne bereits den Himmel abendlich rotviolett färbte, war die Luft noch immer drückend. Die Hitze hatte sich zwischen Steinstapeln und rostigem Kram aufgestaut und strahlte von den alten Mauern zurück. Svea war heiß, und sie fühlte sich mehr als erschöpft.

»Klang das für Sie einleuchtend?«, fragte sie.

»Dass es eine Frau ist, weil sie zwei- oder dreimal von *fühlbar* schreibt? Weiß nicht.« Brixn zündete sich eine Zigarette an und zog die Fotos zu sich heran. »Bisschen simpel, oder?«

»Bisher hat er uns immer gut beraten.«

»Ist euer Experte.« Seufzend holte Brixn sein Handy heraus und öffnete den Film vom Überfall. »Sehen Sie den hier?«

»Den Täter mit dem Sturmgewehr?«

Brixn nickte. »Das ist eindeutig ein Mann. Und ich verwette meinen Arsch darauf, dass das kein Politologe oder so 'n Historienheini ist. So wie der die Waffe hält, kommt der vom Militär. Zumindest hat er eine militärische Ausbildung. Der kennt sich aus.«

»Und verliert die Waffe?«

Für einen Moment rollte Brixn nachdenklich die Zigarette zwischen den Fingern. »Hm … Pech. Vielleicht einfach Pech.«

»Kann sein. Aber lassen Sie uns mal davon ausgehen, dass Reutlinger recht hat.« Svea ging die Namen der Verdächtigen und ihre Geburtsdaten durch. Mit einem Kuli begann sie, alle Männer wegzustreichen. Eine Frau war zu jung, eine andere schien nichts mit Universitäten zu tun zu haben. Schließlich umkringelte Svea ein Passbild.

»Petra Bosse, 31.« Svea hatte bereits ihr Handy gezückt und Hendriks Nummer gewählt.

»Ja, Svea?«

»Hendrik? Kannst du mir alles schicken, was wir über eine Petra Bosse haben?«

»Die damals auf Platz sechs unserer Liste stand?«

»Dein Erinnerungsvermögen ist erstaunlich.«

»Ich trainiere ja auch.«

»Mail am besten alles. Ich würde der Frau gern gleich morgen früh auf den Zahn fühlen!«

13

Das *Faust* war gerammelt voll. Die urige Kneipe im Studentenviertel schwappte über von Lachen, trunkenen Gesprächen und flirtenden Blicken.

Mareike sah sich um. Neben den wenigen Touristen, die sich abseits der Ströme nach Finkenwerder verirrt hatten, saßen vor allem junge Leute an den seit Jahren zerschrammten und abgelebten Tischen. Der Wirt, ein Unikum mit Wikingerbart und Muscleshirt, zapfte ein Bier nach dem anderen und schob unablässig Kurze über den Tresen, an dem die üblichen verlorenen Gestalten hockten. Die einzige Bedienung fand kaum durch die Stühle, die kreuz und quer um die Tische gestellt worden waren.

Mareike konnte sich noch gut an die Zeit erinnern, als sie das erste Mal mit Petra hier gesessen hatte und sie bierselig über die Welt und vor allem die Zukunft geredet hatten. Das *Faust* war für einige Monate ihr Wohnzimmer geworden, bis sie erst bei Ansgar ihre Aktionen ausgeheckt und später in ihrem Versteck im Grünen geplant hatten.

Je krasser die Aktionen, umso geheimer die Orte.

Mareike ließ ihren Blick über die Gesichter gleiten. Würde sie einen Spitzel der Polizei erkennen? Einen V-Mann? Irgendeinen Kommilitonen oder unauffälligen Gast, der zu genau hinhörte, sich verriet?

In den letzten Wochen war das Gefühl, verfolgt zu werden, immer stärker geworden. Doch seit heute Nacht waren sämtliche Blicke von Fremden wie stechende Dolche.

Sie schluckte die Paranoia herunter, versuchte sich zu entspannen ...

»Nein! Ganz entschieden! Sagt mal! Nein!«, zischte Petra. »Ich denke, wir sollten dieses Momentum nicht ungenutzt lassen ... Das müssen wir für uns nutzen. Das ist doch wie eine Raketenstufe.«

Mareike warf Jerome einen Blick zu, doch der sah sie nicht an, sondern stumm auf die zerkratzte und von Bierringen übersäte Tischplatte.

Schließlich schüttelte er kaum merklich den Kopf. Sein Bier hatte er vor einer halben Stunde schon ausgetrunken, aber er hatte kein zweites bestellt. Im schummerigen Licht der Kneipe sahen seine Züge feiner aus, als sie wirklich waren.

Seit einer geschlagenen Stunde diskutierten sie, wie es weitergehen sollte. Jerome und sie hatten auf Petra eingeredet, sämtliche Aktivitäten einzustellen und vielleicht sogar Hamburg zu verlassen. Zumindest für ein paar Wochen.

Was in ihm wohl vorging, fragte sich Mareike. Auch wenn er es nicht gewollt hatte, er hatte einen Menschen angeschossen und schwer verletzt. Kein Wunder, dass er in sich gekehrt war und nicht mehr wirklich gegen Petras Aktionismus ankämpfte.

»Petra hat doch recht«, flüsterte Ansgar energisch. »Die ganzen letzten Monate sind wir wie Falschgeld rumgelaufen, und jetzt haben wir endlich mal was getan. Wir können nicht einfach aufhören, nur weil so ein korruptes Arschloch im Krankenhaus liegt ... Ach, Scheiße.« Er trank sein Bier aus und bestellte mit Handzeichen ein weiteres.

Mareike, die noch immer Jerome musterte, wollte sich gar nicht ausmalen, was in seinem Kopf vorging. Was hätte sie an seiner Stelle wohl getan, wenn ihr das passiert wäre?

Mareike seufzte innerlich. Sie war, auch ohne abgedrückt zu haben, schon viel zu verwirrt.

»In zwei Wochen will Kleinfelder eine PR-Tour starten und dieses Wahnsinnsprojekt weiter greenwashen. Akzeptanz in der Bevölkerung. Erst durchwinken, dann Akzeptanz schaffen. Diese verfickte Umweltsenatorin«, warf Petra ein. »Wenn wir jetzt kneifen, dann brauchen wir gar nicht mehr anzufangen. Wir müssen da zuschlagen.«

»Außerdem wäre es schlau«, meinte Ansgar. »Wenn sich jeder so verhält wie immer. Das fällt doch auf, wenn wir plötzlich alle Urlaub machen, oder?«

Da musste Mareike ihm recht geben.

Er sah Jerome an, doch der blickte noch immer verloren auf den Tisch und konnte sich nur halbherzig zu einem Nicken durchringen.

Weil Jerome schwieg, begann Mareike zögerlich: »Ist doch aber ein Unterschied ... Ich mein, ob wir weitermachen oder uns einfach still verhalten. Vielleicht sollten wir ins Versteck und alle Sachen vernichten. Das wär doch auch gut.«

Ansgar starrte sie an, als hätte sie vorgeschlagen, Giftmüll zu verklappen.

Sie hielt seinem Blick nicht stand und sah zur Bar, wo Wikinger Ansgars Bier zapfte. Hinter ihm liefen die Nachrichten auf einem Fernseher.

»Das Schiff …«, flüsterte sie, als sie Aufnahmen des Kahns am Anleger und Bilder von den Polizeiuntersuchungen sah.

Alle fuhren herum.

»Starrt da nicht so hin«, ermahnte sie Jerome, aber keiner der vier konnte den Blick wirklich abwenden.

Petra war die Erste, die aufstand und rüberging. Ansgar folgte ihr. Als Mareike zögerte, meinte Jerome: »Vielleicht ist es gut, wenn wir wissen, was die Bullen wissen, oder?«

Mareike nickte und traute sich, wie beiläufig seine Hand zu streifen, als sie aufstand. Seine Haut war zarter, als sie bei einem Dockarbeiter für möglich gehalten hätte. Ihre Blicke trafen sich, und sie schenkte ihm ein aufbauendes Lächeln, bevor sie zu Petra vorausging.

Sie mochte Jerome sehr. Er hatte keine Freundin, wohnte ganz allein in seiner Souterrainwohnung, und sie hatte oft davon geträumt, ihm zu sagen, wie sehr sie sich zu ihm hingezogen fühlte. Er folgte ihr zwischen den Stühlen hindurch, und sie stellten sich zur Bar, taten, wie Petra und Ansgar, als unterhielten sie sich. Mareike bestellte noch drei Bier, während sie angestrengt zuhörten. Der Nachrichtensprecher war kaum zu verstehen.

»Kannst du das mal lauter stellen?«, fragte Petra den Wirt, als der Ansgar das Bier hinschob.

Kaum hatte der Wikinger auf die Fernbedienung gedrückt, drehten sich einige weitere Studenten neugierig um.

»… hat die ermittelnde Polizei vor einer Stunde wahrscheinlich die Überreste des Schlauchboots gefunden, das die Täter benutzten.«

Ein Kloß im Hals schnürte Mareike plötzlich die Luft ab, während Petra die Neuigkeit eher gelassen aufnahm.

Dann erschienen mit einem Mal Bilder, die Petra aufgenommen hatte. Sie zeigten die halb nackten Partygäste, gefesselt, mit verpixelten Gesichtern. Es waren nur wenige Sekunden …

»*Die Tat steht eventuell in Zusammenhang mit weiteren Anschlägen. Wie es scheint, war es kein einfacher Raubüberfall. Beinahe der gesamte Hamburger Senat ist bei dieser Aktion gezwungen worden, sich zu entkleiden. Einige berichten davon, dass sie für wohltätige Zwecke spenden sollten …*«

Ein paar Studenten lachten, drei grölten begeistert.

»Du hast es schon ins Netz gestellt?« Mareike war entsetzt.

»Dafür haben wir es doch gemacht«, lautete Petras kühle Antwort.

Irgendjemand hinter ihnen sagte: »Geschieht den Arschlöchern recht!« Und wieder drang Lachen durch die Bar. Zwei jungen Studentinnen schien ebenfalls zu gefallen, was sie da wenige Bilder lang gesehen hatten. »Korruptes Pack. Diese ganze Elbvertiefung und die Hafenerweiterung. Verbieten sollte man das.«

Mareike lief es kalt den Rücken runter, sie wusste, dass sie hätte froh sein sollen. Sie hatten anscheinend das Richtige getan, aber irgendwie konnte sie sich nicht freuen.

»Ich sag's ja«, flüsterte Petra. »Wir sind auf dem richtigen Weg!«

»Einen Scheiß sind wir!«, zischte Jerome verärgert und lehnte das Bier ab, das Ansgar ihm reichte.

Petra bedachte ihn mit einem Kopfschütteln und nahm ihn einen Schritt beiseite. Mareike konnte hören, wie sie zischte: »Jerome, du bist mitgenommen. Das kapier ich ja …«

»Du kapierst es nicht! Die werden uns jagen, Petra«, flüsterte er. »Aber dir, dir gefällt der Scheiß! Richtig?!«

»Na klar!«, erwiderte Petra und grinste feist. Sie fixierte Jerome, und die beiden töteten sich mit Blicken. Jerome biss die Zähne zusammen, und Mareike bemerkte, wie die Luft zwischen ihnen langsam zu flirren begann. Die beiden waren in den letzten Wochen öfter mal aneinandergeraten, aber nie hatte Mareike sie einander so feindselig gegenüberstehen sehen.

Sie wollte etwas einwerfen, irgendwie schlichten, aber ihr fiel nichts Passendes ein, und schließlich war Jerome schneller.

»Du kotzt mich an, echt, Petra!«, knurrte er und stieß sie ein Stück von sich.

»Ey!« Petra stieß zurück. So was ließ sie sich nicht gefallen.

Jerome packte Petra am Kragen und drückte sie brutal gegen die Theke. Zwei Bier kippten um, Glas zerscherbte.

»Hey!«, protestierte der Wirt, und sofort mischte sich Ansgar ein, riss Jerome von Petra weg. »Spinnst du!«

Mareike sah, wie zornig Jerome war, dass er bereits die Faust geballt hatte. Seine Verzweiflung war kurz davor, sich Bahn zu brechen, und es kostete ihn ungeheure Kraft, seine Wut nicht an Petra oder Ansgar auszulassen.

Um sie herum war es schlagartig still geworden. Die Hälfte der Gäste starrte sie an und befürchtete Schlimmeres.

»Ey, kein Ärger hier. Petra! Verstanden?«, meinte der Wikinger. »Sonst komm ich rum!«

»Jerome«, meinte Mareike. »Komm, lass gut sein.« Sie traute sich, seine Schulter zu berühren, um ihn sanft wegzudrehen.

Endlich steckte Jerome, wenn auch widerwillig, die Hände in die Tasche. Er zog einen Zwanziger heraus und warf ihn in die Bierpfütze auf dem Tresen. Bevor Mareike noch etwas sagen konnte, war er schon losgegangen. Unschlüssig, ob sie ihm folgen sollte, stand sie da.

»So 'n Penner«, meinte Ansgar und wischte sich die nassen Hände an der Jeans ab. »Und was is' mit dir?«, richtete er sich an Mareike. »Folgst du ihm? Oder uns?« Er checkte, ob sein Glas noch ganz war, und trank sein Bier aus.

»Ja«, meinte Petra und nahm Ansgar in den Arm. »Vielleicht solltest du dich mal entscheiden, Mareike.« Sie küsste ihn. »Mareike, du weißt, wie sehr wir dich schätzen.«

Mareike nickte. Bisher war sie mit Ansgar und Petra immer wunderbar ausgekommen. Sie hatte kaum Freunde, und Petra war seit dem G-20-Gipfel so etwas wie ihre Familie geworden.

Ja, dachte sie seufzend. Entscheiden. Aber wie soll das gehen? Sie hatte so viele Monate mit Petra und Ansgar verbracht, hatte wochenlang geplant, tagelang diskutiert, sich den Kopf heiß geredet. Und auch wenn Jerome gute Ideen hatte und sie sich wünschte, mehr Zeit mit ihm zu verbringen, so gut wie Petra kannte sie ihn nicht. Und vielleicht hatte Petra ja recht. Vielleicht war dies wirklich endlich der Beginn von etwas Größerem. Und die Aktion, auch wenn sie aus dem Ruder gelaufen war, würde der Mother-Nature-Front endlich die Publicity bringen, die sie sich schon immer gewünscht hatten.

Noch einmal sah sie Jerome hinterher, doch der war bereits auf die nächtliche Straße getreten. Ohne sich umzudrehen, ließ er die Tür hinter sich zufallen und ging.

»Komm schon, Mareike. Über verschüttete Milch ... verschüttetes Bier sollte man nicht weinen. Lass ihn machen.« Aufmunternd rieb Petra ihr den Arm. »Wir behalten einen kühlen Kopf. Steht einfach zu viel auf dem Spiel, oder? Mother-Nature-Front!« Petra zwinkerte ihr zu.

Schließlich stimmte Mareike stumm zu, aber in ihrem Kopf spielten die Gedanken Pingpong.

14

Nach einer ruhelosen, viel zu warmen Nacht fuhr Svea am frühen Morgen hinaus in die Ausläufer eines Industriegebiets zu einem Institut der Universität Hamburg. Hendrik hatte sich durchtelefoniert und erfahren, dass Petra dort in einer Forschungsstelle als Doktorandin tätig war. Ihr Arbeitsplatz befand sich in einer modernen Halle mit direktem Zugang zu einem der Elbkanäle.

Sveas Handy klingelte. Unbekannt.

Normalerweise nahm sie solche Anrufe gar nicht erst an, allerdings ahnte sie, wer es war. »Ja? Roth?«

»Morgen. Der Neue hier.«

»Brixn?«

»Bereit und in Farbe ... Sie sind schon zur Uni?«

»Wer hat ...?«

»Tennhaus. Hat mich gerade informiert.«

Svea brummte verärgert. »Aha. Sie sind im Büro?«

»Seit zehn Minuten. Hier wartet 'n Kaffee und 'n Croissant auf Sie. Sie hätten zu dieser Petra nicht allein gemusst.«

Na toll. Typisch Mann. Kaum ein Tag in der Abteilung, und schon will er einen auf Beschützer machen.

»Danke. Ich komm klar«, entgegnete sie schroff.

»Da hab ich kein' Zweifel, ehrlich gesagt ... Ach ja, ich war grad bei der Morgenbesprechung. Es gibt Neuigkeiten zur Waffe. Die haben das Projektil gegengecheckt, das Teschner verletzt hat.«

»Es ist die Tatwaffe?«

»0,6 bis 0,9 Millimeter breite Feldereindrücke auf den Geschossen. Rechtsdrall. Die Riefen stimmen überein. Es ist die Tatwaffe. Wie es aussieht, haben die sogar eine Spur, woher das Gewehr stammt. Der Chef ist dran. Wenn er was Konkretes hat, werd ich dem nachgehen. Soll ich auf Sie warten? Oder wie läuft das hier?«

»Was wir haben, haben wir. Oder?«

»Verstehe.« Er seufzte. »Na, dann ess ich mal Ihr Croissant und bring dann meine alten Knochen in Schwung. Ach so, sagen Sie, fliegen hier im Büro öfter bunte Einhörner rum, so Viecher, die Seifenblasen jagen und sich dabei dreckige Witze erzählen?«

»Was?«

»Okay. Liegt's wohl am Teppichkleber. Geiles Zeug ... Ich mach mich auf den Weg und meld mich.«

»Gut.« Sie wollte auflegen.

»Warten Sie ... Ähm ...«

Sie hörte förmlich, wie er überlegte.

»Gestern«, meinte er. »Da war 'ne Menge los, aber vielleicht können wir uns heute mal unterhalten?«

Wollte er sich mit ihr privat treffen?

Svea zögerte. Seit Lenas Tod war sie nicht mehr ausgegangen. Bis auf ein paar Schnäpse mit Hansen, dem verknitterten Leiter der Bereitschaft, mit dem sie sich in ihrer

Lieblingsmarina über Lars ausgetauscht hatte, war Svea die ganzen zwei Jahre nicht einmal essen gewesen. Mit einem Mann schon gar nicht. Ein Fakt, den auch ihre Schwester nicht müde wurde, ihr bei jedem Gespräch aufs Brot zu schmieren. Sie solle mal wieder mit in die Clubs und Bars kommen. Doch was Männer anbelangte, war Svea – nach Lenas Tod und dem quälend langsamen Trennungsprozess mit Lars – bisher lieber auf Abstand geblieben.

In seinem lässigen Hemd, mit seinen strubbeligen Haaren und den Geradeheraus-Kommentaren kam ihr Brixn eine Spur zu forsch vor. Wahrscheinlich rührte sein Biss von Frustration her, immerhin hatten sie ihn beim BKA rausgeworfen, weil er Kollegen angeschwärzt hatte. So munkelte man zumindest im LKA.

Zugegeben, er sah nicht schlecht aus und war nicht auf den Mund gefallen ... Und, ja, sie hatte in seine Akte gespickt und gesehen, dass er Single war.

Bist du schon so einsam, schalt sie sich, dass du ernsthaft an One-Night-Stands denkst? Mit Kollegen?! Schäm dich, Svea. Da kannst du dir auch gleich Tinder installieren. Immer noch besser, als mit einem neuen Kollegen in die Kiste zu springen. Und dann auch noch mit Brixn ... Nee. Aber smart ist er irgendwie schon ...

Weil sie nicht antwortete, fuhr er fort: »Ich weiß, dass mir ein gewisser Ruf vorauseilt, also ... ich denke, es wäre ganz gut, wenn ich da ein bisschen was geraderücke.«

»Verstehe.« Svea suchte einen Parkplatz vor dem Institut und stellte den Wagen ab. »Sie meinen Ihre Versetzung?«

»Wenn Sie es so nennen wollen. Das auch, ja ... Vielleicht

heute Abend? Meine Tochter kocht fantastisch. Sie könnte ihr Lieblingsgericht machen. Pasta alla boscaiola.«

»Oh.« Svea horchte auf. Sie hatte nicht damit gerechnet, dass er sie zu sich nach Hause einladen wollte. Familiär mit Essen von der Tochter.

Gestern hatte ihr Brixn noch vorgeschlagen, das Schichtende mit einem Absacker in der nächsten Kneipe zu begehen. Nein. So richtig wusste sie nicht, was sie von ihrem neuen Kollegen halten sollte.

»Na, seh schon. Bin ich mal wieder mit der Tür ins Haus ... Vergessen Sie's. Ich wollte nich' ...«

»Nein. Nein, ist schon okay. Ihre Tochter, die ... die ist erwachsen, oder?«

»Vom Alter her schon, ja.«

Svea musste lächeln. »Schön gesagt. Wissen Sie was, Brixn. Dann lassen Sie sie laufen, und Sie bringen einfach was mit. Chinesisch, Inder, was Sie mögen.«

»Zu Ihnen?« Er war hörbar verwundert.

»20 Uhr.«

»Ich ...«

Sie ließ ihn nicht aussprechen, sondern legte schnell auf, bevor sie es sich noch anders überlegte. Überrascht von sich selbst, steckte sie das Handy wieder ein.

Hatte sie das gerade wirklich getan?

Sie sehnte sich danach, gute Gespräche zu führen und die Stille am Morgen zu vertreiben, die für sie das Schlimmste war. Aufzuwachen und niemanden neben sich zu wissen, alleine zu frühstücken und dann zur Arbeit zu fahren – ohne ein Wort, ohne ein Lächeln, ohne eine Berührung.

Sie wünschte sich jemanden, mit dem sie wieder sprechen, mit dem sie ihre Gefühle teilen konnte, nicht wie bei Lars, bei dem jedes noch so unverfängliche Gespräch mit Vorwürfen und Streit endete.

Doch für eine echte Beziehung fühlte sie sich noch viel zu zerbrechlich, und die Trennung von Lars stand noch immer wie ein dunkler Schatten im Raum. Ein Monolith, der die Sicht auf einen Neuanfang mit einem neuen Partner versperrte.

Obwohl sie den Tod ihrer Tochter besser als Lars verarbeitet hatte, lag sie oft genug weinend im Bett, hin und her gerissen zwischen dem Drang, die Welt zu erobern, und dem Bedürfnis, sich einfach die Decke über den Kopf zu ziehen und für immer zu schlafen.

Sie spürte den Wunsch nach einem Neustart, nach mehr Licht im Leben. Sicher. Der Appetit war geweckt, aber der Hunger noch nicht da.

Mir fehlt einfach der Mut, den ersten Schritt zu gehen.

Sie wusste, dass sie über den Tod von Lena niemals hinwegkommen würde – wie es ehemalige Freunde formuliert hatten –, doch ihr war klar, dass sie auftauchen musste. Sie durfte nicht wie Lars am dunklen Meeresgrund verharren – für immer dort unten in der Finsternis, die Kälte spüren und sich an sie binden, während ihr nach und nach der Sauerstoff ausging.

Sie musste an die Oberfläche zurück. So beschwerlich der Aufstieg auch war. Sie musste zurück ans Tageslicht. Ein gutes Stück des Weges hatte sie bereits hinter sich gebracht, auch wenn sie ab und zu anhalten und einen Dekompressionsstopp einlegen musste. Sie hatte Angst, zu schnell auftzutauchen und trotz Licht und Sonne nicht zu überleben.

Als sie aus ihrem Wagen stieg, empfing der Sommertag sie mit einer angenehmen Brise. Svea rieb sich die Augen und versuchte, an etwas anderes zu denken als an Lars oder Brixn. Müdigkeit und Gefühle hin oder her – sie musste ihre Arbeit erledigen.

Sie zog die Glastür zum Institut auf und betrat einen schmucklosen Empfang, der bloß aus einem Holztresen bestand. Kaum war sie eingetreten, kam ein junger Mann in Jeans und Laborkittel auf sie zu, der anscheinend schon auf sie gewartet hatte.

»Hallo! Ansgar Tröge. Wir haben telefoniert«, begrüßte er Svea, schob sich den letzten Rest eines Sandwichs in den Mund und wischte sich die Finger an seinem Kittel ab, bevor er sie Svea hinstreckte.

»Svea Roth, LKA.«

»Willkommen im Reich der Quallen und Aale!« Er hielt ihr eine Tür auf. »Kommen Sie. Soll ich Sie rumführen?«

Auf Svea machte er einen etwas nervösen Eindruck, aber sie hatte in den Jahren bei der Polizei festgestellt, dass so ziemlich jeder nervös wurde, wenn das LKA anklopfte.

»Das wäre nett.« Sie trat in einen kurzen Flur, der aus schlichten Stellwänden wie auf Messen gebaut war.

»Ich hab Frau Bosse bereits gesagt, dass Sie kommen.«

»Ach?«

»Oh ... Ähm, sollte ich nicht?«

»Doch, ist schon okay.«

Er führte sie die paar Schritte zu einer weiteren Tür. Als

er sie öffnete, stand Svea in einer Halle, die auf den ersten Blick an einen abstrakten Dschungel erinnerte. Von der Decke hingen unzählige, beindicke Plastikschläuche, die mit grünem Wasser gefüllt waren. Die durchsichtigen Säcke wurden von speziellem Licht angeleuchtet und schimmerten geradezu magisch. Dünne Röhren bildeten ein Netzwerk, verschwanden in der Decke und tauchten wie Äste in Baumkronen wieder auf. Irgendwo drang Geplätscher durch das Surren der Klimaanlage. Eine Bank mit mehreren PCs und Laborgerätschaften war an der Seite aufgebaut. Zwei Frauen in Laborkitteln arbeiteten allein vor sich hin. Jemanden, der nach Professor aussah, konnte Svea nirgends entdecken.

»Dr. Enzer ist außer Haus«, sagte Ansgar Tröge, als hätte er ihre Gedanken gelesen. »Wenn Sie ihn kennenlernen wollen, mache ich gerne einen Termin.«

»Danke. Es reicht, wenn ich mit Frau Bosse sprechen kann.«

»Die sehe ich hier gerade nicht. Wahrscheinlich ist sie draußen.«

Er wies durch die Reihen an gefüllten Plastikschläuchen, in denen die trübe Flüssigkeit Blasen schlug.

»Das sind Algen, oder?«

»Ja. Wir nennen das hier unsere Algensuppe.« Er ließ seine schlanken Hände über einen der gefüllten Beutel gleiten, dann öffnete er die Tür zum Außenbereich. »Die Algen gedeihen am besten mit hoher Beleuchtungsdauer und guter Lichtintensität ... Da drüben am Freibecken.« Er zeigte zu einem Ponton, der im Kanal schwamm und über einen kurzen Steg vom Ufer zu betreten war.

»Sie können gerne wieder reingehen«, meinte Svea streng. »Ich komm schon klar. Wenn ich Fragen habe, melde ich mich.« Es entging ihr nicht, dass der junge Mann einen Moment unschlüssig dastand, bis er nickte und sich verabschiedete.

Sie wartete einen Augenblick, bevor sie zum Ponton ging. Es handelte sich um eine Konstruktion aus Plastikfässern, die einen Rundgang aus Gittern trugen. In der Mitte war ein Geflecht aus Röhren angebracht, in denen Sensoren steckten.

Von Petra Bosse fehlte jede Spur, aber dann sah Svea Luftblasen aus dem Kanal aufsteigen, und wenig später tauchte Petra Bosse auf. Sie trug einen Neoprenanzug und eine Brille, aber kein Tauchjacket oder Flaschen. Sie hatte Svea noch nicht bemerkt, die sich ruhig verhielt und zusah, wie Bosse aus dem Wasser stieg, ihre Tauchmaske abnahm und die Haube nach hinten zog.

Als Svea näher trat, konnte sie erkennen, dass Bosse recht durchtrainiert war. Ein wenig erinnerte Bosse Svea an die Outdoor- und Adventure-Liebhaberinnen, mit denen ihr Vater und ihre Mutter in Kolumbien oft getaucht waren.

»Frau Bosse?«

Die Frau fuhr herum. »Ah. Die Polizistin, nehm ich an.«

»Kriminalhauptkommissarin«, berichtigte Svea.

»Ansgar hat Sie angekündigt.« Ohne jegliche Scham begann sie sich umzuziehen.

Svea drehte sich um. »Ich würde Ihnen gerne ein paar Fragen stellen.«

»Wegen des Überfalls? Den habe ich auf YouTube gesehen. Das können Sie sich sparen. Ich bin im Besitz eines Alibis.«

Svea war überrascht, wie direkt Bosse ins Gespräch einstieg. »Ach. Glauben Sie, dass Sie das brauchen werden?«

»Wenn Sie sich die Mühe machen, hier rauszufahren, dann wahrscheinlich, weil Sie mich immer noch auf Ihrer beschissenen Liste haben.«

Aus dem Augenwinkel sah Svea, wie Bosse sich ein T-Shirt vom Geländer nahm und es über die nasse Haut zog.

»Sie können sich umdrehen«, meinte sie und stieg in ihre Jeans.

Ihre Fingernägel waren dunkelblau lackiert, aber der Lack war abgeschrammt. Sie trug einen Verband am Handgelenk, und ihre Arme waren tätowiert. Das Shirt war ein verwaschenes Ding mit zahlreichen Löchern und einem Aufdruck. Svea erkannte eine Art Piratenflagge. Ein Totenkopf und darunter ein Dreizack und eine Art Krücke ... Nein, es war etwas anderes. Svea kannte das Zeichen, kam aber nicht drauf, von wo.

»Im Schlauch können Löcher auftreten. Nicht gut für die Algen.« Bosse nahm eine Plastikflasche, in die sie eine Probe gefüllt hatte, und hielt sie gegen die Sonne. Dann zog sie lässig mit den Zähnen die Kappe von einem Edding ab.

»Um noch mal auf die Liste zurückzukommen. Wir wissen, dass Sie in der Szene gut vernetzt sind.«

Bosse lächelte aufgesetzt. »Szene? Aha. Nennt man den Umweltschutz heute so? Sie haben mir schon wegen der Sache bei Airbus nichts nachweisen können. Und jetzt kommen Sie und belästigen mich wieder?«

Mit einem Lächeln trat Svea auf den Ponton. »Vielleicht schalten wir mal einen Gang zurück, hm?«

»Zurück? Das ist nicht so meins.« Die Frau zog ein Etikett

von einer Rolle. Dabei fielen Svea ihre Handflächen auf. Sie waren beide vollkommen vernarbt, so als hätte die Frau in glühende Kohlen gegriffen.

Stumm hob Bosse die Linke, als sie Sveas Blick bemerkte. »Hübsch, oder? Das waren Sie ... Ihr Verein.«

»Wie bitte?«

»Die Demo zur Elbvertiefung. 2012. Der Bulle hat einfach an mir gezogen, der Wichser.«

Svea begriff noch immer nicht.

»Sekundenkleber. Hält fester, als man denkt.« Mit gekonntem Schwung beschriftete sie die Flasche, dann stellte sie sie zu einem halben Dutzend anderer.

»Verstehe.« Bosse hatte sich bei einer Demo festgeklebt, und ein Polizist hatte sie einfach von irgendwas weggerissen. Svea wechselte das Thema. »Was ist in den Röhren? Auch Algen?«

»Aus dem Kanal, ja. Das ist ein kleiner Algenreaktor.«

»Wie die drinnen?« Svea nickte zurück zum Gebäude.

»In der Halle gehen wir einen Schritt weiter, versuchen, was sich bewährt hat, in eine Zucht in industriellem Maßstab zu überführen.«

»Warum Algen?«

»Man sagt, die Algen seien niedere Pflanzen – aber wussten Sie, dass mehr als vierzigtausend verschiedene Arten bekannt sind? Und wir gehen davon aus, dass es sicher das Zehnfache ist.«

»Das Zehnfache?«

»Nur eine grobe Schätzung. Auf zwanzigtausend Menschen kommt eine Art.«

»Und die sind dann wofür da? Für Sprit?«

Bosse nahm ihre Sachen und drängte sich an Svea vorbei, die ihren herben Geruch aus Arbeitskleidung, Wasser und Schweiß roch. Ein Parfüm hatte die Doktorandin nicht aufgelegt. »Sprit?«, stieß Bosse verächtlich aus. »Da hoffen wir mal, dass wir den nicht mehr brauchen. Die komplette Förderung von Erdöl, das Vernichten fossiler Ressourcen, ist nichts anderes als Mord.«

»Mord?«

»An unserer Erde. Wir sind dabei, unsere Mutter zu töten, Frau Roth.« Bosse musterte Svea. Die beiden sahen sich für ein paar Atemzüge so tief in die Augen, dass es Svea schien, als suchte Bosse etwas. Vielleicht einen Funken, ein kleines Anzeichen, dass sie auf ihrer Seite war. Etwas, das ihr verriet, ob sie genauso dachte.

Svea ertrug den Blick nicht, obwohl sie standhaft bleiben wollte, sah sie schließlich doch weg und zuckte mit den Schultern. »Mag sein, ja«, antwortete sie. »Und wozu sind sie dann da? Medizin?«

»Die Algen? Die sind vielseitig einsetzbar. Da sind jede Menge Antioxidantien drin, aber auch ungesättigte Fettsäuren und Vitamine. Das heißt, Sie können Proteine gewinnen oder Farbstoffe.«

»Und Sie haben sie hergestellt, die Algen, und testen sie im Kanalwasser?«

»Nein. Wir verändern sie nicht biotechnologisch. Warum auch, es gibt über ...«

»... vierzigtausend Arten«, beendete Svea den Satz.

»Richtig. Gut aufgepasst. Es gibt genug Arten. Die Frage

ist bloß, welche gedeihen unter welchen Bedingungen am besten ... Aber ich muss weitermachen, also kommen Sie zum Punkt. Sie sind jawohl kaum hier, um was über Algen zu lernen.« Ohne eine Antwort abzuwarten, ging Bosse zurück zur Halle.

Die kalte Schulter stachelte Svea an. Sie spürte, wie sie sauer wurde. Es war eine Sache, zu lügen oder nicht mit der Polizei sprechen zu wollen, aber sie, eine Beamtin des LKA, einfach stehen zu lassen, war eine ganz andere. »Sie haben das Video des Überfalls nicht nur gesehen«, begann sie.

Doch Bosse dachte gar nicht daran, sich noch weiter mit ihr zu unterhalten. Kaum war sie an der Tür angekommen, öffnete Tröge ihr. Neugierig sah der junge Mann zu Svea herüber, die seiner Chefin folgte.

»Oder wie wollen Sie mir erklären, dass der Upload des Videos mit Ihrer IP in Verbindung steht?« Das war eine Lüge, aber Svea wollte wissen, wie Bosse reagieren würde.

Immerhin blieb die Frau wie angewurzelt in der Tür stehen. Einen Atemzug lang tat sich nichts, dann lachte sie auf. »Das ist doch Unsinn. Nette Delusion.«

Nette Delusion ... Andere hätten verschaukeln, verarschen, was auch immer gesagt. Delusion? Da musste man ja im Duden nachschlagen. Professor Reutlingers Worte fielen Svea wieder ein ...

Ich glaube, sie will eloquenter erscheinen, als sie eigentlich ist.

»Wenn Sie sich da so sicher sind ...« Genüsslich ließ Svea Bosses Vermutung einfach im Raum stehen. »Besitzen Sie ein schwarzes Zodiak? Beziehungsweise ein RIB? Viereinhalb Meter, für um die sechs Personen? Niedrige Konsole, Außenborder …«

»Wieso sollte ich?«

»Weil man damit schnell fliehen kann, nachdem man Mutter Erde beschützt hat?« Svea konnte es sich nicht verkneifen, ein zynisches Lächeln aufzusetzen.

Immerhin reichte es, um Bosse aus der Reserve zu locken. Svea war einige Schritte hinter ihr stehen geblieben. Nun kam die Frau auf sie zu und blitzte sie aus wütenden Augen an. »Sie denken, das ist Spaß? Denken Sie, Sie haben es hier mit einer esoterischen Spinnerin zu tun? Sie kamen mir eigentlich intelligenter vor. Zumindest so intelligent, dass Sie den Schutz der Arten, den Schutz der Flüsse und Meere, den Schutz unseres Planeten, wenn schon nicht aktiv unterstützen, so doch immerhin passiv goutieren.« Bosses Blick war intensiv, fast drohend. »Das Thema ist zu ernst, um darüber Witzchen zu fabrizieren. Und meiner Meinung nach wissen Sie das sehr genau, Frau Roth.«

»Es ist eine Sache, es ernst zu nehmen, und eine andere, Gewalt anzuwenden.«

»Da liegen Sie leider falsch! Wir können nicht sicher sein, etwas zu haben, wofür sich das Leben lohnt, wenn wir nicht bereit sind, dafür zu sterben.«

»Schönes Bonmot.«

»Haben Sie etwas, für das Sie bereit sind zu sterben, Frau Roth?«

Svea setzte ein Lächeln auf und schwieg, doch in ihrem Kopf schoss eine Antwort wie ein Haifisch aus dem Wasser: Oh ja! Ich hatte jemanden, für den ich gestorben wäre.

Lena.

Sie griff durchs Wasser.

Da war ihre Hand. Diese Hand. Diese zerbrechliche Hand zwischen dem Metall.

Und sie spürte, wie die Kälte sie umklammerte, wie die Dunkelheit in sie eindrang und ihr den Atem raubte. Sie wollte schreien, aber unter Wasser ...

Es war nur ein flüchtiger Blitz, ein beißender Geschmack auf der Zunge. Sie schüttelte die Bilder ab.

Svea räusperte sich. »Sie befürworten Gewalt?«

»Sie sind bei der Polizei. Sie dürfen Gewalt ausüben ...« Bosse suchte nach den richtigen Worten. »Für Gerechtigkeit. Um zu beschützen. Wenn jemand angegriffen wird, dann dürfen Sie den Angreifer angehen. Aber wenn Sie es nicht tun – Sie, der Staat mit seiner Gewalt –, dann muss jemand anderes aufstehen, um das Opfer zu schützen.«

»Das nennen wir dann Selbstjustiz, Frau Bosse.«

»Nennen Sie es, wie Sie wollen. Das Hafenprojekt ist für die Elbe eine Katastrophe. Für die Tiere und Pflanzen, für die Natur. Dieses von reiner Gier nach Geld getriebene Projekt gehört auf den Scheiterhaufen der Geschichte. Und wenn Sie es genau wissen wollen: Mit Herrn Teschner, diesem Baubonzen, hat es meines Erachtens durchaus den Richtigen erwischt!« Ruppig machte Bosse kehrt und eilte in die Halle.

»Sie sagten, Sie haben ein Alibi ...«, rief Svea ihr hinterher.

Bosses Antwort war eindeutig: Sie streckte den Mittelfinger hoch, ohne sich umzusehen. »Ich war bei ihm!«, rief sie und nickte zu Ansgar, bevor sie gemeinsam mit ihm im Innern verschwand.

Ein wenig baff von dieser emotionalen Darbietung Bosses blieb Svea vor der Halle stehen und blickte nachdenklich auf die Tür, die hinter der Frau zugefallen war. Ein Schauder lief ihr den Rücken hinunter.

Bosse hatte es ernst gemeint, als sie sagte, mit Teschner habe es den Richtigen erwischt. Da war Svea sich sicher.

15

Tennhaus' Büro am Ende des Großraums war mit abstrakter Kunst dekoriert. Hinter seinem Schreibtisch hatte er fünf zerdroschene Squash-Schläger angenagelt. Auch hier stank es entsetzlich nach Kleber, so dass Jan unwillkürlich schützend die Hand vor den Mund legte, als er eintrat. Vor Tennhaus saß eine Frau in Uniform, die Jan streng musterte, während er sich einen Stuhl heranzog.

»Das ist Major Bäringer vom Landeskommando Hamburg. Jan Brixn«, stellte Tennhaus sie einander vor.

Ihr Händedruck hatte etwas von dem bürokratischen Abstempeln eines langweiligen Berichts. Korrekt, aber nicht herzlich.

Jan setzte sich und bemerkte das G36 Sturmgewehr auf Tennhaus' Schreibtisch. Gut verpackt in einer Plastiktüte und mit Aufkleber der Abteilungen versehen, durch die es bereits zur Analyse gegangen war. Es wirkte gefährlich und martialisch.

»Major Bäringer war so entgegenkommend, uns ihre vollste Unterstützung anzubieten«, holte Tennhaus aus. »Aber vielleicht möchten Sie die Sachlage selbst erläutern?«

Sie räusperte sich. »Ich möchte betonen, dass der Kommandeur Landeskommando Hamburg, Kapitän zur See Harald Rinks, Ihnen seine vollumfängliche Zusammenarbeit anbietet. Ihre Anfrage legt nahe, dass es sich bei diesem Gewehr um eine Waffe aus unseren Beständen handeln könnte. Und zwar vom Bundeswehrstandort Munster.« Sie hob eine Aktentasche vom Boden auf, öffnete sie auf den Knien und reichte Tennhaus einen schmalen Hefter. Er schlug ihn auf und überflog die wenigen Seiten. Wie Jan mit langem Hals erkennen konnte, handelte es sich um einen sehr kurzen Bericht. Allerdings mit jeder Menge Stempeln und Vermerken. Und Fotos von Soldaten.

»Letzten Sommer wurden aus einem gesicherten Transportpanzer mehrere Gewehre, Pistolen und Munition entwendet. Typen und Anzahl können Sie dem Bericht entnehmen.«

Tennhaus reichte die Akte an Jan weiter.

»Zweitausend Schuss?« Jan pfiff durch die Zähne. »Aus einem Fuchs-Panzer?« Kopfschüttelnd schlug er die nächste Seite auf. Hier fand er die Transkription mehrerer Zeugenaussagen. »Kommt das öfter bei Ihnen vor? Wie viele sind es? Ich meine, Soldaten, bei denen Sie Waffen finden? Hundert?«

»Die entsprechende Liste ist Verschlusssache. Die Zahlen sind geheim. Eine Veröffentlichung, Herr Brixn, könnte zu einem Vertrauensverlust in die Funktionsfähigkeit der Bundeswehr führen.«

»Vertrauensverlust, verstehe. Ein Teil dieser Antworten würde die Bevölkerung verunsichern«, zitierte er kopfschüttelnd de Maizières berühmten Satz.

Der Major musterte ihn kalt, lenkte dann aber ein. »Sechzig Fälle«, sagte sie leise. »Das ist offiziell.«

»Was?«

»Im Bundesgebiet. Sechzig Fälle von entwendeten Waffen und / oder Munition.«

Jan legte die Stirn kraus und studierte wieder die schmale Akte. »Sechzig. Leck mich am Arsch.«

»Wie dem auch sei. Die Stabsleitung in Munster hat sofort gehandelt und gründlich recherchiert ...«

»Wenn Sie das sagen«, warf Jan ein, ohne die Nase aus den Protokollen zu nehmen. Er kassierte einen mahnenden Blick von Tennhaus und einen abweisenden vom Major.

»Damals rückte vor allem ein Mann ins Visier unserer Ermittlungen.«

Jan hielt das Blatt des Soldaten hoch. Ein stiernackiger Kerl mit Bürstenhaarschnitt und schlanker Nase. Der Mann starrte wütend in die Kamera.

»Oberstabsgefreiter Gerd Otte. Es gab Hinweise dafür, dass er einer rechtsextremen Gruppe angehörte.«

»Er ist auf eigenen Wunsch aus dem Dienst ausgeschieden? Letzten Herbst?«

»Die Beweislage war nicht substanziell genug, um ein Verfahren einzuleiten.«

»Mit anderen Worten: Sie haben ihn verdächtigt, hatten aber keine Beweise.«

Der Major ging nicht darauf ein, Tennhaus jedoch strafte Jan mit einem weiteren Blick. Dem Abteilungsleiter war anzusehen, dass er Jans provozierendes Nachhaken weniger amüsant fand.

»Ich denke, in Munster wurde ordentlich gearbeitet, und unsere Kollegen der Militärpolizei«, gab Tennhaus lächelnd zum Besten, »haben sicher zusammen mit der Generalstaatsanwaltschaft vorbildlich ... wie sagt man? ... jeden Stein umgedreht und alles Menschenmögliche eruiert.«

»Selbstverständlich.«

»Na, dann ist ja gut«, frotzelte Jan. »Und sie haben so viele Steine umgedreht, dass sie sich 'n Bruch gehoben haben. Hat nicht mal für eine Entlassung gereicht ...«

»Wir haben Oberstabsgefreiten Otte nahegelegt, die Truppe zu verlassen. Dem ist er auch Anfang Oktober letzten Jahres nachgekommen.«

Jan seufzte und sah sich den Lebenslauf des Mannes an. Er war in Hamburg geboren, in Billstedt groß geworden, hatte eine Zeit lang in Hannover gelebt. Eine Ausbildung zum Mechatroniker abgebrochen, eine zum Elektroinstallateur ebenfalls. Dann hatte er sich zum Militärdienst gemeldet und war vor anderthalb Jahren nach Munster versetzt worden.

»Und Sie glauben, das ist unser Schütze?«, fragte er.

»Die zwei Ziffern, die wir von der Seriennummer rekonstruieren konnten, passen«, warf Tennhaus ein.

Noch einmal blätterte Jan durch die dünne Akte. »Hier steht, er hatte Kontakt zur Bramfelder Kameradschaft, Aktionsbündnis 38, Snevern Jungs ... Wie passt die MNF in diesen rechten Müll rein?«

»Das werden Sie als Ex-BKAler sicher mit Leichtigkeit klären können, Herr Brixn«, meinte Major Bäringer mit schnippischem Unterton. »Sollten Sie noch mehr Amtshilfe wünschen, ich stehe Ihnen gern zur Verfügung. Die Nummer des

Büros haben Sie ja.« Die Majorin nahm ihren Aktenkoffer und stand auf. »Es pressiert leider, die Termine …«

Sofort erhob sich Tennhaus. »Selbstverständlich«, sagte er und zauberte ein Lächeln auf seine schmalen Lippen.

Statt sich per Handschlag zu verabschieden, nickte Bäringer zackig.

Jan sprang auf und hielt der Majorin pflichtbewusst die Tür auf. »Wiedersehen«, meinte er höflich und wartete, bis sie draußen war. Dann wandte er sich an Tennhaus: »Ein Nazi bei einer Ökobewegung?« Er wollte eine Diskussion ins Rollen bringen, aber der Blick seines Vorgesetzten stoppte ihn.

Tennhaus kam um den Schreibtisch herum. »Ich habe Sie hinzugezogen, Brixn, weil ich möchte, dass Sie verstehen, wie prekär die Sache ist. Ich will nicht, dass das an die große Glocke gehängt wird. Haben Sie verstanden?«

Nicht, wie die Sache in Berlin, hörte Jan ihn schon sagen. Das war es doch, was Tennhaus dachte. Er sollte den Ruf des LKA nicht in den Dreck ziehen – oder den der Bundeswehr, weil er einen Scheiß auf gute Presse gab.

»Was meinen Sie?«

»Die verschwundenen Gewehre, die Pistole, die tausend Schuss. Ich will die Schlagzeile nicht hören: Ökonazis haben Sturmgewehr und ballern auf Schiff. Haben wir uns verstanden?«

»Selbstverständlich.«

»Woher die Waffe stammt, das ist ja so gesehen auch zweitrangig. Hauptsache, wir schnappen den Schützen, diesen Gerd Otte.«

Weil Jan mit einer Antwort zögerte, fragte Tennhaus ein weiteres Mal: »Haben wir uns verstanden?«

Jan salutierte lächelnd.

16

Das Anwesen der Teschners in Volksdorf lag hinter ein paar Reihen aus Eichen und Kastanien gut hundert Meter abseits der Straße. Ein breiter Weg schlängelte sich zwischen den Bäumen hindurch, um vor einem imposanten Backsteingebäude aus der Gründerzeit zu enden.

Auf halbem Weg meldete sich Hendrik über das Handy.

»Hast du eine Vorladung?«, fragte Svea ohne Umschweife. Sie wollte unbedingt Petra Bosse ins LKA zitieren. Außerdem hatte sie darum gebeten, ihr Alibi abzuchecken.

»Nein. Abgelehnt.«

»Was soll das heißen?«

»Die Vorladung. Die Staatsanwältin meint, die Faktenlage reicht noch nicht.«

»Ja, is' mir auch klar. Aber es wäre gut, wenn wir Bosse unter Druck setzen.«

»Was soll ich sagen, Svea. Für einen objektiven Anfangsverdacht ist das alles viel zu wenig, meint Ulrich. Und deswegen leitet sie kein Strafverfahren ein.«

»Wir müssen diese Bosse in die Mangel nehmen, Hendrik. Ich bin mir sicher, dass wir bei ihr richtig sind.«

»Sagt dein Bauch.«

»Ja.«

»Und der interessiert die Ulrich herzlich wenig. Facto.«

»Ich hab der in die Augen gesehen, Hendrik. Ich fress ’n Besen, wenn die nichts mit dem Anschlag zu tun hat.«

»Nun, du kannst eine ganze Haushaltswarenabteilung verspeisen, Svea, wenn es schmeckt.«

»Und die Waffe?« Svea stellte den Wagen neben drei Limousinen ab, die in Reih und Glied unter einer uralten Kastanie parkten.

»Brixn ist in der Sache grade bei Tennhaus. Aber deswegen rufe ich nicht an.«

»Sondern?«

»Herr Teschner ist verstorben.«

Svea schloss die Augen und lehnte sich in den Sitz zurück. Verdammt. »Ist die Familie informiert?«

Hendrik bejahte.

»Halt mich auf dem Laufenden.« Sie legte auf.

Als Svea aus dem Wagen stieg, fiel ihr als Erstes die ungewöhnliche Stille auf. Es war befremdlich ruhig, nur ein paar Vögel zwitscherten, und erst als sie genau hinhörte, konnte sie das leise Rascheln der Bäume in der seichten Sommerbrise vernehmen. Es war, als hätte sich Grabesstille über das Anwesen gelegt.

Als sie die Stufen zum Portal des Herrenhauses hinaufging, wurde die Haustür bereits von einer älteren Bediensteten geöffnet. »Tut mir leid, es ist niemand zu sprechen.«

»Ich würde gerne mit Iris Teschner und Barbara Teschner reden.« Svea zückte ihren Polizeiausweis, woraufhin die Frau zögerte.

»Warten Sie bitte einen Moment.«

»Selbstverständlich.« Svea blieb vor der Tür stehen, die die Frau vor ihrer Nase schloss.

Sie sah sich um. Das breite Eisentor der Einfahrt, durch das sie gefahren war, stand noch immer offen. Kameras erfassten die Auffahrt. Ihr Kommen war sofort registriert worden. Da öffnete die Angestellte und bat Svea herein. »Folgen Sie mir bitte.«

Svea trat zögerlich ins Haus. Sie kam sich vor, als beträte sie ein Hollywood-Filmset. Bisher hatte sie in all den Jahren beim LKA nicht in solchen Kreisen recherchieren müssen. Die Verdächtigen, die sie befragte, traf sie in Einfamilienhäusern und Altbauwohnungen, auf Schiffen, in Klubs und Bars. Das höchste der Gefühle waren mal eine Fünfundzwanzig-Meter-Jacht gewesen und eine moderne Villa, die Elon Musks Ferienhaus hätte sein können ... Aber ein geradezu verwunschenes Herrenhaus, fast ein Schlösschen?

»Bitte warten Sie hier.« Die Frau verschwand hinter einer der hohen Türen, die von der Eingangshalle abführten.

Beeindruckt sah Svea sich um. Entgegen der verspielten Fassade des schlossartigen Anwesens hatte hier jemand auf puristische, formschlichte Designermöbel gesetzt. Ein Sessel, ein Tischchen, wohldrapierte frische Gladiolen. Svea konnte förmlich spüren, wie viel Geld in die geradlinigen Möbel und dezenten Gemälde geflossen war. Diese Villa besaß ein angenehm unaufdringliches Flair, das so ganz anders war als die oft ziemlich protzigen und überteuerten Bungalows, die sich Baulöwen in die Landschaft stellten.

Im Haus war es kühl, und die Stille war erdrückend. Die

Angestellte ließ auf sich warten. Leise begann Svea zu pfeifen, schlenderte in der Halle umher, kontrollierte ihre rote Mähne in einem meterhohen Wandspiegel.

Langsam wurde es nervig. Sie sah die geschwungene Treppe in den ersten Stock hinauf. Dort oben im Dunkeln blickten ernste Gesichter von einem großen Familiengemälde auf sie herab. Teschner zwischen seiner Frau Barbara und seiner Tochter Iris.

Endlich durfte Svea der Angestellten in den ersten Stock des Anwesens folgen. Zu ihrer Überraschung wurde sie zum Schlafzimmer gebracht.

Iris Teschner stand an einem unbenutzten Bett, auf dem ein geöffneter Koffer lag. Der Raum war ähnlich wie die Empfangshalle mit modernen Möbeln ohne viel Schnickschnack eingerichtet.

Die Frau nahm ein Beautycase von einem seidenen Bademantel, der ordentlich zusammengelegt neben dem Koffer lag. »Es ... Ich weiß gar nicht, was ...«, stammelte sie, als sie Svea bemerkte.

Svea trat näher, und als sich Iris umdrehte, sah Svea ihr vollkommen verheultes Gesicht. Ihr Mascara war zerlaufen, Nase und Augen rot geweint. Sie legte das Beautycase sorgsam in den Koffer, der wohl für ihren Vater bestimmt war.

»Das Krankenhaus hat angerufen. Er ist ... Er hatte sich gewünscht ... Er wollte doch mit mir ... Wir wollten am Wochenende mit der Yacht rausfahren. Er hat es mir versprochen. Er hat es mir doch versprochen!«, wiederholte sie und wurde dabei lauter. Mit einem Mal riss sie das Beautycase wieder aus dem Koffer und schmiss es an die Wand. Zahnpasta und ein teurer Parfüm-Flakon flogen heraus. »Er hat es mir versprochen!«, schrie Iris Teschner. »Versprochen!«

Svea nahm die junge Frau bei den Schultern. »Kommen Sie, vielleicht sollten Sie sich erst einmal setzen.« Sie konnte spüren, wie Iris bebte. »Ganz ruhig.«

»Nach der Feier wollten wir zusammen ... Unsere Yacht liegt im City-Sporthafen, und wir wollten doch ...« Plötzlich, ohne Vorwarnung, umarmte Iris Svea und begann laut zu schluchzen.

Svea tat ihr den Gefallen und hielt sie fest, war einfach einen Moment für die junge Frau da.

Offenbar wurde Iris plötzlich klar, was sie tat, und sie wich, über sich selbst erschrocken, einen Schritt zurück. »Entschuldigen Sie, ich ... die Nachricht ... es ... tut mir leid.«

»Kein Problem.«

»Vor wenigen Stunden haben wir noch auf dem Schiff getanzt, und jetzt ...«

»Ich weiß, was Sie meinen«, entgegnete Svea sanft. »Wenn der Tod einen anspringt wie aus dem Nichts ... Es ist ... brutal.«

Iris' Blick flackerte für einen Augenblick. Hatte sie verstanden, dass Svea wusste, wovon sie sprach?

»Meine Mutter, sie ist an Krebs gestorben. Das war furchtbar, aber ... Wir hatten Zeit, um uns darauf vorzubereiten.« Hilflos sah sie zum leeren Koffer auf dem Bett. »Sie haben auch ...?«

»Was?«

»Jemanden verloren?«

Svea schluckte. Natürlich hatte Iris Teschner verstanden. Obwohl Svea sich für stärker als Lars hielt, der stets vermied, überhaupt über den Tod ihrer Tochter zu sprechen, fiel es ihr noch immer schwer, mit Dritten darüber zu reden.

»Entschuldigen Sie, ich wollte nicht ... «

Svea holte tief Luft. »Schon gut ... Meine Tochter. Ich habe meine Tochter verloren. Vor zwei Jahren. Es kam auch wie aus heiterem Himmel. Ein Unfall.« Kaum ausgesprochen, meinte sie mit einem Mal, wieder das Stechen der tausend Nadeln im Gesicht zu spüren. Sie wischte unauffällig ihre Wange ab. Nur Einbildung. Das war alles nur Einbildung.

»Das tut mir leid.« Iris rang nach Worten.

»Das muss es nicht. Ist schon okay. Vielleicht sollte ich später noch einmal wiederkommen. Ich denke, das ist nicht der richtige Zeitpunkt.«

Zuerst nickte Iris, doch dann atmete sie zweimal durch und bemühte sich um Fassung. »Wann ist der schon?«, sagte sie. »Sie haben Fragen, oder?«

»Sind Sie sicher?«

Ihr Nicken war schwach, aber dennoch entschlossen. Sie rückte einen breiten Stuhl, der vor einem Sekretär stand, heran und setzte sich auf die Kante. Svea bot sie keinen Platz an.

»Ich ... Was soll ich denn tun? Sein Koffer muss doch ins Krankenhaus, wenn er da nichts zum Anziehen ... « Iris versuchte ein Lächeln, das allerdings misslang. Sie bemerkte, was für einen Unsinn sie redete, und schüttelte über sich selbst den Kopf. »Er ist nach der OP gestorben. Eine Stunde später. Ich war nicht da.«

Svea zog eine Packung Taschentücher aus ihrer Hosentasche und reichte ihr eins.

»Mein Vater und ich, wir haben uns oft gestritten, wissen Sie? Ich wollte mehr Verantwortung in der Firma übernehmen, aber er war so ein Sturkopf ...«

Svea schwieg. Sie wusste aus Erfahrung, dass es oft half, einfach still zu sein und sein Gegenüber erzählen zu lassen. Viele waren froh, jemanden zum Zuhören zu haben, und oft verstörten Fragen.

»Er hat mich zum Studium gezwungen. BWL. Und ich musste nach Afrika – Auslandspraktikum. Ich wollte da nicht hin. Ich meine, ich wollte mit ihm die Firma leiten. Hier. Aber ... Er hat mich immer nur als sein Mädchen gesehen, als seine kleine Iris. War ich wütend. Ich war so wütend ... Und jetzt ... Was bringt es? Die Wut, mein ich ...« Sie schüttelte den Kopf. »Wir wollten am Wochenende mit der Yacht raus. Nach Sylt. So ein Vater-Tochter-Ding. Mal für uns sein und die Zukunft besprechen. Und jetzt ... Wie soll ich denn ...? Er ist ... Wie kann ich ...?« Verzweifelt versuchte sie, nicht wieder zu weinen.

Svea gab ihr Zeit, doch da Iris auch nach einer Weile nicht weitersprach, reichte sie ihr schließlich einen Ausdruck mit Fotos der verdächtigen Ökoaktivisten. »Kennen Sie jemanden von denen?«

»Sind das diese Terroristen?«

»Das versuchen wir rauszufinden. Wir ermitteln in alle Richtungen.«

Iris sah sich die Gesichter ausgiebig an. Ihr war anzumerken, wie fokussiert sie war, wie sie kämpfte, nicht mehr an den Tod ihres Vaters zu denken, sondern sich auf die Aufgabe zu konzentrieren. Nachdem sie allen in die Augen gesehen und gute drei Minuten gegrübelt hatte, schüttelte sie den Kopf. »Tut mir leid. Da kommt mir keiner bekannt vor.«

»Hatte Ihr Vater Feinde? Irgendjemanden?«

»Wie meinen Sie das? Diese Arschlöcher, die sind aufs Schiff rauf und haben auf ihn geschossen! Die haben ihn …«

»Ich weiß.« Svea nahm Iris' Hand. »Wie gesagt, wir ermitteln in alle Richtungen.«

Seufzend wischte sich Iris die Tränen aus den Augen und sah an Svea vorbei zur Wand, an der gerahmte Fotografien hingen. Svea sah sich ebenfalls kurz um. Iris schien in Gedanken in eine wunderschöne Schwarz-Weiß-Aufnahme, die eine Antilope vor einem Vulkan zeigte, zu versinken.

»Ich weiß da gar nicht, wo ich anfangen soll«, meinte sie schließlich. »Ich meine, wir haben eine Baufirma. Mein Vater ist erfolgreich. War erfolgreich … Da gibt es viele Neider. In der Baubranche wird nicht gerade mit Wattebällchen geworfen. Da wird mit harten Bandagen gekämpft.«

»Wirklich?«, fragte Svea, obwohl sie genau wusste, wie hart um Aufträge gerungen wurde und um wie viel Geld es im Bausektor ging. Die organisierte Kriminalität mischte ebenfalls mit.

»Je weiter Sie hochkommen, desto mehr Leute wollen Sie am Boden sehen. Wenn Sie möchten, dann mache ich Ihnen eine Liste seiner … *Feinde.*«

»Das wäre gut.«

»Und du setzt dich gleich mit drauf?« Frau Teschner stand plötzlich in der Tür. Im Gegensatz zu Iris wirkte sie überhaupt nicht verweint. Sie sah wie aus dem Ei gepellt aus. Offenbar fand sie auf anderem Wege Trost. Denn ein Martini schwappte in ihrer Hand, als sie leicht schwankend zu ihnen kam.

Es war wirklich irritierend, wie gering der Altersunterschied zwischen den beiden Frauen war. Svea konnte sich gut vorstellen, wie es in der Familie gekracht haben musste, als Teschner diese Frau vorgestellt hatte. Und dann auch noch geheiratet. Das war für Iris sicher noch immer eine harte Prüfung.

Teschners Frau trank einen Schluck, musterte abfällig den Koffer und schüttelte den Kopf. »Ihr beide habt euch doch ständig gestritten. Immer nur angeschrien wegen der Firma!«, murrte sie.

»Das habe ich der Kommissarin schon gesagt. Dass wir nicht das beste Verhältnis hatten.«

Barbara lachte gehässig und spülte das Lachen mit Martini fort. »Ich bin gespannt, was die Gesellschafter sagen.«

Es war eindeutig, dass Teschners Frau bloß gekommen war, um Iris anzuschwärzen, dennoch fragte Svea nach.

»Na, ich meine«, antwortete Barbara, »ob Fräulein Teschner hier endlich in den Genuss kommt, die Geschicke der Firma mitzugestalten. Das wollte sie doch immer. Und jetzt ist er tot.«

Iris fuhr vom Stuhl hoch. »Du kalte Schlampe! Papa ist noch nicht mal eine Stunde tot, und du denkst nur ans Geld!«

Teschners Frau lachte.

»Du hast doch nur die Beine breitgemacht, weil du an unser Vermögen willst!«, schrie Iris völlig außer sich.

Teschners Frau ging gar nicht darauf ein, sondern zeigte

Iris die kalte Schulter. »Vielleicht reden wir lieber, wenn du den Schock überwunden hast.«

»Du bist so ein kaltes, verficktes Biest! Hau ab!« Iris baute sich vor Barbara auf. »Ich will dich nicht mehr sehen! Raus aus diesem Haus!«

»Beruhigen Sie sich«, ging Svea leise, aber bestimmt dazwischen und schob die beiden Frauen auseinander. »Ich denke, so ein Verlust ist für alle nicht leicht zu verkraften. Es wäre besser, Sie beide würden sich in nächster Zeit ein wenig aus dem Weg gehen. Ich möchte nicht wegen häuslicher Gewalt noch einmal wiederkommen müssen. Sind Sie damit einverstanden?«

Teschners Frau schenkte Svea nur ein überhebliches Lächeln und trank ihr Glas leer. »Gern. Wenn's Fragen gibt, Sie finden mich an der Bar.«

Trotz Alkohol im Blut drehte sie sich mit gekonntem Schwung auf ihren Pfennigabsätzen um und stolzierte von dannen.

Nachdenklich sah ihr Svea nach. Für gewöhnlich spielten die Angehörigen zumindest einen Hauch von Betroffenheit vor, aber der Tod ihres Mannes schien dieser Frau so egal zu sein wie der Preis ihrer Klamotten.

»Wo die Liebe hinfällt …«, zischte Iris.

»Die Liebe ist wie der Tau. Sie fällt auf Rosen und Kuhfladen«, meinte Svea.

»Der ist gut.« Iris konnte nicht anders und lachte laut und befreiend.

»Ist doch so«, sagte Svea und musste selbst ein bisschen schmunzeln.

17

Jan blinzelte gegen die Sonne. Sie stand im Südwesten und ließ die Luft über dem Parkplatz vor den knochengrauen Wohnbetonklötzen flirren.

»Sollten wir nicht ausreichend Kollegen holen?«, fragte Hendrik. »Als Backup?«

Auf einem der zahlreichen Balkone glotzte eine Schar Jugendlicher. Rauchend, grölend und biertrinkend. Sie riefen ein paar Mädchen nach, die auf der Straße entlanggingen.

»Tennhaus wollte keine Aufmerksamkeit«, meinte Jan. »Wenn hier zehn Mann schwer bewaffnet in voller Kampfmontur anrücken ...«

»Dulce et decorum est pro patria mori.« Hendrik atmete schwer aus, pulte einen Fisherman's aus seiner Packung.

Jan hatte keine Ahnung, was Hendrik damit sagen wollte, ließ es aber unkommentiert. Während er weiter den Wohnblock sondierte, in dem Gerd Otte gemeldet war, bemerkte er aus dem Augenwinkel, wie nervös Hendrik an seinem Bonbon lutschte. Routiniert zog Jan seine Pistole aus dem Brustholster und checkte, ob sie einsatzbereit war. »Wollen wir?«

Hendrik nickte zwar, stopfte sich jedoch lieber noch einen zweiten Fisherman's rein.

Sie stiegen aus dem Zivilfahrzeug aus. Die Hitze schlug ihnen wie eine Faust entgegen.

Obwohl es nur wenige Schritte bis zum graffitigetränkten Eingang des Wohnsilos waren, lief Jan sofort der Schweiß runter. Er lüpfte seine Sonnenbrille und wischte sich die Stirn. Gestern hatte das Thermometer die vierzig Grad gerissen, und heute war es nur einen Deut kühler. Es roch nach Grill und Urin.

Die Batterie von Klingelschildern wirkte genauso baufällig wie die Häuser. Jan überflog die Namen, konnte aber keinen Otte entdecken.

Wäre ja auch zu einfach gewesen.

Kurzerhand klingelte er bei drei, vier, fünf Parteien und wartete. Es dauerte, bis irgendjemand den Summer schnarren ließ.

Sofort drückte Jan die schwere, gesplitterte Eingangstür auf. Froh, aus der Hitze in die Kühle des Betonbaus zu treten, steuerte er den Fahrstuhl an. Mit skeptischem Schritt und sich immer wieder umsehend folgte Hendrik. »Wo gehen wir denn hin?«

Vor dem Fahrstuhl hielt Jan kurz inne, schloss die Augen und überlegte, dann stiegen sie ein. Er wählte die vierte Etage.

Der Flur war so trostlos wie eine nackte Katze auf einer kaputten Neonröhre.

Jan orientierte sich, dann zählte er die Türen ab, lauschte und blieb vor einer stehen, die mit Stickern vom HSV, unflätigen Sprüchen und irgendwelchen arabischen Schriftzügen tapeziert war. Von drinnen drang Rap mit reichlich Einfluss aus der MENA-Region. Didin Klach.

Schließlich blieb Jan an einer Tür stehen und klingelte, nahm die Sonnenbrille ab und klemmte sie cool an seine Hemdtasche.

Niemand öffnete.

Er schlug gegen die Tür. Mehrmals. Immer heftiger. Schließlich trat er dagegen.

Räuspernd wich Hendrik einen Schritt zurück, als innen die Vorhängekette gelöst wurde. Mit einem Ruck wurde die Tür einen Spalt aufgerissen. Einer der Jugendlichen vom Balkon, ein Typ mit goldener Basecap, spähte nach draußen.

»Alter! Geht's noch?«

»Hi. Brixn. LK…« Weiter kam er nicht, denn der Junge wollte ihm die Tür vor der Nase zuschlagen. Damit hatte Jan gerechnet, er trat mit voller Wucht gegen das Blatt. Die Tür krachte auf. Hendrik entfuhr vor Schreck ein Fluch, da stürmte Jan bereits mit gezogener Dienstwaffe in die Wohnung.

»Ey! Warte! Ey! Cool! Cool bleiben! Ja!«, rief Jan gegen den lauten Rap an und rannte einen kurzen Flur runter zum Wohnzimmer. Auf einer braunen Omacouch fuhren zwei Jungs herum, die sich gerade eine bunte Bong teilten. Überrumpelt sahen sie von der Wasserpfeife auf. Vom Balkon her kamen Rufe, vier der Jungs spähten ins Zimmer, zwei weitere versuchten Pulverbriefchen mit vermutlich Kokain, Heroin oder was auch immer zu verstecken.

Jan hob die Hände, die Pistole zur Decke. »Alles cool. Ich will nur 'ne Info.«

Neben ihm nickte Hendrik heftig, nahm seine Waffe ebenfalls runter und starrte mit aufgesetzt finsterem Blick von einem zum anderen. Jan hörte sein Blut in den Ohren rauschen, sein Herz schlug hart. Die drei Standventilatoren richteten gegen die Hitze des Sommers und die Wärme des riesigen TVs, auf dem irgendein Ballergame lief, nichts aus.

Ein stämmiger Typ, etwas älter als die anderen, die Jan auf vierzehn bis zwanzig schätzte, drängte sich vom Balkon in den Raum. Er musterte Jan und Hendrik feindselig.

»Ganz cool. Is' mir scheißegal, was ihr hier so kocht. Ich brauch 'ne Info.«

»Fuck. Sehen wir aus wie 'n Callcenter?«

»Na, du nich'. Aber bei den beiden da drüben, da ist kein Anschluss unter dieser Nummer.« Jan nickte zu den zweien auf der Couch. Der eine musste gerade wegen der Bong husten, der andere hielt seinen Controller schützend vor sich, als könnte er sich dahinter vor der Polizei verstecken.

»Witzig.«

»Geb mir Mühe.« Da bemerkte Jan, dass einer der Jungs auf dem Balkon unauffällig eine Waffe zog. Wahrscheinlich eine Schreckschusspistole, aber Jan wollte es nicht drauf ankommen lassen. »Ey! Sag deinem Kumpel, es ist alles okay. Er soll das Ding wegstecken.«

Es reichte ein harscher Blick durch die Scheibe, und der Typ steckte die Knarre zurück in den Jeansbund.

»Du hast fünf Sekunden. Sonst werfen wir euch vom Balkon«, knurrte der Anführer. »Scheiße! Können wir auch gleich machen.« Er trat auf Jan zu, der sofort seine Waffe auf ihn richtete.

»Witzig«, sagte Jan.

»Ich geb mir Mühe«, konterte der stämmige Typ. »Also?«

»Ihr Jungs seid doch schlau.« Jan versuchte es mit Schmeichelei. »Ihr habt doch eure Augen und Ohren überall hier im Block ...«

War das Knurren ein Ja?

»Na, siehst du. Weiß ich doch«, fuhr Jan frohgemut fort. »Was ihr Idioten hier so treibt, das ist mir egal. Ich suche so 'n Typen, der mit Knarren dealt. Ex-Bundi. Sieht *so* aus ...«

Hendrik reagierte nicht auf das Stichwort. Zu sehr war er damit beschäftigt, jeden der Jungs im Auge zu behalten und die Gefahrensituation fortlaufend neu einzuschätzen. Seine Augen sprangen geradezu panisch von einem zum anderen.

»He!«, riss Jan Hendrik aus der Panik. »Alles klar?«

»Was?«

»Gib mal die Akte.«

Leicht verwirrt zog Hendrik sein Diensthandy aus der Hose, aktivierte es, ohne den Blick von den Jungen zu nehmen, und reichte es Jan.

Der scrollte durchs PDF zum Passfoto von Gerd Otte und warf das Handy kurzerhand seinem Gegenüber zu.

»Hm. Kenn ich nich'.«

»Blödsinn.«

Kurz deutete der Kerl ein drohendes Zähnefletschen an, knickte dann aber ein: »Das is' Nazi-Otte.«

»Nazi-Otte?«

»'n Vollidiot. Aus 'm Fünften. Hat mal mit Bundeswehrscheiß angegeben.«

»Pistolen, Gewehre ...«

»Nee. Brillantringe und Pullover ... Alter, was denkst'n du?«

»Und?«

»Was, und?«

»Habt ihr …?«

»Scheiße. Bei so ’nem Hitler-Wichser? Im Leben nich’.«

»Okay. Wo is’ der? Welcher Name in der Fünften?«

»Vergiss es. Der is’ hier nicht mehr.«

Jan sah ihn fragend an.

»’n Fuchs, und ich sag’s dir«, meinte Jans Gegenüber trocken und streckte die Hand aus.

Jan hob seine Dienstwaffe und zielte auf den Mann. »Willst du mich veraschen?«

»Äh, Jan …«, mischte sich Hendrik nervös ein.

»Ruhe. Ich klär das grade.«

»Ja, genau das befürchte ich ja.«

Der Typ lachte. »Ihr seid echt Clowns, ey. Willst uns alle abknallen?«

»Nein. Nur dich und den Idioten mit der Schreckschussknarre. Der Rest von den Jungs, der ergibt sich.«

Kaum hatte Jan ausgesprochen, begann sein Gegenüber noch lauter zu lachen. »Der hat irgendwo ’ne Schrauberbude. Sein Onkel oder so. ’ne Autobude.«

»Wo?«

»Da drüben!« Vage nickte er Richtung Südosten.

In Berlin hätte Jan die Stadtteile nennen können, aber in Hamburg kannte er sich nicht so gut aus.

»Billbrook?«, fragte Hendrik.

»Ja, Mann. Da treffen sich doch die Nazis.«

»Wo? Ich brauch ’ne Straße. Oder ’n Namen.«

Der Mann schnaufte. »Irgendwas mit *-ky*. Selzky – Scheiße,

was weiß ich. In Billbrook. Gewerbegebiet. ’n Schrottplatz. Könnt selbst ihr nicht übersehen.«

Selinsky’s Auto’s und Mofa’s und Reperaturen ... Der Schriftzug mit den gut gemeinten Apostrophen und der großzügig ausgelegten Orthografie prangte als trauriger Rest besserer Tage am Straßenrand. Die Neonröhren des überdimensionierten Schilds, hinter dem sich ein Areal mit abgewrackten Pkw erstreckte, waren seit Jahren zerschlagen, und die Folie der Buchstaben blätterte ab.

»Manchmal ist es besser, still zu halten. Eine Hand wäscht die andere.« Jan reichte Hendrik das Fernglas, mit dem er den in die Jahre gekommenen zweistöckigen Bau am Ende der Schrottfahrzeuge kurz inspiziert hatte. Die Kfz-Werkstatt, ein Fertigbau aus Betonplatten mit mächtigen Toren, sah hier auf der Rückseite noch weniger vertrauenerweckend aus als eine Straße weiter, wo sich der reguläre Eingang zum Schrottplatz befand.

»Das heißt, Sie wollen nicht, dass wir den Drogenmissbrauch melden?« Hendrik steckte offensichtlich das Adrenalin von der so gar nicht nach Vorschrift verlaufenen Befragung in den Knochen. »Wahrscheinlich haben die auch mehr als nur diese Schreckschusswaffe.«

»Meine Brille beschlägt manchmal.« Jan wischte seine Sonnenbrille an seinem Hemd ab. »Ich hab nichts bei den Jungs gesehen.«

Missbilligend verzog Hendrik das Gesicht. »Das war doch evident.« Er sah skeptisch zum Gebäude.

»Evident? Schönes Wort. Sie mögen schöne Wörter, hm?«

»Ja. Ich mag sie lieber, als Türen einzutreten und ohne Legitimation Dienstwaffen zu zücken.«

»Hm«, entgegnete Jan. »Und ich dachte, die *Legitimation* wäre evident.«

»Verarschen kann ich mich selbst ...« Der junge Kollege schwieg einen Moment, und Jan sah ihm an, dass er die richtigen Worte suchte. Oder vielmehr überlegte, wie weit er sich an ihrem ersten gemeinsamen Einsatz aus dem Fenster lehnen sollte. »Wenn Sie sich in Berlin auch so verhalten haben, ist es kein Wunder, dass man Ihnen nahegelegt hat, zu gehen. Es gibt eine klare Linie. Irgendwo da draußen und hier drin.« Er tippte sich an die Brust. »Wenn Sie mal drüberrutschen und zurückfinden, gut. Aber wenn Sie die Linie nicht mehr anerkennen, dann sind Sie kein Polizist mehr.«

»So sehen Sie das?«

Hendrik nickte und reichte ihm den Feldstecher. »Und ich bevorzuge es, immer auf der richtigen Seite zu bleiben.«

»Sie wollen mich melden?«

»Haben Sie denn vor, öfter auf die falsche Seite zu schlittern?«

Schweigend sah Jan seinen neuen Kollegen an. Der junge Mann verzog überraschenderweise keine Miene. Im Gegensatz zu eben, bei ihrem Einsatz in der Wohnung, schien er ruhig, geradezu unerschütterlich. Wollte er ihm drohen? Oder einfach nur mitteilen, dass er sich von diesem Kerl aus Berlin ein bisschen mehr Regelkonformität wünschte?

Jan beschloss, seine Frage stehen zu lassen. Er holte sein Handy heraus und schoss ein paar Fotos vom Gelände. »Wie lang sind Sie schon dabei, Drillig?«

»In der Abteilung? Ein Jahr. Bisschen drüber.«

»Und der Außendienst, das ist nicht so Ihrs. Nicht Ihr *Naturell*, um auch mal ein schönes Wort zu bemühen.«

Hendrik schob sich einen Fisherman's in den Mund. »Außendienst? Macht mir nichts aus«, erwiderte er tapfer, was Jan zum Schmunzeln brachte.

»Was halten Sie hiervon?« Er nickte zum kleinen Schrottplatz und der Werkstatt.

»In Anbetracht der Möglichkeit, dass unser ... Informant ... keinen Unsinn erzählt hat und die Zielperson militärischen Hintergrund plus Waffen besitzt? Also ich würde Tennhaus informieren.«

»Nicht die Tür eintreten?«

»Nicht die Tür eintreten ... Die gewohnte Kette: Tennhaus, Staatsanwaltschaft, Richter – Durchsuchungsbeschluss mit Unterstützung vom SEK. Letzteres erscheint mir wichtig.«

Jan seufzte und legte den Gang ein. »Das muss schnell gehen. Sie regeln das, ja?«, forderte er Hendrik auf und zog mit dem Wagen auf die Straße.

18

Natürlich fährt sie zu den Teschners, dachte Petra Bosse und beobachtete aus sicherer Entfernung, wie diese Kommissarin – wie hieß sie noch? Sie hatte doch so einen seltsamen Vornamen ... Svea – aus diesem Bonzenpalast stolzierte und in ihren Wagen stieg.

Durch ihr Fernglas konnte sie alles genau beobachten und hatte genug Zeit zum Reagieren. Seelenruhig setzte sie ihren Helm auf und stieg auf ihr Motorrad.

Mareike hatte sie mal angesprochen, weswegen sie ihre rote Kawasaki so sehr liebte. Die feinfühlige Mareike ... Sicher hatte sie recht, Motorräder, Autos, diese ganzen Verbrennungsmotoren – sie waren die Pest des 21. Jahrhunderts. Dennoch sah Petra es bei ihrer Maschine ein wenig anders: Um der Polizei zu entwischen, half ein hübsches Lastenrad leider wenig. Manchmal war es eben nötig, den Pazifismus mit Waffengewalt zu verteidigen – oder eben die Dekarbonisierung mit ölgetriebenen Motoren. Und wenn sie ganz ehrlich war, dann musste sie sich eingestehen: Sie liebte die Geschwindigkeit, das Adrenalin beim Beschleunigen und das sanfte Vibrieren der Maschine, ihr beruhigendes Knurren.

Geduldig wartete sie, bis die Kommissarin auf die Straße Richtung Innenstadt eingebogen war. Sie ließ ein paar Wagen passieren. Dann reihte sie sich in den Verkehr ein und folgte der Frau mit reichlich Abstand aus Volksdorf hinaus.

Überrascht stellte sie fest, dass Roth anscheinend nicht zum LKA fuhr, sondern nach Eilbek. Sie bog in die Uferstraße direkt am Eilbekkanal ein. Hier gab es ein Stück Idylle mitten zwischen den Häusern Hamburgs. Der Kanal zog sich an der Straße entlang, die teilweise für den Verkehr gesperrt war. Spaziergänger flanierten, und ein paar Jogger drehten ihre Runde im Schatten der Bäume, die das Ufer säumten.

In der Straße, die ein kurzes Stück direkt am Kanal entlangführte, in dem Hausboot nach Hausboot lag, konnte man sich schlecht tarnen. Dreistigkeit siegt, sprach sich Petra Mut zu und folgte dem Wagen, neugierig, wohin Svea Roth wohl fahren würde.

Kaum war sie eingebogen, hielt die Kommissarin jedoch plötzlich in einer freien Parkbucht. Petra blieb keine Chance, hinter ihr zu bleiben. Kurz entschlossen gab sie Gas und fuhr direkt an der Kommissarin vorbei. Auf ihrer Höhe konnte sie nicht anders: Sie musste den Kopf wenden und sie ansehen, musste ihrem Feind in die Augen blicken.

Unter dem Helm würde die Kommissarin sie niemals erkennen, aber Petra hatte einen guten Blick auf Roths Gesicht. Eine sehr entschlossene Miene, obwohl sie nur irgendwelche Notizen in ein Lederheftchen schrieb.

Dann war Petra auch schon an ihr vorbei. Erst gute fünfzig Meter weiter parkte sie hinter einem Bauwagen, stieg ab und spähte zurück.

Die Kommissarin war inzwischen ausgestiegen und hatte einen Schlüsselbund gezückt.

»Wo wohnst du?«, fragte Petra sich leise und sah zu, wie Roth einen der Zugänge zu einem Hausboot aufschloss. »Immerhin. Geschmack hat sie«, stellte sie überrascht fest und schlich näher an den Zaun heran, der den Gehweg vom Kanal und den Hausbooten trennte.

Svea Roth hob irgendwas auf. Petra zog das Fernglas aus ihrem Bikerrucksack und klappte das Helmvisier hoch. Sie erkannte einen Kuchen in so einer Plastiktransportbox und eine Haftnotiz, die Roth durchlas, bevor sie das Boot aufschloss.

Ein wenig später sah Petra die Kommissarin an einem der Bullaugen mit einer Tasse.

Wie viel die wohl schon wusste, überlegte sie. Erschreckenderweise war es überraschend schnell gegangen, dass Roth im Labor aufgekreuzt war. Damit hatte Petra nicht gerechnet.

Wie war sie ihr auf die Spur gekommen? Hatten sie das Zodiak gefunden und irgendwas identifiziert? Oder stocherten sie einfach auf gut Glück im Nebel? Wusste das LKA etwa auch von Ansgar, von Mareike und von Jerome?

Petra schloss das Visier ihres Helms und steckte das Fernglas zurück in den Rucksack.

Was, wenn die Bullen bereits von irgendwoher von ihren nächsten Aktivitäten gehört hatten? Konnte das sein?

Entschlossen zog Petra die Pistole aus dem Rucksack und checkte, ob die Waffe ordentlich geladen und gesichert war. Es gelang ihr, das mulmige Gefühl herunterzuschlucken, das der Besuch der Kommissarin ausgelöst hatte. Die Waffe schenkte ihr sofort Sicherheit. Sie steckte sie in den Jeansbund und schlich zum Boot. Der niedrige Metallzaun hielt sie nicht auf. Und es war ihr auch egal, ob sie aus den Häusern gegenüber beobachtet wurde. Auf der Straße war jedenfalls niemand zu sehen.

So leise sie konnte, huschte sie über den Steg an Deck. Mit dem Rücken an die Hauswand gedrückt, schob sie sich zum Bullauge vor und traute sich, einen Blick hineinzuwerfen.

Sie sah eine hübsche Küche, die zu einem gemütlichen, aber winzigen Wohnzimmer hin offen war. An den Wänden Fotos, die die Kommissarin beim Tauchen zeigten. Unterwasserbilder. Am Strand. Exotische Gegenden. Das Plakat einer Tauchschule. Alles spanisch. Schon älter. Vielleicht aus den 90ern? Sie meinte, das Wort »Brasil« lesen zu können ... Heitere Musik drang gedämpft zu ihr, die ebenfalls nach Südamerika klang.

Svea schnitt den Karottenkuchen an, den ihre kleine Schwester ihr gebacken hatte. Wie immer war er fantastisch, mit Mandeln und einem Frischkäse-Überzug. Sie kaute genüsslich und las noch einmal die Nachricht von Lizeth. »Gewünscht und geliefert. Für die Beste!« Als wüsste ihre Schwester, dass heute Abend jemand zu Besuch kam. Svea öffnete den Kühlschrank, aber es war kein Bier mehr kaltgestellt. Brixn war sicherlich Biertrinker. Zwei Sixpacks standen noch neben dem Schrank. Sie schob ein paar Flaschen in den Kühlschrank. Den Rest würde sie in guter Seemannsmanier über die Reling zum Kühlen in den Kanal hängen.

Sie holte ihr Handy raus. Es war schon über eine Woche her, dass sie mit Lizeth telefoniert hatte. Einen Kuchen von ihr vor die Tür gestellt zu bekommen, verhieß in der Regel nichts Gutes. Ob sie ihr von Brixn erzählen sollte?

Kaum hatte Svea ihr Handy aktiviert, klingelte es.

»Ah, Hendrik. Neuigkeiten von der Ulrich?«

Petra huschte ein Bullauge weiter und sah Svea am schmalen Stehtisch der Küche. Sie telefonierte. Neugierig lauschte sie.

»Die ist so stur«, stöhnte Svea, die sich das Handy zwischen Kinn und Schulter geklemmt hatte, um sich ein Stück Kuchen abzuschneiden.

»Is' mir auch klar. Wir müssen die Ulrich irgendwie überzeugen. Schnapp dir mal die Akte über Bosse und ... Hast du schon. Aha.«

Eine Akte. Natürlich hatten sie eine Akte über sie.

»Was ist mit ihrer Mutter? ... Ah, verstehe. Kein schlechtes Viertel. Fahr da mal raus und sprich mit ihren Eltern. Es muss ja Gründe geben, warum sie mit ihnen gebrochen hat.«

Weil sie verbohrte konservative Idioten sind, dachte Petra. So einfach ist das. Weil mein Vater wollte, dass ich heirate und die Schnauze halte. Und meine Mutter nie zu mir stand, als ich unbedingt studieren wollte. Weil sie beide ihr verbohrtes kleines Leben führen und sich einen Scheiß um meine Einstellungen geben.

»Linksextremes Spektrum? Und er? ... Was? Petras Vater hat bei MTL-Chemie gearbeitet? Leitender Chemiker ... Na. Da hing der Haussegen sicher oft schief. Grab da mal tiefer, und wenn sie im linksextremen Kreisen aktiv war, kennt sie sicher wer von der Roten Zora.«

Die Kommissarin schob sich ein Stück des Kuchens in den Mund und hörte dem Anrufer zu.

»Du machst das schon, Hendrik. Recherche ist doch genau deins.«

Sie stülpte die Plastikhaube über den Kuchen und leckte sich die Finger ab, bevor sie das Handy wieder in die Hand nahm.

»Mein Bauch sagt mir, die hat was damit zu tun.«

Diese Kommissarin hatte ein gutes Gespür. Petra ärgerte sich, dass sie sich heute Morgen ihr gegenüber so offensiv verhalten hatte. Wenn sie mehr auf Dummerchen gemacht hätte ... Aber offensichtlich hatte die Polizei noch nichts in der Hand, und Petra würde dafür sorgen, dass es so blieb. Kurz überlegte sie, eine Wanze anzubringen. Hätte sicher Vorteile, immer zu wissen, was die Bullen dachten.

Sie war nur froh, dass Jerome nichts Dummes getan hatte, seit er auf dieses Arschloch geschossen hatte. Allerdings machte sie sich bei Mareike Sorgen. Sie war zu zart besaitet, nicht abgehärtet genug, um die Schuldgefühle wegen der Schießerei lange zu ertragen. Die nächste Aktion würde Mareikes Prüfung werden. Entweder sie zog beim Anschlag auf Kleinfelder mit, oder sie kniff. Petra tastete nach der Pistole in ihrem Hosenbund. Für Verräter hatte die MNF nur ein kaltes Grab übrig.

Petra lehnte sich an die warme Wand und schloss kurz die Augen. Sie redete immer von Entschlossenheit, aber würde sie es wirklich bringen, Mareike zu ... zu bestrafen?

Wenn du musst, dann drückst du einfach ab. Jerome hat dir gezeigt, wie es geht. Ist nichts dabei. Zielen. Abdrücken.

Petra beugte sie wieder zum Bullauge vor und stockte. Die Kommissarin ... Wo war sie hin? Verdammt nochmal!

Schnell schob sich Petra an der Wand entlang zum nächsten Bullauge. Angespannt späte sie noch einmal vorsichtig ins Innere, ging einen Schritt zur Seite, um besser sehen zu können, und trat aus Versehen gegen einen Blechnapf voller Beeren und Nüsse, der unter dem Fenster stand. Sie war geradewegs auf den Rand getreten, und das Ding kippte scheppernd um.

Erschrocken verharrte sie und hielt die Luft an, lauschte auf Svea. Nichts. Sicherheitshalber zog sie die Pistole aus der Jeans und entsicherte sie.

»Warte mal. Da war was«, hörte sie Svea sagen.

Scheiße, fluchte Petra innerlich und sah sich zum Steg um. Wenn sie vom Schiff wollte, musste sie zur Haustür und ...

... da kam Svea bereits heraus. Die Kommissarin, Handy am Ohr, betrat das Deck und blickte sich um.

Bevor sie zweimal nachdenken konnte, hatte sich Petra auf das Flachdach des Hausboots gezogen und lag nun bäuchlings auf der warmen Dachpappe.

»Was? ... Nein, ich dachte nur, da wär was gewesen ... An Deck. Ich seh grad nach.« Svea kam nach achtern und entdeckte das verstreute Futter. Der Napf lag an der Reling. Über die Dachkante hinweg beobachtete Petra, wie die Beamtin die Beeren und Nüsse wieder einsammelte und den Napf zurückstellte.

Ein Moment verharrte die Frau, sah sich suchend um, und Petra drückte sich noch flacher ans Dach und hielt den Atem an.

»Ich glaub, Maigret war hier«, sagte Svea.

Petra wog die Pistole in ihrer Hand. Nur wenige Zentimeter bis zur Dachkante. Ihr Herz schlug überraschend fest und gleichmäßig. Ganz ruhig, viel ruhiger, als sie gedacht hätte. Diese ahnungslose Kommissarin war ihr so nah … so nah … Petra meinte sogar, ihr Parfüm riechen zu können.

»Seit wann darf man Waschbären nicht füttern? Fachsendung auf YouTube? Komm schon, Hendrik. Ich liebe meinen Maigret, und es ist besser, als wenn er bei mir einbricht und was klaut«, hörte sie Svea sagen.

Ein Schuss, einmal abdrücken, dachte Petra. Ihr Kopf würde explodieren wie eine faule Wassermelone. Die Kommissarin würde gar nicht kapieren, was mit ihr geschah.

Langsam schob Petra die Pistole vor. Und zielte. Es wäre ein Leichtes …

Mit einem Mal fuhr Svea herum, als hätte sie etwas gehört. Petra sah, wie konzentriert die Kommissarin lauschte.

Sieh bloß nicht hoch! Schau nicht hoch!

Petra zielte auf Sveas Kopf … Ihr Finger legte sich auf den Hahn.

Niemand ist hier. Geh rein …

Sie wusste, wo der Druckpunkt war, wie sie durchziehen musste, um nicht zu verreißen …

Sieh nicht hoch! Geh rein … Geh einfach wieder rein …

Endlich wandte sich Svea um, betrachtete noch einmal die Beeren. »Maigret ist so ein Chaot«, sagte sie ins Handy und ging dabei zurück ins Hausboot. »Hendrik, pass auf. Ich möchte, dass du alle Infos über Petra zusammenträgst und noch mal mit Tennhaus sprichst. Der soll wegen einer Vorladung Druck machen bei der Ulrich …«

Petra atmete durch.

Nachdem Svea das Telefonat mit Hendrik beendet hatte, wählte sie die Nummer ihrer Schwester. Doch es antwortete nur die Mailbox, und Svea hinterließ ein kurzes Danke für den Kuchen. Mit ihrem Laptop setzte sie sich in den Sessel und loggte sich ins LKA-Netzwerk ein.

Sie überprüfte den Kollegen von Petra Bosse, Ansgar Tröge. Der Computer fand keinen Treffer. Offenbar war er ein unbeschriebenes Blatt.

Iris und Barbara Teschner checkte sie ebenfalls. Bei Letzterer fand sie zwei Einträge. Vor einem Jahr war die Ehefrau des Verstorbenen wegen Betrugs und Ladendiebstahls angezeigt worden. Anscheinend hatte sie in einer Luxusboutique in Eppendorf eine Handtasche mitgehen lassen wollen. Als sie erwischt wurde, war sie ausgerastet und gewalttätig geworden. Auch den drei hinzugerufenen Beamten gegenüber.

Schließlich zog Svea die Liste mit den Aktivisten hervor, die sie von Tennhaus bekommen hatte. Mit dieser Petra Bosse war nicht gut Kirschen essen, aber vielleicht war ihr Hochmut ihre Achillesferse. Wenn man sie nur weit genug triezte, würde sie wahrscheinlich die Fassung verlieren und etwas preisgeben. Allein schon, weil sie die Oberhand behalten und ihnen, der Polizei, ihre Überlegenheit beweisen wollte. Sie vorzuladen und in die Mangel zu nehmen, würde sicher etwas bringen.

Svea betrachtete das Foto, das sie eingekringelt hatte, nachdenklich und erinnerte sich an die komplett vernarbten Handflächen. Sekundenkleber war in ihren Augen ziemlich radikal. Eine Studentin, ungestüm, mit dem Willen, die Welt zu verändern, klebt sich an die Straße. Die Polizei kommt, reißt ihre Hände weg, und die Haut ...

Svea wollte sich die Schmerzen nicht vorstellen.

Ob Petra Bosses Seele ebenfalls so vernarbt ist?

Dann wäre es kein Wunder, dass sie sich radikalisiert hatte und die Polizei nicht gerade als ihren Freund und Helfer ansah. Auf der anderen Seite war eine Demo mit Sitzblockade und Selbstfesselung – oder gar ein Brandanschlag auf ein Büro – etwas anderes als ein Raubüberfall mit einem Toten.

Svea blätterte die Akte erneut durch. Vier Ökofreaks begehen kleine Delikte – Krawall auf Demos, Sachbeschädigungen ... Dann zünden sie ein Büro an. Und ein paar Monate später überfallen sie die Feier eines genehmigten Hafenbauprojekts.

Mother-Nature-Front. MNF ...

Keine Frage: Sie radikalisierten sich, und Petra Bosse mit ihrer dominierenden Art passte da wunderbar ins Bild.

Svea überflog das Bekennerschreiben.

... eine Gegenmacht, die nötige Veränderungen durchsetzen wird und in einem lang andauernden Kampf die Befreiung unseres Planeten erkämpft ...

Sie ertappte sich bei dem Gedanken, dass es gar nicht so

schlecht war, für den Planeten zu kämpfen. Solange niemand zu Schaden kam. Es war sicherlich an der Zeit, endlich etwas gegen die hohlen Versprechungen der Politik zu unternehmen.

Vor vielen Jahren hatte sie im Paradies gelebt, bevor es zerstört worden war, bevor die Gewalt in ihr kleines Glück aus Natur und Sport eingedrungen war und ihre Kindheit getötet hatte ... aus Profitgier.

Das Kribbeln auf ihrem Gesicht kehrte zurück. Sie sprang auf, lief in die Küche, um ihre Wangen mit kaltem Wasser zu kühlen.

Und für einen winzigen Augenblick meinte sie, Muscheln, hübsch drapiert auf einem Teller, auf dem Tresen stehen zu sehen. Sie schimmerten perlmuttfarben und ... Es war jedoch nur der Karottenkuchen. Mehr nicht. Der weiße Frischkäse-Überzug ...

Reiß dich zusammen!

Svea atmete durch und kühlte sich das Gesicht. Das Stechen der tausend Nadeln verschwand.

Wie sie es trainiert hatte, atmete sie gleichmäßig, entspannte sich. Zurück im Sessel, klappte sie ihren Laptop wieder auf und öffnete die Videos, die die Täter vom Überfall hochgeladen hatten.

Die Angreifer gingen zielgerichtet vor, als hätten sie ihren Überfall gut vorbereitet, und dass sie Waffen mitgebracht hatten, sprach ebenfalls für eine Radikalisierung der MNF. Der Raub sollte kompromisslos und medienwirksam durchgezogen werden, allerdings sprach nichts dafür, dass Teschner hätte sterben sollen.

Svea wollte sich den Moment des Schusses noch einmal ansehen, da hörte sie Schritte auf dem Deck …

Brixn? War es schon so spät? Ihr Blick flog zur Zeitanzeige auf dem Laptop. Erst knapp halb acht. Nein. Das war nicht Brixn. Irgendwer schlich auf Deck herum … Sofort musste sie an Maigrets Schüssel denken, die umgeworfen …

Alarmiert legte sie den Laptop beiseite und stand auf. Angespannt fixierte sie das Bullauge des Wohnzimmers.

Da war ein Schatten …

Ohne zu zögern, eilte sie hin und riss den Vorhang beiseite.

19

Lars. Ihr Ex-Mann grinste sie an und tippte sich zum Gruß an den Schirm seiner Basecap. Er wirkte unausgeschlafen.

Svea bedachte ihn mit einem genervten Augenrollen.

Missmutig öffnete sie, verstellte ihm aber sogleich den Weg. »Was machst du hier?«, begrüßte sie ihn abweisend.

»Dir auch einen schönen Abend ... Ich dachte, ich schau mal nach dem Rechten bei unserm Schiff.«

»Meinem Schiff.«

»Deinem Schiff, ja«, er winkte ab. »Du hast gesagt, ich soll mein Zeug holen.«

»Ja. Aber vorher anrufen!«

»Wieso? Stör ich irgendwie?« Sein Blick glitt durch den Raum hinter ihr, als suche er nach Beweisen für etwas, das er ihr vorwerfen konnte.

»Willst du eine ehrliche Antwort?« Sie machte keine Anstalten, ihn hereinzulassen. Doch als er sich einfach an ihr vorbeiquetschte, unternahm sie auch nichts, um ihn zurückzudrängen. Sie wollte keinen Streit, denn sie roch die Alkoholfahne.

Das kann ja heiter werden, dachte sie. So ein Pegelstand

hat mir grad noch gefehlt … Er hatte definitiv mehr als nur zwei, drei Bier intus.

»Lars. Es reicht. Du kannst nicht einfach herkommen, wann es dir passt – und wenn ich anrufe, damit wir endlich reden, dann reagierst du tagelang nicht.«

»Is' doch egal.« Er ging zur Küche und öffnete den Kühlschrank, um sich ein Bier rauszuholen. Routiniert zog er die Schublade am Herd auf und suchte nach einem Öffner.

»Ist egal?« Svea schüttelte den Kopf. Seit Lenas Tod war Lars eigentlich alles egal.

»Hast du die Öffner versteckt? Vor mir?« Er lachte sarkastisch. »Komm schon.«

»Der is' da drin. Mach halt die Augen auf«, brummte sie, besann sich jedoch eines Besseren. »Ich hab keine Zeit und auch keine Lust, mit dir hier rumzustreiten. Nimm dein Zeug und pack's in deinen Wagen, und dann tschüss.« Konnte er überhaupt noch fahren?

»Ja. Tschüss. Genau.« Er grinste schief und riss den Kronkorken mit einem Feuerzeug ab, dann ging er zu ihrem Schlafzimmer und betrachtete die Kisten. Er sah nicht mal ein paar Sachen durch, sondern blickte bloß, am Bier nippend, auf die Klamotten, stumm und ohne eine Regung.

»Am besten wär's, du nimmst alles mit. Kannst ja dann immer noch aussortieren.«

»Hm.«

»Das ginge am schnellsten.«

Lars nippte wieder an der Flasche. »Ach, hast du noch was vor?« Sein Blick glitt zum Wohnzimmer und über die Akten und den Laptop hinüber zur Küche, wo der Kuchen stand.

Sie antwortete nicht.

»Na, das ging ja flott«, feixte er, aber sein beleidigter Unterton war nicht zu überhören. Er strich sich die Finger an seinem T-Shirt ab und schob seine Basecap zurecht.

Innerlich bebend, schloss Svea die Augen. »Lars, bitte geh«, forderte sie ihn nochmals auf. »Nimm, was du willst, und den Rest ...«

»Den schmeißt du weg. Einfach so.« Er trank einen Schluck aus seiner Flasche. »Du und der Neue, oder? Lässt nichts anbrennen, wie?«

»Lars, bitte.«

Endlich erbarmte er sich, hockte sich hin und durchstöberte einen der Kartons. Er war mit Klamotten, seinen Lieblingsbüchern – Crichton, Clancy, Suarez – und den Fachbüchern über Star Wars und Star Trek gefüllt.

Nachdem Lars noch zweimal an seinem Bier genippt hatte, zog er zwischen den Büchern, den T-Shirts und seinem alten Lieblingshoody etwas hervor.

Es war kaum größer als eine Fernbedienung und hatte eine ähnliche Form. Eine grün-blau-rote Tastatur aus Fimo, von Kinderhand geformt, die mit Glitzer bestäubt war. Krumm und schief waren die Tasten draufgepappt, viele waren Herzchen.

Er seufzte tief. »Wolltest du das auch wegschmeißen?«

Svea verstand nicht, was er meinte. Natürlich nicht. Lena hatte ihm das mit sechs Jahren gebastelt, weil er wegen seiner Programmiererei so oft vor dem Computer hockte. Damit er an sie dachte und wegen der Zaubertasten schneller fertig wurde.

»Du hättst das weggeschmissen, hm? Einfach weg!« Er richtete sich auf. Seine Augen waren feucht.

»Ich …«

»Da bist du gut drin, hm? Einfach vergessen. Weg damit! Das ist deins!« Er wurde lauter, drängte sich an ihr vorbei zu einem der Fotos an der Wand. »Einfach weitermachen! Das ist dein Ding! Scheiß drauf! Weg damit. Bloß nicht mehr dran denken.«

Sie spürte, wie ihr die Tränen kamen, als er mit der gebastelten Tastatur auf Lenas Foto zeigte. Das Bild vom Vai-Strand auf Kreta vor vier Jahren, als sie auf Höhe der Bude, die Lenas Lieblingseis hatte – so ein obersüßes, grellbuntes Zeug aus Wasser –, ins Meer gegangen waren. Sie waren zusammen getaucht, alle drei.

Auf dem Bild hatte Lena bunte Lippen vom Eis. Svea ertrug es nicht, hinzusehen. Sie spürte, wie sich alles in ihr zusammenzog, die tausend Nadeln anbrandeten.

»Du bist so ein Arsch.«

Sie atmete durch, zwang sich, nicht zu weinen, die Fassung zu wahren. Wut stieg in ihr auf. Wie konnte er sich anmaßen, sie zu kritisieren? Wie konnte er denn nicht wissen, wie sehr sie gelitten hatte … noch immer litt? Nur weil sie versuchte, ihr verdammtes Leben wieder in den Griff zu kriegen? Das bedeutete doch nicht, dass sie Lena vergessen hatte – oder vergessen wollte. Aber nach zwei Jahren musste sie endlich wieder auftauchen, wieder Luft holen … Offenbar ganz im Gegensatz zu ihm. Lars saß noch immer dort unten, dort unten im Dunkeln, am Grund des Meeres. Er ertränkte sich in Trauer und Erinnerungen und seinem Schmerz … und in Alkohol.

Die erste Zeit hatten sie gemeinsam gegen den Schmerz angetrunken. Aber es hatte nicht geholfen.

Die Hütte brannte. Auf dem Steg lagen die Muscheln ...

Es hatte nichts geändert, sich zu betrinken. Es hatte den Schmerz nicht betäubt. Nicht ertränkt. Genau wie damals in Kolumbien musste sie irgendwie in ihr Leben zurückfinden.

»So ein Arsch«, sagte sie erneut und wischte sich die stumme Träne von der Wange. »Du kommst hier her und machst mich an? Ernsthaft?« Der Kloß in ihrem Hals ließ sie bitter schlucken.

»Ich? Schau dich doch an! Du tust so, als wär nichts passiert.«

»Das glaubst du wirklich, oder? Das glaubst du echt? Das glaubst du?« Verzweifelt versuchte Svea, ihre Wut runterzuschlucken, aber es gelang ihr nicht wirklich. »Nur weil ich mich nicht jeden Tag besaufe und in Erinnerungen leben will?« Ihre Wangen begannen wieder zu prickeln.

»Sie hat's verdient, dass man sich an sie erinnert. Gerade du solltest das wissen!« Er schrie jetzt.

»Was soll denn das heißen?!« Auch sie wurde laut.

»Jeden Scheiß holst du hoch. Jeden Dreck holst du aus dem Wasser. Aber ...«

»Aber?! Aber ...!« Svea biss die Zähne zusammen. Als er nach Lenas Bild greifen wollte, schlug sie seine Hand weg. »Lass das! Du hast keine Ahnung, du hast KEINE AHNUNG! Du wirfst mir vor, dass ich Lena nicht ... Raus! Sofort raus!«

»Wer war denn auf der Fähre mit ihr? Wer ist denn unsere Star-Taucherin?«

Bebend vor Wut und Schmerz, starrte Svea Lars an und

rang nach Luft. Sie versuchte sich, wie unter Wasser, auf die Atmung zu konzentrieren, auf ihren Herzschlag.

Nicht aufregen, ruhig bleiben, du schaffst das. Er meint das nicht so …

Nimmst du ihn etwa in Schutz?

Ich? Nein … Aber …

Atme, atme ruhig.

Es gelang nicht. Sosehr sie sich auch anstrengte. Mit einem Mal spürte sie Lars' Hand an ihrem Arm. Er hielt sie mit eisernem Griff und stierte sie an. »Warum hast du nichts gemacht, hm? Warum, Svea?«, schrie er und war kurz davor, sie nach hinten zu stoßen.

»Lass mich los, Lars!«

Ihr Arm streckte sich unter dem Metall hervor. Da unten war alles kalt und schwarz. Ihre Hand im dunklen Wasser … Sie streckte sich ihr entgegen und …

Ein Ruck ließ sie auftauchen. Sie wirbelte herum und sah, wie Brixn Lars von hinten gepackt hatte. »Loslassen!«, sagte er bestimmt und drängte Lars zurück. »Alles okay?«, fragte er Svea, die wie Lars völlig überrumpelt war.

»Ey! Lass mich!«, protestierte Lars und wehrte sich vergebens gegen Brixn, der ihn am Genick gepackt und ihm den linken Arm auf den Rücken gedreht hatte.

»Ruhig! Cool bleiben!«, befahl Brixn. »Besser, Sie gehen jetzt.«

»Hör auf.« Svea wollte dazwischengehen, aber Lars holte mit dem Ellbogen aus. Zornig schlug er um sich, trat … Brixn ließ ihn gegen die Wand krachen. Lenas Foto fiel zu Boden, das Glas zerscherbte. »Aufhören!«, schrie Svea und packte

Brixn, wollte ihn wegdrücken. Da riss Stoff, und im nächsten Moment hatte sich Lars befreit.

Bevor Brixn noch einmal zupacken konnte, wich Lars zurück, stand keuchend vor ihm und hob die Hände zum Kampf.

»Verflucht! Lasst das. Alle beide!« Svea stellte sich zwischen sie.

Im Gegensatz zu Lars, der keuchte, schien Brixn ganz gefasst. »Sie sollten jetzt besser gehen«, wiederholte er ruhig.

Einen Moment lang maßen sich die zwei mit Blicken, bis Lars ansetzte, etwas zu entgegnen, allerdings fuhr Svea dazwischen: »Mach's nicht noch schlimmer, Lars. Geh. Geh einfach.«

Er schnaubte, doch schließlich nickte er. »Ich war nur hier, um zu reden, Svea.«

Ihr lag eine spitze Antwort auf der Zunge. Sie verkniff sie sich. Auf halbem Weg schnappte Lars sich ein weiteres Bier, bevor die Tür hinter ihm ins Schloss fiel.

Svea ging zu einem der Bullaugen und sah hinaus. Lars lief leicht schwankend über den Steg zu seinem Wagen, der oben an der Straße stand. Ein Motorradfahrer, der vor Lars' Auto geparkt hatte, ließ den Motor seiner roten Maschine aufheulen und schoss davon.

»Wer war der Idiot?«, wollte Brixn wissen, der neben ihr auch aus dem Fenster blickte.

»Mein Ex-Mann.«

»Ex? Ah. Dann ist er ein noch größerer Idiot, als ich dachte.«

Sie wusste, dass er sie nur aufheitern wollte, doch sie war viel zu aufgewühlt. »Danke. Für das ... Sie wissen schon.«

Sie ging zu den Scherben hinüber und begann sie aufzusammeln. »Wenn Sie was zu trinken wollen – Bier ist noch im Kühlschrank.«

»Tut mir leid, ich wollte nicht ...« Er kniete sich zu ihr, um zu helfen.

»Ich schaff das schon. Aber danke. Kommen Sie ... Ich schaff das.«

Er nickte und wandte sich den beiden Tüten zu, die wohlduftend auf dem Wohnzimmertisch standen. »Ich hab uns asiatisch mitgebracht ... Also eigentlich ... Aber ... Sie haben keinen Appetit mehr, richtig?«

Svea schenkte ihm ein sanftes Lächeln, verneinte aber. Nach dem ganzen Hickhack würde sie keinen Bissen herunterbekommen.

»Kein Problem. Heißt ja *Essen to go*. Soll ich besser auch?«

»Was? Lieber nichts essen?«

»Nein, gehen.«

Sie sammelte die letzten Scherben auf und trug alles zum Müll in die Küche. »Es würde mich freuen, wenn Sie noch einen Moment bleiben.«

»Jan.«

»Was?« Sie wandte sich zu ihm um.

»Jan Brixn. Jan.«

»Ach so, ja. Svea.« Sie schnappte sich Feger und Kehrblech. »Vielleicht bist du so nett, Jan?«, meinte sie und drückte ihm beides vors kurzärmlige Hemd. Da stellte sie fest, dass es aufgerissen war. Nicht nur ein paar Knöpfe waren weg, sondern Lars hatte ihm die Tasche weggerissen und dabei das halbe Hemd zerfetzt.

Bevor sie etwas sagen konnte, tat er es kopfschüttelnd ab. »Es tut mir leid, was eben ... Ich wollte nicht ...«, begann er tastend.

»Ist schon gut. Lars kann ’n echter Arsch sein.«

»Wär mir gar nicht aufgefallen.« Kurzerhand zog er sein Hemd aus. Was darunter zum Vorschein kam, sah ganz apart aus, wie Svea feststellte. Ihr neuer Kollege trainierte offensichtlich. Da war kein Gramm Fett zu viel – allerdings sah er Gott sei Dank auch nicht wie ein hochgezüchteter Bulle aus.

Sie räusperte sich. »Ich such dir was zum Anziehen.«

20

Ein paar Minuten später saßen die beiden auf Deck und beobachteten Schwalben, die über dem Kanal nach Insekten schnappten, indem sie sich waghalsig hinabstürzten, um sich knapp über dem Wasser abzufangen.

Weil keiner der beiden Appetit hatte, gönnten sie sich bloß etwas zu trinken. Svea ließ für Jan ein paar Bier, die sie an eine Leine band, zum Abkühlen ins Wasser und holte sich selbst eine Flasche Zuckerrohrschnaps mit Anis. Ihren Aguardiente.

Jan berichtete ihr von der Waffe aus Bundeswehrbeständen und dem verdächtigen Ex-Soldaten. Svea setzte ihn über ihr Treffen mit Petra Bosse in Kenntnis und davon, wie schroff und kalt sie reagiert hatte. Während er lieber heute als morgen die Kfz-Werkstatt in Billbrook durchsuchen lassen wollte, hätte Svea Bosse am liebsten sofort bei einem Verhör auf den Zahn gefühlt. Insofern waren sie sich ganz ähnlich, wie Svea feststellen musste, ihnen beiden war Verschleppung durch bürokratische Vorgänge zuwider.

»Ist schön ruhig bei dir, obwohl man in der Stadt ist. In Berlin gibt's übrigens auch jede Menge Hausboote.«

»Wirklich?«

»Ja. Man sagt, Berlin ist aus dem Kahn gebaut.«

Sie schenkte ihm einen fragenden Blick. Das rote, nerdige Star-Trek-Shirt von Lars stand ihm genauso gut wie die lässigen Designerhemden.

»Ja, eine Stadt, ins Moor gesetzt, und hinter jeder Haustür und unter jedem Keller jede Menge Sumpf …«

Bei der Zweideutigkeit musste Svea lächeln. »Auch im Polizeiwesen, wie ich hörte.«

Er stimmte ihr stumm zu und trank einen Schluck Bier.

»Angeblich sollst du Kollegen was angehängt haben.«

»Wie beim Tauchen, hm? Nicht zögern, sondern immer direkt reinspringen.«

»Na ja.« Svea schenkte sich noch einen Schluck Aguardiente nach und nippte. Der Geschmack von Anis flutete ihre Sinne. »Ich denke mal, jemanden wie dich haut eine direkte Konfrontation nicht sofort aus der Bahn.«

Er lächelte schief. »Ist das ein Kompliment? Ich hab gleich fünf meiner Freunde angeschwärzt und ihnen Beweise untergeschoben, um mich selbst reinzuwaschen. Ich mein, immerhin ging's um reichlich Drogengeld, wen kümmern da Freunde, denen man auf der Straße seit Jahren sein Leben anvertraut hat.«

»Und sarkastisch kann er auch sein, der Herr Brixn.«

Er lächelte schmal und pulte an seiner leeren Bierflasche herum. »Geahnt habe ich lange was … Aber dann haben sie es mehr als übertrieben.«

»Du meinst den Anschlag auf den Al-Kattan-Clan?«

»Ganz genau. Ich habe lange geahnt, dass sie sich fürs Wegsehen bezahlen lassen. Haschisch und Kokain.« Er seufzte und ließ den Blick die Bierleine hinabgleiten. »Meinst du, es ist kalt?«

»Glaub schon.«

Er stand auf und zog die Leine mit dem Bier an Deck. »Ich denke mal, anfangs haben sie das Zeug nur selbst genommen. Aber wie es so ist. Die meisten kriegen den Hals nicht voll. Haben's vertickt. Auch an Kinder. Und dann kam die Sache mit Al-Kattan …« Jan schüttelte den Kopf. »Die wurden gedeckt. Vom Abteilungsleiter.«

»Und deswegen hast du ihm den Kiefer gebrochen.«

»Da stand ich neben mir. Und er war nicht gebrochen.«

»Degradierung. Und dann … wie heißt das?«

»Freiwillige Umorientierung.« Jan öffnete das Bier, indem er den Kronkorken lässig mit einem Handkantenschlag am Eisengeländer wegflippen ließ. »Wenn ich diesem Arsch auch nur einen Hauch hätte beweisen können …«

»Und wieso Hamburg?«, hakte sie nach.

»Warum nicht?«

»Das ist keine Antwort.«

Jan ließ seinen Blick über den Kanal gleiten und genoss anscheinend die Stille. Dann meinte er: »Meine Ex-Frau, die kam aus Hamburg.«

Svea stutzte. Kam? »Mein Beileid.«

»Danke. Aber … das ist lange her. Sie ist bei Sophies Geburt gestorben. Meine Tochter. Na ja, danach bin ich zurück nach Berlin.«

»Du kommst aus Berlin?«

Er nickte. »In Berlin aufgewachsen. Dann war ich in Hamburg, dann wieder Berlin. Jetzt wieder Hamburg.«

»Hin und her und hin und her.«

»Immer rum, tick-tack ... Ich dachte, hier kenne ich mich jedenfalls ein bisschen aus. Auch wenn es der Stand von vor fast zwanzig Jahren ist.«

Sie nickte. Das hatte ihr Vater auch gesagt, beinahe wortwörtlich, nachdem Mamá brutal bei einem Überfall ermordet worden war. Manchmal, wenn sie aufwachte und von Kolumbien geträumt hatte, konnte sie seine Hand und die ihrer Schwester spüren, wie sie dastanden in der Abflughalle des Aeropuerto Simón Bolívar und auf die übergroße Tafel mit den klackenden Buchstaben und Zahlen starrten. Nach dem Tod ihrer Mutter hatte ihr Vater nur weggewollt, raus aus dem Land, und dieser Moment in der Abflughalle war Svea noch so präsent, weil er der erste Schritt in eine neue Zukunft gewesen war. Ohne Mamá ...

»Habe ich was Falsches gesagt?«, fragte er, als er merkte, dass sie in Gedanken woanders war.

»Was? Nein, ich ...« Sie musste schmunzeln. »Mein Vater hat damals das Gleiche gesagt, als wir zurück nach Deutschland gezogen sind.«

»Sag nicht, die Karibikfotos sind gar nicht aus dem Urlaub?«

»Tja. Da wohnen, wo andere Urlaub machen.« Svea lachte, aber sie musste an etwas anderes denken, sah die brennende Hütte und die zwei Pick-ups mit den Männern vor sich, die am Strand hielten, absprangen, mit ihren Gewehren posierten. Sie dachte an den Steg, an die Muscheln und das Blut ...

Sie trank einen Schluck. Der Anisschnaps vertrieb die Bilder.

»Wo kommst du her?«

»Wo ich geboren bin?«

Er nickte.

»Santa Marta. Kolumbien.«

»Wow. Na, da kann ich locker mithalten. Tempelhof, im exotischen Dönerdreieck.«

Immerhin musste sie jetzt wirklich schmunzeln.

»Sie kann lachen. Na, das ist ja mal was.« Aufmerksam sah er ihr zu, wie sie noch einen Schluck trank.

»Was schaust du denn?«

Jan winkte ab. »Ich schau nur, warum du so ernst bist.«

Die intime Frage überraschte sie. Ertappt sah sie weg, spürte jedoch, wie er sie weiter interessiert musterte.

»Der will dir nur ein schlechtes Gewissen machen. Und dich mit runterziehen«, sagte er schließlich.

Wollte er sie aus der Reserve locken mit seinen Gedankensprüngen? »Wer?«, fragte sie unsicher.

»Dein Ex.«

»Woher ...?« Wie viel hatte er mitgehört, bevor er Lars weggezerrt hatte?

»Das Foto?« Er nahm noch einen Schluck.

Weiß er, was mit Lena passiert ist?

Svea umfasste ihr Glas mit beiden Händen, lauschte auf ihre Atmung. Angespannt war sie, aber noch nicht hektisch.

»Tut mir leid, ich wollte nicht ...«, entschuldigte er sich.

Im Beobachten war er gut, immerhin hatte er sofort erkannt, dass sie nicht über Lars oder Lena reden wollte.

»Alles gut«, sagte sie und drängte die Bilder von Lena hinab ins Dunkle.

»Ich geh jetzt lieber. Wird ein harter Tag morgen.«

Sie nickte, obwohl sie ihn noch gerne etwas um sich gehabt hätte.

Er stand auf. Zögerte aber kurz. »Glaubst du wirklich, diese Petra Bosse steckt hinter allem?«

»Ich trau es ihr zu, aber das heißt noch nichts.«

»Die Staatsanwältin wird sicher 'n Durchsuchungsbeschluss durchkriegen. Dann wissen wir mehr. Es war schön, mit dir zu reden. Hat mir sehr gefallen.«

»Mir auch«, entgegnete sie und erwischte sich bei dem Gedanken, dass sie tatsächlich genauso empfand. Sie musste zugeben, dass sie die kurze Zeit mit ihm wirklich genossen hatte. Ein bisschen zu quatschen und den Sommerabend auf sich zukommen zu lassen, so etwas hatte sie seit Jahren nicht mehr erlebt.

Er tippte sich zum Gruß an die Stirn und schritt das Deck entlang zur Gangway.

»Vielleicht sollten wir das nächste Mal die Kochkünste deiner Tochter testen. Pasta ... Welche noch mal?«, rief sie ihm nach.

»Pasta alla boscaiola«, antwortete er und deutete mit Hand und Kussmund ein *molto gustoso* an.

21

Zwei Kugeln durchschlugen das Gesicht der Hamburger Umweltsenatorin. Sie zerfetzten das Plakat mit Kleinfelders Konterfei, bevor sich der Schall im frühmorgendlichen Wald verlor.

Gemeinsam mit Jerome und Ansgar hatte Petra im Frühjahr einen improvisierten Schießstand in den Wald gebaut. Ein paar Stämme, Bretter mit Zielscheiben – Plakaten, Schattenrissen – und eine knorrige, umgestürzte Fichte, von der aus man feuern konnte, wenn man nicht versuchen wollte, sich hinter Bäumen anzuschleichen.

Zufrieden senkte Petra, die in aller Herrgottsfrühe hergekommen war, ihre Pistole. Die P8 lag viel besser in der Hand als das vierzig Jahre alte Schreckschussding von früher. Die P8 war echt und tödlich.

Sie hätte niemals gedacht, dass ihr das Schießen so viel Spaß machen würde, doch es berauschte sie. Am liebsten hätte sie noch viel öfter geschossen, doch sie hatte sich zusammenzureißen. Der Schießstand lag zwar versteckt, doch im dichten Wald und der Senke hallten die Schüsse wider. Außerdem war Munition teuer.

Petra las die beiden Hülsen auf. Es war befriedigend, der

Papp-Kleinfelder ein paar zu verpassen. Aber war sie auch bereit, auf die echte Kleinfelder zu schießen?

Würde sie das bringen?

Sie erinnerte sich an gestern, als sie auf dem Dach des Hausboots ausgeharrt hatte, die P8 schwer in der Hand. Sie hatte sich stark gefühlt. Viel stärker als diese Kommissarin, die offensichtlich zu viele Männergeschichten am Laufen hatte und keine Kraft, keinen Willen mehr hatte.

Noch einmal hob Petra die Pistole und legte auf das durchlöcherte Konterfei der Umweltsenatorin an.

Das dämlich feiste Lächeln vom Wahlplakat vermischte sich mit Petras Erinnerung an die echte Kleinfelder, wimmernd und halb nackt auf dem Deck kauernd. Wie ein Nichts, wie ein Niemand. Nicht wie die Volljuristin aus dem Senat, die es geschickt verstand, die Hand aufzuhalten und jeden Mist durchzuwinken und die Natur mit Füßen zu treten. Nur auf den Vorteil bedacht, aber vorgeben, als täte man Gutes für die Welt.

Gutes! Petra verzog angeekelt das Gesicht. Diese widerliche Kleinfelder.

Sie ließ die Waffe sinken. Ansgar war früh zum Institut geradelt und Jerome sicher zur Arbeit im Containerhafen gefahren.

Ein Ast knackte irgendwo hinter ihr, und sie fuhr mit der erhobenen Waffe herum.

Mareike! In kurzer Hose und Springerstiefeln und trotz der Hitze ihrem Bundeswehrparka, den Kragen bis übers Kinn geschlossen, stand sie seltsam verloren zwischen den Bäumen und starrte sie blass an.

»Du bist spät«, stellte Petra fest.

»Ich ... ich hatte noch was zu erledigen.« Unsicher stapfte sie näher.

»So früh?«

»Ja, ich ... Der Schanberger hat heut Morgen gemailt. Hydrologie. Ich musste erst antworten und ...«, begann Mareike sich zu rechtfertigen. »Sind die anderen auch da?«

»Nein. Ich muss mit dir alleine reden.«

»Oh.« Mareike wirkte furchtbar zittrig und dünnhäutig. Das war nicht gut.

Petra kontrollierte, ob sie die Waffe gesichert hatte, dann steckte sie sie lässig in den Hosenbund und trat auf Mareike zu. »Ist okay. Schon gut.« Fürsorglich nahm sie ihre Hände. Mareikes schwarz lackierten Fingernägel waren abgekaut, die Farbe abgeblättert. »Ich weiß, dass du Angst hast. Ich auch. Ich habe auch Angst.«

Mareike nickte. Doch Petra sah den Zweifel in ihren Augen.

»Ich glaube, das haben wir alle«, fuhr sie fort. »Das ist okay, Mareike. Angst zu haben, meine ich. Wir haben Angst, weil wir etwas Neues anstoßen, verstehst du?« Sie versuchte, sie mit einem Lächeln zu beruhigen. »Hast du unsere Zahlen gesehen? Die Klicks?«

»Nein, ich ... Nein. Bin ich noch nicht zu gekommen.«

»Das ist echt der Hammer. Du musst dir das ansehen! Wir tun das Richtige, Mareike. Wirklich.« Sie drückte Mareikes Hände und spürte, wie kalt ihre Finger waren. »Es ist nicht leicht, was passiert ist. Aber wir müssen nach vorne schauen. Wir müssen unser Denken vollends shiften. Das weißt du doch.«

Es dauerte, bis ihre Freundin endlich nickte.

»Was sage ich immer?«, fragte Petra sie.

Ein unsicheres Lächeln huschte über Mareikes Lippen, dann begann sie wie eine Grundschülerin zu zitieren: *»Der Mensch hat sich von seiner inneren Unterdrückung befreit, indem er die äußere Natur ausbeutet.«*

»Ganz genau. Wir müssen den Menschen befreien. Damit die Ausbeutung endet. Wir müssen noch viel intensiver agieren. Wir müssen visionärer werden, Mareike. Wir! Wir als Gruppe, als Einheit! Wir müssen bestimmen, wohin die Gesellschaft sich bewegt. Wir müssen den Diskurs bestimmen. Handfest bestimmen. Wir brauchen nicht viele Aktionen, aber spektakuläre. Und du bist ein Teil unseres Wirs.«

Sie legte den Arm um Mareike und ging mit ihr um die Wurzeln des umgestürzten Baums herum auf die Zielscheiben zu.

»Das war großartig, deine Idee, unsere Aktion zu filmen und dass sie alle spenden müssen. Da auf der Party zuzuschlagen ... Die Leute *lieben* uns!« Petras Stimme überschlug sich vor Begeisterung. »Wir müssen Ausrufezeichen setzen, Mareike. Wir müssen diese Ausrufezeichen *werden*.«

Mareike antwortete nicht, doch Petra konnte ihre Anspannung noch immer spüren.

»Und wir müssen diejenigen stoppen, die unsere Zukunft zerstören. Diejenigen, die unsere Zukunft und die Zukunft unserer Kinder zerstören – die müssen gestoppt werden.« Sie drehte Mareike so, dass sie Kleinfelders Gesicht direkt vor sich hatte. Petra hatte sie zweimal getroffen. In Stirn und Wange.

»Du ... du hast nicht vor, weiterzumachen«, Mareikes Stimme brach, »oder?«

Petra seufzte. Was hatte sie denn eben versucht zu erklären?

»Jerome besorgt bei seinem Kontakt ein neues Gewehr. Und ja, dann ziehen wir das durch.« Mareike musste begreifen, dass es keinen Platz für Zaudern und Zagen in der MNF gab.

Jeromes Schuss hatte etwas in Gang gesetzt. Etwas Großes war am Entstehen. Das hatte Petra deutlich gefühlt, als sie im kalten Wasser gestanden und die Flammen des brennenden Zodiaks auf ihrer Haut gespürt hatte.

Sie waren zu Großem berufen. Sie konnten etwas verändern.

Sie beugte sich zu Mareike vor und strich zärtlich ihre langen Haare nach hinten. »Mareike, was geschehen ist, ist geschehen. Natürlich müssen jetzt alle füreinander da sein. Aber wir vier, wir müssen auch für die Welt da sein, begreifst du das?« Petra zog die Pistole aus ihrem Jeansbund und hielt sie fast liebevoll. »Wir haben etwas angestoßen. Und wir sollten diesen Pfad gehen. Aber wer sich umsieht, wer nicht mitgeht, wer gegen uns ist ...« Sie streckte den Arm durch, zielte mit der Waffe auf Mareikes Gesicht.

Mareike starrte sie entsetzt an. »Petra ...«

Petras Finger legte sich um den Abzug.

Mit weit aufgerissenen Augen starrte Mareike in die Mündung.

»Wir müssen alle zusammen den Weg gehen! Sag es!«

»Wir ... wir müssen zusammen gehen. Zusammen den Weg gehen.«

Würde sie es tun können?, fragte sich Petra erneut, als sie auf Mareike zielte und sah, wie schwach und zittrig ihre Freundin dastand.

Der Wald schien die Luft anzuhalten. Nur das Sonnenlicht tanzte flirrend über das Moos und das Laub. Schweiß stand Mareike auf der Stirn.

Als wäre es nur eine optische Täuschung gewesen, eine Spiegelung des Sonnenlichts, ein Moment, der nie existiert hatte, steckte Petra abrupt die Waffe ein. Sie lachte und hakte sich bei Mareike unter. »Und jetzt komm. Lass uns was kochen. Und wir schauen uns die Kommentare an. Das ist grandios viral gegangen!«

Sie musste Mareike mit sich ziehen, denn sie war noch immer kreidebleich und vor Angst wie gelähmt.

22

Sophie Brixn warf ihre Schultasche auf die Rückbank und stieg hinter das Steuer ihres alten Renaults. Der Franzose war knapp zwanzig Jahre alt und nicht gerade hübsch, aber immerhin fuhr er. Ihr Vater hatte ihn ihr besorgt, nachdem sie wochenlang auf ihn eingeredet hatte.

Der Parkplatz des Gymnasiums war heillos überfüllt, und es war jeden Morgen ein Graus, noch einen Platz zu finden. Heute hatte sie Glück gehabt und etwas abseits der Busbuchten auf dem Parkplatz eine Lücke entdeckt.

Die Schulstunden waren wie im Flug vergangen, und sie wollte gleich in die Stadtmitte. Ein paar Boutiquen abklappern.

Den Schlüssel im Schloss, wartete sie noch einen Augenblick, bis die erste Welle an Schülern vom Parkplatz verschwand.

Sie war mit ihrem Vater erst seit anderthalb Monaten in Hamburg und hatte den Umzug inzwischen für abgeschlossen erklärt. Von sechs Umzugskisten abgesehen, die noch immer in der neuen Wohnung herumstanden, war mittlerweile alles an Ort und Stelle. Zumindest, was den Krimskrams und die Klamotten anbelangte.

Von sich selbst konnte Sophie das nicht unbedingt sagen, denn die neue Stadt und die Entfernung zu ihren Berliner Freunden machten ihr immer noch zu schaffen, auch wenn die Wut auf ihren Vater nachgelassen hatte. Immerhin lag sie nicht mehr jede Nacht verzweifelt wach.

Sie strengte sich wirklich an, Kontakt zu finden, aber es war nicht leicht als Neue im Klassenverband. Außerdem war sie die Älteste, weil sie vor Jahren einmal hängen geblieben war und jetzt aufgrund der unterschiedlichen Lehrpläne die Elfte wiederholen musste. Ihr Vater hatte lange gehadert, ob er sie so kurz vor dem Abitur aus der Schule herausnehmen oder ihr lieber in Berlin ein WG-Zimmer finanzieren sollte. Allerdings hatten sich auch die kleinsten Zimmer als zu teuer herausgestellt. Die neue Wohnung in Hamburg und ein zusätzliches Zimmer in Berlin überstiegen eindeutig seine finanziellen Möglichkeiten.

Und so kämpfte Sophie Tag für Tag damit, Freunde zu finden und die Stadt kennenzulernen, sich irgendwie gut zu stellen mit dieser angeblichen Weltstadt an der Elbe, die so ganz anders war als Berlin.

Der Parkplatz hatte sich inzwischen gelichtet. Sophie setzte zurück und reihte sich in die Schlange an der Ausfahrt ein.

Direkt vor ihr wartete einer ihrer Mitschüler auf seinem Motorrad. Artem war ganz nett, hatte sie bisher nicht geschnitten, sich aber auch nicht groß mit ihr unterhalten. Auf seinem Sportmotorrad gab er ein ausgesprochen cooles Bild ab, musste Sophie feststellen. Als er sie hinter sich bemerkte, fuhr er ein Stück zur Seite und winkte sie neben sich.

Sophie ließ ihren Wagen vorrollen und kurbelte ihr Fenster runter.

»Hi! Haste Lust, am … mit ans Meer …?« Durch seinen Helm war er schwer zu verstehen.

»Was?«

Er klappte sein Visier hoch und lehnte sich zu ihr. »Ans Meer. Am Samstag.«

»Äh? Ich?«, fragte sie überrascht. Wieso lud Artem sie einfach so ein? Überfahren lächelte sie. Bisher hatten sie erst wenige Worte auf dem Schulhof miteinander gesprochen. Eigentlich nur oberflächlicher Kram. Auf der anderen Seite, warum sollte er sie nicht einladen? Immerhin war sie nicht auf den Kopf gefallen und kein schräger Freak.

»Ans Meer? Also … Klar. Wohin denn?«

Kurzerhand reichte er ihr sein Handy durchs offene Fahrerfenster. »Schreib mal deine Nummer. Ich ruf dich an. Niklas und Sitina kommen auch mit. Bei Wilhelmshaven, da gibts außerhalb 'n cooles Café.«

Sie hatte die Nummer kaum eingetippt, als die Fahrzeugschlange sich endlich ein Stück weiterbewegte. Artem steckte sein Handy ein und gab Gas.

Noch immer etwas überrumpelt, sah sie ihm nach, wie er sich an den wartenden Autos vorbeischlängelte.

Eigentlich war er ganz niedlich, dachte sie, aber nicht unbedingt ihr Typ.

Trotzdem, vielleicht wendete sich ja jetzt ihr Glück mit dieser Stadt.

Gut gelaunt fuhr sie los, stellte das Radio an und griff auf dem Beifahrersitz nach ihrer Sonnenbrille.

Da war etwas Klebriges an ihrer Hand ...

Sie schreckte zurück. Sah auf ihre Finger. Sie waren rot. Was zum Teufel ...!

Blut.

Panisch sprang ihr Blick zum Beifahrersitz. Da lag ein Zettel, er war von Blut durchtränkt. *Geschenk aus Berlin!*, stand mit dickem Edding drauf.

Und dann sah Sophie, was im Zettel eingeschlagen worden war ...

Eine Ratte.

Sophie schrie, verriss das Steuer.

Alles ging furchtbar schnell. Der Wagen machte einen Satz, schoss über den Bordstein, und Sophie schrie noch lauter, als sie die Mauer auf sich zukommen sah.

23

Svea saß im Wagen und versuchte seit zehn Minuten vergeblich, Tennhaus zu erreichen. Mittagssonne drückte mit ihrer Hitze jegliche Gedanken nieder und ließ jede Bewegung zur Qual werden. Sie spürte, wie ihr die Suppe den Hals und den Rücken hinunterrann. Die Kevlar-Weste klebte, und selbst ihre Finger fühlten sich glitschig an.

Der Tag hatte gut begonnen, sie waren vom Büro zusammen hierher. Doch Team zwei ließ auf sich warten, und langsam wurde der Rest der Mannschaft nervös. Irgendwas musste mit den Einsatzbefehlen schiefgegangen sein. Sie sah sich zu Jan um, der – Handy ans Ohr gepresst – sich gerade seine kugelsichere Weste überstreifte, dann die Klettverschlüsse festdrückte. Er stand am Dienstwagen in einem Hinterhof unweit des Schrottplatzes. Zwei weitere Zivilwagen und ein Fahrzeug des Sondereinsatzkommandos hielten sich ebenfalls im Verborgenen bereit. Svea öffnete die Tür ein Stück und ließ ein bisschen frische Luft rein.

»Beruhig dich, Sophie«, waberten Jans Worte durch die Hitze zu ihr. »Bleib ganz cool ... Scheiße. Ja, ich versteh schon. Was glaubst du denn!? ... Ja ... Was? ... Nein, ich kann hier nicht weg ... Es ... Schatz! Beruhig dich.«

Er bedeutete Svea stumm, dass alles okay sei. Seine Mimik behauptete allerdings das Gegenteil.

»Nein ... Ich weiß. Ja, das ist richtig scheiße, Sophie. Ja, aber du brauchst keine Angst zu haben. Niemand wird dich ... Hör zu, fahr ins nächste Revier und lass das aufnehmen. Mach 'ne Anzeige ... Was?« Jan ging auf dem Hof auf und ab. »Ja. Und dann nach Hause, okay? ... Schaffst du das? Ich ... ich komm, so schnell ich kann.«

Flüchtig meinte Svea, ein Mädchen weinen zu hören, als Jan wieder am Auto war. Wahrscheinlich seine Tochter.

Brummelnd kontrollierte Jan seine Waffe und steckte sie ein, nahm seinen Helm vom Dach des Wagens. »Ja, Schatz, ich hab dich auch lieb. Warte einfach, okay? Kuss. Ich bin bald da.« Leise fluchend legte er auf und atmete durch, bevor er sich an Svea wandte und radikal das Thema wechselte: »Auf geht's. Wollen wir?«

»Deine Tochter? Ist alles in Ordnung?«

»Ja, ja. Is' alles okay. Irgend so 'n Arsch hat ihr 'ne Ratte ins Auto geschmissen.«

»Was?« Fassungslos musterte sie Jan. Auch ihm stand Schweiß auf der Stirn, und angespannte Nervosität lag in seinem Blick.

»'ne Ratte ... Aber es ist klar, wer der Scheißkerl is'.«

»Ach du Schande«, murmelte sie. Es war sicher wegen Jans BKA-Vergangenheit. Er hatte einigen Ermittlern auf die Füße getreten. »Wollen sie dir drohen?«

Jan winkte genervt ab. »Blöde Spielchen. Aber dass die Sophie damit reinziehen ... Jetzt lass uns endlich los. Otte hat grade Besuch bekommen.«

Svea biss sich auf die Lippe. Sie hasste solche Einsätze. Sie mochte Befragungen, Verhöre, Puzzlestücke zusammenfügen. Dieses Türeintreten war allerdings nicht ihr Lieblingsaspekt des Jobs. »Ich kann Tennhaus nicht erreichen. Der ist sicher noch bei der Staatsanwaltschaft. Wir sollten aufs zweite SEK-Team warten.«

»Ach, Scheiße!«, ätzte Jan. »Etwa Sonnencreme dabei? Das kann doch Stunden dauern.« Er sah sich zum gepanzerten Fahrzeug um. Sechs SEKler, schwer bewaffnet, warteten gelangweilt auf den Einsatzbefehl. »Wie viel Mann willst du noch dabeihaben?«

Nachdenklich stieg Svea aus und rückte ihre Weste zurecht. Es ging ihr auf die Nerven, dass jeder Zentimeter Stoff an ihr klebte.

Jan reichte ihr den zweiten Helm vom Autodach. »Wenn wir nicht langsam losschlagen, ist der Kunde weg und unser Mann auch.« Er nickte Richtung Schrottplatz, der sich zweihundert Meter weiter die Straße hinunter befand.

»Die müssen doch gleich da sein.«

»Ja. Oder in acht Stunden. Du weißt doch, wie das läuft. Komm schon! Ich will dem in den Arsch treten, bevor wir mit leeren Händen dastehen, weil der Deal schon durch is'!«

»Du kannst nicht einfach den Befehl geben.«

»Wir sollten stürmen, Svea. Jetzt.«

Sie schnaufte. Er meinte es ernst. Sie konnte sehen, dass das Jagdfieber Jan gepackt hatte und er darauf brannte, endlich loszulegen. Auf Tennhaus' Befehle gepfiffen. »Das geht auf deine Kappe.« Sie wischte sich den Schweiß aus der Stirn. »Voll und ganz deine Verantwortung.«

»Wenn du meinst.« Er grinste. »Ist dein Ruf erst ruiniert, lebt sich's ganz ungeniert.« Ohne weiteres Zögern ging er rüber zum SEK-Team. »Die Nummer schreib ich mir gern auf 'n Deckel.«

»Verdammter Trottel.« Svea sah zu, wie Jan mit dem Einsatzleiter noch mal auf einem Tablet den Zugriff durchsprach. Schließlich nickte der Leiter. Es konnte losgehen.

»Scheiße!« Fluchend lief sie zur Hofeinfahrt und blickte die Straße hinunter. In der Mittagshitze war niemand unterwegs. Auch keine Verstärkung. Das Industriegebiet im Norden Hamburgs lag vollkommen verlassen da.

Wahrscheinlich hatte Jan recht, und es würde ewig dauern, bis das zweite Team in diesem gottverlassenen Eck aufkreuzte.

Aber ohne zweites Team stürmen? Ohne eindeutigen Befehl?

Immerhin schien der Einsatzleiter keine Probleme zu sehen.

Trotzdem gefiel Svea die Sache nicht. Ganz und gar nicht.

Sie meinte ein Ticken zu hören – wie von einer Uhr, nur vager. Es war in ihrem Kopf – und nur dort.

Ihre Wangen begannen zu kribbeln.

Du bist nur nervös. Wir sind hier über zehn Mann. Beruhig dich. Da ist kein Kribbeln. Alles ist gut ... Alles gut, Svea.

»Geht los.« Jan kam zu ihr und sah sie mit festem Blick an. Auch er stand unter Spannung.

Svea nickte. »Bereit.«

Ich bin überhaupt nicht bereit. Ich hasse Zugriffe. Ich hasse Gewalt, und ich hasse diese verfluchten Waffen.

Am liebsten hätte sie ihm eine ... ja, reingehauen. Weil er einfach das Kommando an sich riss.

Kaum zwei Minuten später legte Jan eine Vollbremsung am Rinnstein hin und sprang mit Svea aus dem Wagen, während der Panzerwagen des SEK an ihnen vorbeizog und Richtung Vordereingang verschwand.

Sie wechselten die Straßenseite und gingen Richtung Schrottplatz. Svea zückte ihre Pistole, hielt sie professionell am Körper, Lauf nach unten, und eilte mit Jan und weiteren Zivilbeamten auf den hinteren Teil des Autohofs zu.

Die SEK-Einheit würde sich in wenigen Minuten vorne Zutritt ins Gebäude verschaffen. Ein Routineeinsatz – wenn es so etwas wie Routine bei solchen Zugriffen gab.

Sie erreichten den Maschendrahtzaun, der das Gelände umschloss. »Das war mal 'ne Lackiererei und Kfz-Werkstatt«, meinte Jan. »Hat vor fünfzehn Jahren dichtgemacht.«

Svea nickte. Ihre Kevlar-Weste saß zu eng und behinderte sie beim Atmen. Der Helm drückte. Schweiß lief ihr in die Augen. Das war haargenau das Gegenteil von jenem Gefühl, das sie so sehr liebte, wenn sie schwerelos im Meer tauchte. Das hier fühlte sich an, als würde sie bei jedem verdammten Schritt auf den Boden gepresst.

Ihr Herz raste, ihre Gedanken sprangen hin und her, und die Waffe in ihren Händen schenkte ihr leider absolut kein Gefühl von Sicherheit.

Sie wischte sich die Linke an der Jeans ab, kontrollierte das Magazin.

Eigentlich war sie bereit.

Eigentlich hatte sie solche Zugriffe dutzendfach durchgeführt.

Eigentlich.

Das fleckige Wellblechdach des zweistöckigen Gebäudes blitzte im grellen Mittagslicht. Autowracks stapelten sich kreuz und quer. Dazwischen Berge aus Metallschrott, Büsche und junge Bäume, die sich ihren Lebensraum erkämpft hatten.

Svea drückte sich an den Zaun und atmete durch. Schon wieder war ihr Schweiß in die Augen gelaufen und brannte. Die Luft waberte über dem Schrottplatz, und es stank nach Öl, heißem Metall und Rattendreck.

Jan hatte ein Loch im Maschendraht gefunden und schlüpfte hindurch. Das Rasseln einer schweren Kette. Alarmiertes Bellen. Ein Wachhund. Svea konzentrierte sich auf ihre Atemzüge und folgte Jan, die Waffe schussbereit.

Das Gelände war unübersichtlich, zu viele Wracks, zu viele Schatten und viel zu viele Nischen. Verrostetes Blech und silberner Stahl, der in der Sonne blitzte und blendete. Jan war bereits bei den ersten Autos. Die anderen Beamten verteilten sich über das Gelände.

Svea folgte Jan, rannte mit gezückter Waffe hinter ihm, an den Autos vorbei, auf das Gebäude zu.

Der Schweiß, die Hitze und der blöde Helm machten das Atmen fast unmöglich. Die Vorstellung, jetzt unter Wasser zu sein ... Im Dunkeln – im kühlen Nichts ... Weit fort von hier. Wie verlockend.

Wild schlug ihr das Herz bis in den Hals, als sie sich neben Jan an ein Autowrack presste. Ihr Mund war wie ausgedörrt, sie musste kurz die brennenden Augen schließen.

Im Sommerstaub des Schrottplatzes lagen Muscheln.

Sie konnte sie glitzern sehen ... Perlmutt. Das faszinierende Schimmern, wenn die Sonne darüberstrich. Sie lagen im Staub vor dem ausgeschlachteten VW-Kombi, an dem sie mit Jan Schutz gesucht hatte. Fein säuberlich aufgereiht lagen sie da. Sortiert und fertig für ...

Eine Brise trug den Geruch des Meeres heran. Mit einem Mal spürte sie das feine Pricken. Tausend Nadeln ... Ihre Wangen, die Stirn ...

Blut lief über die Muscheln. Über dieses schimmernde, gebrochene Weiß – blutete sie selbst? Sie wollte sich hinabbeugen, aber da kam das Meer. Wasser. Es flutete über die Muscheln und nahm sie mit sich. Das Wasser griff auch nach Svea, drohte sie wegzuziehen. Um sie herum wurde alles dunkel und kalt und ...

Svea fuhr im schwarzen Wasser herum.

Da! Ein aufgerissener Familienkombi, Metall. Geborsten. Die Motorhaube fort, das Herz herausgerissen. Der Wagen schwebt, gleitet fort in die Dunkelheit des Wassers.

Plötzlich eine Mädchenhand.

Sie streckt sich durch das zerrissene Metall des Wagens, das Mädchen will, dass Svea es greift und ...

Sie riss sich aus den Gedanken, die nur eine Millisekunde gedauert, aber wie eine Ewigkeit geschmeckt hatten.

»Svea!« Jan.

Schlagartig war sie wieder auf dem Schrottplatz. Keine Muscheln. Keine Hand. Kein Mädchen. Keine Lena.

»Alles okay?« Jetzt war tatsächlich so etwas wie Angst in seinen Augen zu lesen.

Noch ganz gefangen, nickte sie. Es war lange her, seit sie einen solch intensiven Backflash erlebt hatte.

»Wirklich?«, hakte er nach und sah sie sorgenvoll an.

Svea biss die Zähne zusammen. »Jaja«, sagte sie und hörte im selben Moment über Funk, wie der Einsatzleiter befahl, von vorne die Gebäude zu stürmen.

Sie löste sich aus der Starre, huschte mit Jan und den Beamten weiter vor zur Rückseite, drang geduckt zwischen den Schrottfahrzeugen Richtung Werkstatt vor.

Es war ein unschöner Bungalow, der seit Jahrzehnten keine frische Farbe gesehen hatte. Die beiden Tore schienen nur noch aus Rostflecken zu bestehen. Irgendjemand hatte Graffiti darauf verewigt. Unter den maroden Fenstern fristeten SAT-Schüsseln ihr Dasein. Braunfleckig und zerfressen von der Sonne. Im Gegensatz zu dem verfallenen Gebäude wirkten die zwei aufgemotzten und auf Hochglanz polierten BMW, die davor parkten, wie aus einer anderen Zeit.

Svea drückte sich hinter ein weiteres Wrack, warf einen Blick auf die Rückseite des Gebäudes, von wo aus sie eindringen wollten, während das SEK von vorne kam.

Noch 50 Meter …

45 Meter …

Ihr gefiel nicht, wie die beiden neuen Wagen in der Sonne funkelten. Sie waren rückwärts eingeparkt. Als stünden sie zur Flucht bereit.

»Was, wenn der Kerl informiert wurde?«

»Otte?« Jan ließ seinen Blick ebenfalls über die BMW gleiten. »Woher denn? Los!« Unbeirrt rannte er weiter.

Sie schloss fluchend auf. Ein Dutzend Möwen stoben auf,

flatterten kreischend zwischen den Autowracks herum. Inzwischen beschlug das verdammte Visier des Helms, und Svea nahm jede Bewegung nur verwischt wahr. Sie kniff die brennenden Augen zusammen. Über Funk hörte sie die Befehle. Das SEK war an der Eingangstür angelangt.

30 Meter. Ein ungutes Gefühl nistete sich in ihr ein, und sie suchte Jans Blick. Die Pistole erhoben, lehnte er am letzten Fahrzeug. Von hier aus ging es ohne Deckung die letzten Meter bis zur Rückseite.

Neben den Werkstoren befand sich eine unscheinbare Stahltür. Wahrscheinlich waren die Personen, denen die BMW gehörten, durch diese Tür ins Innere gegangen.

Unten in der Halle und den Büros war alles dunkel, und auch hinter den Fenstern im ersten Stock, hinter den halb runtergelassenen Jalousien, konnte Svea keine Bewegung entdecken.

Im ersten Stock des Gebäudes warf Jerome einen Blick auf die Überwachungsmonitore. Die Monitore, mit denen sein Freund Gerd Otte das Gelände überwachte, lieferten schwarz-weiße Bilder von SEKlern, die sich an der Eingangstür postierten, von wo aus es zum ehemaligen Empfang, zu einem Kundenwarteraum und den unteren Büros ging.

Wie, verflucht noch mal, waren die Bullen so schnell auf Gerd gekommen? Das konnte doch nur Zufall sein. Immerhin hatte er selbst seine Spuren gut verwischt.

»Die sind wegen dir hier!«, knurrte ihn Gerd an. »Fuck! Hier!« Er riss eines der Sturmgewehre aus der Transportbox, die geöffnet auf dem Schreibtisch stand. Ohne zu zögern, warf er es Jerome zu, der es routiniert auffing und checkte.

Das Büro hier oben diente Gerd als Besprechungsraum. Hier verhandelte er mit seinen Kunden und übergab die Waren. Nur ein paar ausrangierte Tische und abgesessene und lustlos in die Ecke geschobene Bürostühle standen auf dem abgetretenen und fleckigen Nadelfilz. Er brauchte für seine Geschäfte keine Designerbude. Verschwiegenheit, Anonymität – das war es, was zählte. Diesen Geschäftsvorteil hatte er allerdings gerade verloren.

Gerd griff sich sein Gewehr, das er hinter seinem Drehstuhl an die Wand gelehnt hatte, und trat zum Fenster.

Jerome huschte zu ihm und spähte mit ihm durch die Jalousien nach hinten raus. Hier aus dem ersten Stock, oberhalb der BMWs, hatten sie einen guten Blick auf den Schrottplatz.

»Scheiße«, fluchte er. Auch von dieser Seite näherten sich Männer. Vier Mann. Keine SEKler. Eindeutig die bessere Option, als durch das Sondereinsatzkommando zu marschieren. Jerome ließ Gerd stehen und stürzte zum Tisch vor, auf dem sein Freund und er gerade das Geschäft abgewickelt hatten. »Los, gib her. Wo hast du das Ding? Gerd?«

Stapel von gefälschten Unterlagen – Impfpässe, Meldebescheinigungen, Arbeitsausweise und Pässe – lagen verstreut herum. Er wollte sich seine Dokumente greifen, aber Gerd hatte mit der Transportbox fürs Gewehr alles durcheinandergebracht.

»Gerd! Wo is' mein Pass!?« Verzweifelt versuchte er, seine Sachen zu finden. »Scheiße!«

Glas zerbarst. Jerome fuhr herum, sah, wie Gerd mit einem Gewehr Fensterscherben wegschlug und das Feuer eröffnete.

Für einen Moment erstarrte Jerome. Was tat der Idiot? »Wir müssen weg! Hör auf! Hör endlich auf!«

Svea hörte Glas splittern, warf den Kopf hoch, da krachten auch schon erste Schüsse. Eins der Projektile schlug durch die Windschutzscheibe und fetzte auf ihrer Seite durch die Wagentür wieder raus. Es zischte in den Staub des Hofes, hatte sie nur um einen halben Meter verfehlt.

Fluchend duckte sie sich tiefer hinter das Auto, während Jan das Feuer erwiderte. Im Funk überschlugen sich die Befehle. Svea rauschte das Blut in den Ohren. Verzweifelt versuchte sie, sich zu konzentrieren, aber da war es wieder: das Stechen der Nadeln. Ihr ganzes Gesicht schmerzte, weil sich Tausende feine Klingen in ihre Wangen und ihre Stirn bohrten. Winzige Messer in ihrer Haut.

Ein weiterer Schuss zerfetzte die Autotür. Svea zuckte zusammen. Der Wagen bot mit seinem dünnen Blech kaum Schutz. Die schossen nicht mit Pistolen wie irgendwelche Möchtegern-Gangster. Das mussten Sturmgewehre sein. Armeewaffen. Svea blinzelte den Schweiß aus den Augen, versuchte, das Stechen in ihrem Gesicht wegzuatmen, und sah sich nach dem Team um.

Sie alle hatten Deckung gesucht. Aber ein Sturmgewehr konnte mitunter den Motorblock durchschießen. Ihre Hände waren schweißnass.

»Jan! Zum Haus! Wir müssen …«, schrie sie gegen das

Krachen weiterer Schüsse an. Blech und Glas splitterten, Schrapnells zischten an ihr vorbei.

Bei jedem Knall zuckte sie zusammen, spürte, wie die Angst ihren Verstand vernebelte. Alles lief in Zeitlupe ab, und sie hatte das furchtbare Gefühl, gelähmt zu sein. Als reagierte ihr Körper nicht, als sähe sie einen verfluchten Film. Wer schrie da? Sie selbst? Ja. Sie selbst. Svea hörte sich schreien, sah sich hinter dem Auto vorstürmen, im Sprint auf das Gebäude zu. Es kam ihr vor, als wäre sie gar nicht in ihrem Körper.

Sie prallte gegen eines der Garagentore. Und rang nach Atem. Schräg über ihr wurde noch immer aus dem Fenster geschossen. Mündungsfeuer blitzte auf, das Krachen der Schüsse hallte zwischen den Wagen und zwischen den Lagerhallen und Büros hinter dem Schrottplatz wider.

Wo war Jan? Sie riss den Kopf herum. Er war erst die Hälfte der Strecke gelaufen, noch immer im Schussbereich.

Gerd ließ nicht ab, ballerte eine weitere Salve auf die Autowracks. Es schien ihm Spaß zu machen.

»Los! Komm schon! Hinten raus. Los jetzt!« Jerome packte ihn, zog ihn vom Fenster weg. »Schlüssel?«, schrie er.

»Stecken! Kennst mich doch.«

»Komm!« Die Monitore der vorderen Kameras zeigten das SEK. Die Männer hatten die Eingangstür aufgebrochen und drangen ins Innere vor. Nur noch ein paar Sekunden, und sie waren geliefert.

Gerd schien das nicht zu begreifen. Er war nur ein paar Schritte gefolgt, stopfte jetzt lose Geldscheine vom Tisch unter sein viel zu enges Hawaiihemd und wischte dabei achtlos seine ganzen Kunstwerke zu Boden.

Jerome fluchte. »Du hast sie doch nicht ...!«, schrie er. »Komm endlich!« Jerome lief in den angrenzenden Raum. »Wir müssen raus!«, schrie er zurück zu Gerd.

Tatsächlich schnappte der sich noch eine Pistole aus der Transportbox, rannte aber endlich Jerome nach. Der hörte bereits, wie die SEK-Männer die Treppe raufstürmten.

Nur noch wenige Sekunden. Hatte Gerd tatsächlich so gut vorgesorgt, wie er immer prahlte?

Jerome spannte jeden Muskel an, kampfbereit. Gerd war zwar schon beim Bund ein Idiot gewesen, aber bisher hatte er sich immer auf ihn verlassen können. Die Werkstatt hielt ein paar Überraschungen bereit, die ihnen jetzt vielleicht den Arsch retten würden.

Erleichtert beobachtete Svea, wie Jan die Feuerpause nutzte. Er knallte hinter ihr gegen das Metall des Tors, warf ihr einen wütenden Blick zu.

»Was ...« Sie brach ab. Seine Hand zitterte. Er konnte kaum die Waffe halten. »Was ist ...?«

Er blutete. Sein Bein.

»Jan?«

Sein linkes Hosenbein war rot von Blut. Keuchend lehnte er sich gegen das Tor.

»Bist du verletzt?«, fragte sie unnötigerweise.

»Nee«, brummte er und schenkte ihr ein verkniffenes Lächeln, mehr konnte er vor Schmerz nicht sagen.

Am liebsten hätte sie ihn gepackt und geschlagen. Die

Wut kam ganz plötzlich, aber dafür umso heftiger. Liebend gern hätte sie ihn sofort in der Elbe versenkt, weil er in seiner Selbstüberschätzung darauf bestanden hatte, ohne weitere Verstärkung loszulegen.

Keine Zeit, um ihm Vorhaltungen zu machen. Sie musste ihren Zorn und ihre Wut herunterschlucken.

»Geht schon.« Er presste seine Hand auf sein Bein. »Streifschuss. Glaub ich.« Langsam sackte er zu Boden und blieb sitzen.

Scheiß auf den Einsatz, dachte sie. Soll das SEK sich drum kümmern. Sie steckte die Waffe weg, presste ihre Hände auf seine Wunde und gab durch, dass er angeschossen war. Da floss reichlich Blut. Zu viel für ihren Geschmack.

Hatte es die Vene erwischt? Oder eine Ader?

»Das is' nichts«, maulte er mit möglichst coolem Tonfall, als er ihren besorgten Blick sah. Allerdings biss er dabei die Zähne aufeinander.

Das ehemalige Chefzimmer neben Gerds Besprechungsraum war noch trostloser. Abgerissene Plakate von hochgezüchteten Autos. In einer Vitrine, vor Staub strotzend, zwei vergessene Plastikautomodelle. Beinahe stieß Jerome die Vitrine um, als er an ihr vorbei zu einer Wendeltreppe sprintete, die hinab ins Erdgeschoss führte. Gerd folgte ihm. Jerome hörte ihn die Pistole durchladen.

Jerome hetzte die Stufen hinunter, als eine Detonation den Boden erschütterte.

Er klammerte sich ans Geländer. »Shit!« Er fuhr zu Gerd herum, der ihn angrinste. Tatsächlich hatte dieser Idiot nicht nur damit angegeben. Er hatte sich tatsächlich auf diesen Moment vorbereitet.

So wie es sich anfühlte, hatten die Männer vom SEK im anderen Abschnitt des Erdgeschosses gerade mit einer Sprengfalle Bekanntschaft gemacht.

Mit etwas Glück würden sie jetzt den Einsatz abblasen. Sie mussten damit rechnen, dass Gerd noch weitere Überraschungen bereithielt.

Jerome wollte die Treppe weiter hinunterstürmen, doch Gerd hielt ihn zurück. »Mach langsam. Ich kratz dich da unten nicht von den Stufen.«

Das Hämmern seines Herzens drückte Jerome den Hals zu. Er musste sich zwingen, die Metalltreppe möglichst behutsam und geräuschlos hinabzusteigen.

Schon während seiner Dienstzeit hatte sich Gerd mit seiner Affinität zur Übertreibung einen Namen gemacht, wie Jerome sich erinnerte. Kaum hatte er die alte Kfz-Werkstatt seines Onkels übernommen, hatte er sie offenbar tatsächlich Schritt für Schritt in eine echte Festung umgewandelt. Die Wendeltreppe führte nicht nach vorne in den Empfang, sondern in einen Nebenbereich, der näher an der Kfz-Halle lag. Nur ein enger Spalt zwischen den deckenhohen Aktenschränken, die Gerd hier vorsorglich platziert hatte, gewährte einen Blick auf den Eingang des Geschäfts und die offizielle Treppe, die nach oben führte.

Das SEK Team hatte die Eingangstür aufgehebelt und war direkt zum Treppenhaus vorgedrungen. Dort hatte Gerds Überraschung sie in Empfang genommen. Durch den Spalt zwischen den Schränken konnte Jerome einen Blick auf das

Chaos erhaschen. Staub vernebelte die Luft. Brennende Papiere, wahrscheinlich von der übervollen Pinnwand, die seit Jahren im Eingang hing. Partybilder, Fotos von aufgemotzten Autos. Erinnerungen an eine bessere Zeit für die Kfz-Werkstatt und Gerds Leben als Schrauber bei seinem Onkel.

Schemenhaft machte Jerome die Beamten aus. Offenbar hatte es einen von ihnen erwischt. Zwei Kollegen knieten bei ihm. Er lag direkt am Fuß der Treppe, die Jerome vor ein paar Stunden hinauf in Gerds Büro genommen hatte. Ein vierter Mann sprach hektisch in sein Headset. Nur langsam legte sich der Staub der Explosion, flatterten die brennenden und glimmenden Papiere zu Boden. Die Detonation hatte die Werkstatt und das Treppenhaus ziemlich zerlegt. Für einen Moment war Jerome froh, dass Gerd wenigstens bei der Dosierung seiner Sprengmittel exakt rechnete.

Gerd steckte seine Waffe durch den Schlitz und zielte. Perfektes Schussfeld auf die Männer, wurde Jerome bewusst. Ein paar gut platzierte Schüsse, und alle vier wären erledigt. Inständig betete er, dass Gerd nicht wieder abdrückte. Er hatte verflucht noch mal andere Pläne, als Polizisten zu killen.

Er bedeutete Gerd, nicht zu feuern. Lieber raus hier, lieber die Flucht antreten. Er hatte Erfolg.

Jerome huschte hinter die Wendeltreppe und zu einer schäbigen Metalltür.

»Warte!«, zischte Gerd und öffnete die Tür sehr vorsichtig.

Der Draht, der sich auf Knöchelhöhe quer im Rahmen spannte, war kaum zu erkennen. Jerome stieg darüber hinweg und sah sich um. Sie waren in der Kfz-Halle, die offenbar noch von Gerd als Werkstatt genutzt wurde.

Sein Dodge RAM parkte hier.

»Für alle Fälle aufgetankt«, sagte Gerd und zwinkerte Jerome zu, der fluchend den Kopf schüttelte.

»Bleib verdammt nochmal liegen!«, fuhr Svea Jan an, als er sich hochstemmte. Sie hatte die Explosion auch gehört, presste aber weiter mit aller Kraft die Hand auf seine Wunde. Im Funk überschlugen sich die Befehle. Zwei Männer vom SEK waren bei der Explosion verletzt worden.

»Wo war das?« Abermals versuchte Jan, sich wieder aufzurappeln, und schob sie beiseite. Fluchend zog er sich hoch, riss seinen Helm ab und schleuderte ihn in Richtung der Autowracks. »Wir müssen da rein!«

»Du bist so ein Vollidiot!«, schrie sie. »Du bleibst hier! WIR bleiben hier!«

Aber er hörte nicht auf sie, zog sich an ihr hoch. Scharf zog er die Luft ein, als der Schmerz ihn überrollte.

Bescheuerter Wichtigtuer. Svea griff ihn und zog ihn zu einem der geparkten BMW, außer Sichtweite des Schützen. »Entweder du verblutest, oder ich schlag dich tot. Ehrlich! Du bleibst jetzt verdammt nochmal …«

Ein Knall, Metall barst. Sie duckte sich über Jan. Eine weitere Sprengladung? Sie riss den Kopf herum. Ein schwerer Pick-up brach durch das Garagentor. Mit Vollgas zerriss er das dünne Metall, Splitter flogen, dann krachte der riesige Wagen in einen der BMW.

Geistesgegenwärtig packte Svea Jan, riss ihn hinter sich her. Der Dodge, Beifahrertür noch auf, schleuderte den BMW weg, um Haaresbreite verfehlte das Heck sie beide.

Svea feuerte drei Schüsse ab. Die Kugeln trafen Elektrokram auf der Pritsche und durchschlugen die Fahrerkabine. Der Wagen scherte aus, schnitt an einigen Autowracks entlang, raste auf den Maschendrahtzaun zu.

Jan und die beiden Beamten schossen ebenfalls auf das Fluchtfahrzeug. Kugel schlugen ein. In die Seite, in die Reifen.

Der gewaltige Wagen schlingerte, rammte einen ausgeschlachteten Ford Escort und riss sich die Beifahrertür ab.

Svea wollte hinterher, sah sich zum Haus um. War der Schütze noch am Fenster? Nichts zu sehen. Dann los!

Sie sprintete auf den Wagen zu, der ungebremst auf den Zaun zuhielt.

Im nächsten Moment sah sie, wie ein Mann in Hawaiihemd vom Beifahrersitz aus dem Pick-up fiel, bevor dieser schlingernd durch den Maschendrahtzaun brach. Der Zaun zerriss, wurde mitgeschleift, sprühte Funken, doch der Pick-up beschleunigte.

Der Beifahrer blieb regungslos liegen.

Svea hechtete über den Zaun, verfolgte den Wagen.

Der bog bei einer Lagerhalle ab. Svea zögerte nicht, wandte sich in die gleiche Richtung und rannte zwischen zwei Gebäuden durch. Diesem Mistkerl würde sie den Weg abschneiden. So schnell sie konnte, rannte sie, entledigte sich des Helms, sprang über einen Holzzaun. Müllcontainer links, geparkte Wagen, drei Angestellte glotzten. Vermutlich hatte die Explosion sie aufgeschreckt. Weiter! Schneller! Die Lungen brannten. Diese Scheißweste!

Sie stürmte aus der Gasse raus und auf eine breite Straße.

Da! Der Dodge.

Er schlingerte um die Kurve, hielt auf sie zu. Der Fahrer gab Gas.

Svea hob ihre Pistole, zielte auf den Innenraum. Doch der Fahrer machte keine Anstalten abzubremsen. Noch fünfzehn Meter, zehn, fünf …

Ihr Puls raste, die Hände zitterten vor Anstrengung. Sie feuerte auf die Reifen. Eins, zwei, drei Schuss. Der Pick-up schoss an ihr vorbei, raste die Straße runter.

»Shit!« Sie sprintete abermals los. Gab alles, rang nach Luft. Nur dem Wagen nach. Der Abstand … er wurde größer und größer. Mit quietschenden Reifen bog der Wagen abermals ab.

Unerreichbar.

Keuchend und nach Luft schnappend, kam Svea an der Kreuzung an und musste mit ansehen, wie der Wagen weit entfernt abermals eine andere Richtung einschlug. Er verschwand hinter einer der Hallen des Industriegebiets.

Erschöpft fiel sie auf die Knie und riss sich die schwere Weste über den Kopf, ließ sie neben sich fallen.

Luft! Atmen!

Wie sie es seit Jahren geübt hatte, konzentrierte sie sich auf ihre Atmung und kontrollierte langsam ihren Puls.

24

Leises Schluchzen weckte Jan.

Einen Moment wusste er nicht, wo er war. Für seine Wohnung in Berlin war die Decke zu niedrig, und die Fenster waren auf der falschen Seite. Erst mit dem nächsten Atemzug kippte Hamburg in sein Bewusstsein, und er spürte den breiten Verband um seinen Oberschenkel.

Im Krankenhaus hatten sie den Streifschuss genäht. Tatsächlich hatte er Glück im Unglück gehabt. Der Blutverlust war, entgegen Sveas Befürchtungen, nicht dramatisch gewesen. Sie hatten die Wunde, die nicht sehr tief war, mit zehn Stichen genäht, und er hatte sich nach vier Stunden selbst entlassen.

Erst jetzt realisierte Jan, dass es seine Tochter war, die weinte.

Verdammt. Er rollte sich aus dem Bett und belastete sein Bein. Die Schmerzmittel, die sie ihm verabreicht hatten, waren mittlerweile verflogen.

Fluchend griff er sich die Krücke und wankte zur Tür. Aus Sophies Zimmer fiel Licht in den Flur.

Er humpelte zu ihrer Tür.

»Sophie?«, flüsterte er und klopfte leise.

Sie antwortete nicht, lediglich ihr unterdrücktes Weinen verstummte. Vorsichtig öffnete er. Seine Tochter lag, ihr Nachttischlicht angeschaltet, im Bett. Sie hatte sich von ihm weggedreht, doch er trat dennoch ein.

»Sophie?« Behutsam setzte er sich auf die Bettkante. »Alles okay?«

Sie drehte sich nicht zu ihm um. »Was machst du hier? Du sollst dich schonen!«

»Du hast geweint. Schlecht geschlafen?«

Endlich wandte sie sich zu ihm um und wischte sich mit einem schiefen Lächeln die Tränen weg. »Es ist nur wegen ... du weißt schon. Das im Wagen ...« Sie presste die Lippen aufeinander. »Und dann der Anruf von deinem neuen Chef, dass du im Krankenhaus ...« Sie schnaufte und schluckte ihre Tränen runter. »Ist der eigentlich nett?«

»Wer? Mein neuer Chef? Chefs sind nie nett.« Er zog sie zu sich und umarmte sie. »Du musst keine Angst haben, Sophie, okay? Niemand wird dir was tun.«

Sie drückte sich an ihn. »Und du wirst nie mehr angeschossen?«

»Ich verspreche dir, so gut ich kann, jeder Kugel auszuweichen. Und mein Chef ist informiert. Wir sind dran. Wir schnappen den Typen.«

»Und deine Kollegen aus Berlin? ... Das *Geschenk*.«

»Vergiss die, Sophie.« Er drückte ihr einen Kuss auf die Haare. »Die wollen mich ärgern. Die wollen, dass ich Angst kriege. Aber die können nichts machen.«

»Die haben uns hier gefunden, Papa.« Sie sah ihn an. Mit Erschrecken bemerkte er, wie stark verweint sie wirklich war.

Ihre Augen schimmerten vor Tränen, ihr Gesicht war vom Weinen ganz rau. »Belüg mich nich'.«

»Das heißt nichts. Wirklich. War ja kein Geheimnis, dass ich nach Hamburg zum LKA wechsle …«

»Du lügst!« Sie stieß ihn mit beiden Händen weg. »Die wissen sogar, wo ich zur Schule geh! Die haben mir das Vieh reingepackt. Die müssen mir doch gefolgt sein.«

»Du bist sicher. *Wir* sind sicher. Okay? Das ist nicht gelogen. Mach dir keine Sorgen. Meine tollen Ex-Kollegen haben dich aufs Korn genommen, weil sie wissen, von mir gibt's was aufs Maul.« Er zwinkerte ihr zu, aber Sophie war nicht zum Lachen zumute.

»Die wissen, wo wir wohnen, Papa. Die wissen alles!« Sophie schnappte ihr Kissen und drückte es an sich, als böte es ihr Schutz. »Ich will hier nich' mehr sein. Das ist doch Mist hier. Ich will zurück.« Ihr kamen wieder die Tränen. »Ich will nach Berlin!«

»Das geht nicht, Schatz.«

»Wieso? Wenn die uns eh gefunden haben, wieso dann nich'? Was ist denn anders in Berlin? Immerhin bist du da nie angeschossen worden!«, fuhr sie ihn an.

Diesmal war es an Jan zu schweigen. Seine ehemaligen Kollegen hatten nur im Polizeirechner nachsehen müssen, schließlich befand er sich mit Sophie nicht im Zeugenschutzprogramm. Er hatte damit gerechnet, dass seine Ex-Kollegen etwas unternehmen würden. Aber dass sie seine Tochter benutzten …

Er spürte, wie die Wut in ihm hochstieg. Diese Arschlöcher verticken Drogen, und er muss gehen … Er fragte sich, wie viel Rückhalt er von seinen neuen Kollegen wohl hier in Hamburg erwarten konnte. Seine hemdsärmelige Art, die Dinge anzupacken, wurde hier nicht gern gesehen. Vielleicht zu Recht.

Seine Hand glitt über den Verband. Es tat kaum weh, zumindest im Sitzen. Doch zwei Kollegen lagen im Krankenhaus. Seinetwegen. Weil er es nicht hatte abwarten können.

Er hatte sich für Hamburg entschieden, um Abstand zu gewinnen. Um ein neues Team zu finden, um Menschen um sich zu wissen, die für ihn einstehen und ihn nicht für ein paar Scheine ans Messer liefern würden. Bei Svea war er sich sicher, die Richtige gefunden zu haben.

Und Tennhaus? Er musste zugeben, seinen Chef nicht wirklich zu mögen, aber er respektierte ihn, und er schätzte ihn als integer ein. Und das war alles, was im Moment zählte.

Sophie wischte sich die Tränen weg und starrte ihn sauer an, weil er nicht geantwortet hatte. »Und? Was ist denn anders hier? Hier kennen wir keine Sau. Meine ganzen Freunde sind in Berlin!«

Behutsam drückte er seine Tochter an sich, spürte, wie ihre Tränen seine Schulter benetzten.

»In Berlin, Sophie, in Berlin sind wir allein. Hier können wir neu durchstarten. *Das* ist anders.« Er nahm zärtlich ihren Kopf und drückte ihn an seine Wange, strich ihr über das Haar und hörte ihrem Schluchzen zu. »Schschscht«, beruhigte er sie leise. »Es wird alles gut, versprochen.«

25

»Sie sollten da mit Maß vorgehen. Augenmaß. Aber das scheint ja ein Wort zu sein, das Sie nicht kennen! Sie sind nicht mal drei Tage in meiner Abteilung, und schon ...« Tennhaus atmete durch. Er legte den Kopf noch weiter in den Nacken und vermied zu schnelle Bewegungen. Die feuchten Kaffeepads, die er auf seine Tränensäcke gelegt hatte, waren bei seiner Standpauke bereits zweimal abgefallen. »Was glauben Sie, was die Staatsanwaltschaft dazu sagt? Vom Sportminister mal ganz zu schweigen!«

»Sportminister?«, wandte sich Jan flüsternd an Svea. Er fläzte in einem der Stühle vor dem Schreibtisch, das verwundete Bein ausgestreckt, und versuchte eindeutig, vor Schmerz keine Miene zu verziehen.

Sie winkte ab. Tennhaus nannte den Senator gerne so, weil seine Behörde nicht nur für Inneres zuständig war, sondern auch für Sport. Gute Kombi: Polizei, Feuerwehr und Landessportamt.

»Was sagt denn die Staatsanwaltschaft? Immerhin hatte der Typ Sprengfallen und jede Menge Waffen«, hielt Jan seinem Chef entgegen.

Die Kfz-Werkstatt war inzwischen komplett durchsucht

worden. Haufenweise verkohlte Unterlagen im Erdgeschoss. Urlaubsfotos, Partybilder ... Und aus den Büroräumen im ersten Stock: Blankovorlagen für Behördendokumente, gefälschte Pässe, Kisten, gefüllt mit Handys, drei Laptops und Koffer voller Waffen. Außerdem ein Arsenal an Klamotten, von schlichter Straßenkleidung bis zu Tarnanzügen der Bundeswehr. Gerd Otte war schwer im Geschäft gewesen. Jetzt lag er im Krankenhaus.

»Haben Sie nich' verstanden, was?«, blaffte Tennhaus, noch immer den Kopf im Nacken. »Ist ja anscheinend nicht das Einzige, was da oben bei Ihnen nicht ankommt, Brixn. Ich unterstelle mal«, er nahm endlich die Beutel runter und warf Jan einen wütenden Blick zu, »selbst in Berlin haben Sie so was wie ein D. I. E.«

»Wie ein *die*? Die was?«

»*Dezernat Interne Ermittlungen*. Ganz ehrlich, ich kotze. Wissen Sie, was Ihr wunderbarer Auftritt für Folgen hat?«

»Klar. Dass wir unseren Mann festnehmen konnten. Gerd Otte.«

»Der mit zwei Beamten vom SEK im Krankenhaus liegt.« Tennhaus stand auf. »Ich sag Ihnen was. Sie gehen jetzt nach Hause, und ich schreib dem Sportminister, dass Herr Rambo aus Berlin Scheiße gebaut hat und gefälligst noch mal versetzt werden will.«

»Es war aber meine Idee.« Svea war dem Gespräch bis jetzt schweigend gefolgt, doch jetzt griff sie ein. Tennhaus zog die linke Augenbraue hoch und musterte sie aus seinen Tränensäcken-bewehrten Augen. »Ich wollte nicht aufs zweite SEK-Team warten, weil ...«

»… weil ich möglichst Otte und seinen Kunden hochnehmen wollte«, fiel ihr Jan ins Wort. »Es … es war meine Idee. Svea hat damit nichts zu tun.«

»Doch. Ich hab's doch vorgeschlagen.« Sie spürte Jans Blick, sah ihn jedoch nicht an. Ihre Aufmerksamkeit war ganz auf den Chef gerichtet.

»Svea, bitte«, murmelte Jan. »Das ist ja nett, aber das musst du nicht machen.«

Tennhaus atmete schwer durch. »Mag ja löblich sein, Svea, dass du für unseren Neuen hier so in die Bresche springst, aber ich kann auch einfach für ihn *und* für dich einen Brief an den Sportminister schreiben. Oder …«

»Oder?« Svea dachte gar nicht daran, einzuknicken.

»Oder gleich zwei Disziplinarverfahren einleiten. Was hältst du davon?« Er musterte sie streng, gab ihr die Chance für einen Rückzieher.

Svea nahm Haltung an. »Dann machen wir das doch so. Zwei Verfahren. Zwei Beurlaubungen.«

»Svea!«, fuhr Jan dazwischen. »*Ich* hab Scheiße gebaut, also stehe ich dafür grade. Ich nehm das auf meine Kappe, wie du …«

»Wir haben das zusammen entschieden.«

»Sicher. Und meine Frau hat Spaß beim Sex.«

»Du bist doch nur sauer, Tennhaus, weil Jan sich nicht an deine Anweisung gehalten hat, das Ganze diskret anzugehen. Wenn du an unserer Stelle dort gewesen wärst, hättest du auch stürmen lassen.«

»Nun schließ mal nicht von dir auf andere, Svea.« Abermals musterte er sie, dann atmete er noch einmal durch und schien einen Entschluss zu fassen. Er nahm eine Mappe vom Tisch. »Ladet ihr mich dann auch zur Hochzeit ein? Das erbärmliche Spielchen Ich-war's-du-warst's spart euch aber mal lieber.« Er warf Jan die Mappe zu. »Ich geb Ihnen Rückendeckung, so gut ich kann. Allerdings kann ich nichts versprechen. Die Interne wird bei zwei verletzten Beamten ermitteln *müssen*.«

Svea sah zu Jan und lächelte. Seltsamerweise war sie tatsächlich nicht sauer.

Tennhaus fuhr, an Jan gewandt, fort: »Ich nehme mal an, wenn ich Sie auf die Couch schicke, um das auszukurieren, kreuzen Sie in drei Stunden unerlaubt wieder an irgendwelchen Tatorten auf?«

»Erst drei Tage hier, und Sie kennen mich genauso gut wie Ihre Frau!« Jan grinste.

»Raus.« Unmissverständlich wies Tennhaus zur Tür. »Beide!« Als wären sie nicht mehr da, setzte er sich hinter seinen Schreibtisch und zog eine Akte zu sich heran.

Svea hielt für Jan die Tür auf, als der Chef doch noch etwas zu sagen hatte. Svea kannte das schon.

»In der Akte hier ... Wir haben den Dodge gefunden. Fünf Straßen weiter. Er ist wohl zu Fuß geflüchtet. Die Kollegen nehmen den Wagen gerade auseinander.«

Jan seufzte. »Was gibt es noch Neues? Was ist mit Gerd Otte? War er auf dem Partyschiff? Ist er unser Schütze?«

»Er hat ein Alibi für die Nacht. Ist bestätigt worden. Er war im Cave Club. Es gibt 'ne Handvoll Zeugen.«

»Scheiße«, meinte Svea. »Und was ist mit Petra Bosses Alibi?«

»Haben wir auch überprüft. Die hat nur einen einzigen Zeugen.«

»Das hat sie mir schon gesagt. Sie war bei ihrem Kollegen. Die ganze Nacht.« Svea nickte. »Wie hieß der noch?«

»Ansgar Tröge. Arbeitet mit ihr im Labor und bestätigt den romantischen Abend zu zweit.«

»Und wenn er mit auf dem Schiff war?«, spekulierte Jan, der sich in den Türrahmen gelehnt hatte und lässig tat. »Dann könnte er der Schütze sein?«

»Könnte, hätte, sollte ... Das ist alles nichts.« Svea atmete tief durch. Der Fall schien so offensichtlich, und dennoch bekamen sie keine klare Sicht.

Tennhaus nickte. »So sieht's aus. Wir wissen nicht, wer wirklich hinter der Gruppe steckt. Und wer geschossen hat. Befragen Sie Otte. Fühlen Sie ihm ordentlich auf den Zahn. Wenn er zugibt, die Waffe besorgt zu haben, dann weiß er auch, an wen!«

Es dämmerte bereits, als Svea und Jan auf das Gelände des Uniklinikums einbogen und Svea die Tiefgarage ansteuerte. Gerd Otte war mit einer schweren Rippenprellung, einem zweifachen Oberschenkelbruch und diversen Schnittwunden in die Klinik eingeliefert worden, aber Tennhaus hatte erreicht, dass sie ihn vernehmen durften.

Svea ging voraus, hielt Jan die Tür zu Ottes Trakt auf. Ihm war anzusehen, dass das Laufen ihm Schwierigkeiten bereitete, auch wenn er es weglächelte.

»Die letzten zwanzig Jahre bei der Polizei hat's mich vorangebracht«, sagte Jan mit einem Mal unvermittelt.

Sie blieb stehen. »Was? Was vorangebracht?«

»Schnell reagieren, hart durchgreifen, Konsequenzen beiseiteschieben«, erklärte er. »Das hat immer gut funktioniert.«

»Tja. Aber jetzt hat's Verletzte gegeben.« Sie hatte keine Lust, Rechtfertigungen zu hören. Hendrik hatte ihr die Sache mit den Kiffern im Wohnblock erzählt, und die Gerüchte aus Berlin reihten sich in Jans stoische Alleingänge ebenfalls nahtlos ein. »Kopf durch die Wand. Das scheint ja dein Ding zu sein. In Berlin hat's ja auch schon 'ne blutige Stirn gegeben.«

Das hatte gesessen. Er atmete durch. »Sonst wäre ich wohl nicht hier, ja.«

»Ich bin Taucherin.« Sie sah ihm direkt in die, zugegeben, ziemlich hübschen Augen. »Da überlegst du vorher jeden Schritt. Nicht Haudrauf ... Wenn du reingehst, wenn du abtauchst, dann weißt du, welches Gemisch du hast, wie viel Gemisch, wie dein Dekompressionsplan ist. Betonung auf *Plan*. Du rennst nicht mit dem Kopf durch die Wand. Du überlegst. Und du checkst alles zweimal, lieber dreimal. Sonst überlebst du nicht.«

»Dann solltest du mir vielleicht mal das Tauchen beibringen?« Ein freches Lächeln glänzte in seinem Blick.

»Was wird das? Eine Entschuldigung oder ein Flirt?«

»Dachte, das wär' klar.«

Svea überlegte, ob sie kontern sollte, ließ es aber bleiben. Sie mussten diesen Fall lösen. Schnell und ohne weitere Verletzte. Sonst würde sie nie wieder mit Jan ein Bier am Abend trinken können.

Sie kamen zu Ottes Zimmer, vor dem ein alter Beamter Wache hielt.

»Ich halte bei so was jedenfalls nicht noch mal den Kopf für dich hin«, meinte sie und zückte ihren Ausweis.

Jan nickte. »Das hab ich auch nie verlangt.«

»Ich weiß.«

»Schon gut, Frau Roth«, meinte der Beamte, als sie ihm den Ausweis zeigen wollte. »Herr Tennhaus hat Sie schon angekündigt.«

»Kann er sprechen?«, wollte Svea wissen, aber der Mann zuckte bloß mit den Achseln.

Sie drückte die Klinke runter, doch Jan stoppte sie. »Danke. Ich meine, dass du den Kopf hingehalten hast.«

Immerhin das, dachte sie. »Es hat ja niemand ahnen können, dass die Sprengfallen haben und gleich das Feuer eröffnen«, kam sie ihm ein bisschen entgegen. Ihre Blicke begegneten sich, und sie nickte. Alles gut.

Zusammen betraten sie das Patientenzimmer. Otte lag im Bett und tat, als schliefe er. Erst als Svea und Jan sich vorstellten, bemühte er sich, brummelnd ein Auge zu öffnen.

»Was wollen Sie?«, knurrte er. »Ohne Anwalt …« Er winkte schwach ab. Sein Gesicht war vom Sturz aus dem fahrenden Wagen zerschrammt, die Lippe geschwollen.

»Das ist Ihr gutes Recht, Herr Otte. Zu schweigen.« Svea trat ans Bett vor. Ottes linkes Bein war geschient worden. Seine Augen, dunkel und abweisend, richtete er auf den Fernseher, auf dem stumm die Nachrichten liefen.

»Wissen Sie, warum wir bei Ihnen waren?«

Er schnaubte bloß.

»Weil es einen Anschlag gab, bei dem eine Waffe benutzt wurde, die wir zu Ihnen zurückverfolgt haben.«

»Einen Scheiß habt ihr.«

»Sturmgewehr. Standard HK G36«, warf Jan ein. »Reflexvisier von Zeiss. Soll wohl mal in einem Fuchs-Schützenpanzer gelegen haben. Aber das weißte ja.«

»Leck mich.«

»Wir glauben, dass Sie einen schweren Raubüberfall verübt haben«, log Svea. »Und dabei jemanden erschossen.«

Mal sehen, ob du wieder mit dem Anwalt kommst.

»Ich war das nich'. Das hab ich schon diesem Konfirmanden gesagt.«

»Wem?«

»Dem da!« Er zeigte zum Fernseher, auf dem Hendrik bei der Spurensuche am Schiff zu sehen war.

»Unserem Kollegen. Gut. Wir werden das überprüfen. Aber wenn Sie es nicht waren, können Sie uns sicher verraten, wer das Gewehr bei Ihnen erworben hat.«

Otte zeigte keine Regung. Er starrte nur auf den stummen Fernseher. Von draußen konnte Svea Baukräne hören, das stete Rattern von Ketten.

»Du hast 'ner terroristischen Vereinigung 'n Sturmgewehr verkauft. Und wahrscheinlich noch mehr Dreck«, ging Jan harsch dazwischen und trat näher ans Bett. »Vielleicht wär's mal ganz gut, das Maul aufzumachen.«

»Anwalt«, war das Einzige, was Otte sagte.

Svea holte ein paar Fotos von der Kfz-Werkstatt heraus. Auf einigen war das verlassene Büro zu sehen, auf anderen ein Versteck hinter einem Fliesenspiegel. Drei Pistolen, ein Gewehr in einer Kiste. »Interessante Badausstattung.«

Otte knurrte wieder: »Anwalt.«

Sie zeigte ihm ein weiteres Foto. Pässe lagen herum, Geldscheine. Alles bei der Flucht zu Boden gerissen. »So viele Pässe ... Na, so was. Sie reisen viel?«

»Witzig ... Anwalt.«

»Ich sag dir mal was zu deinem Anwalt.« Jan baute sich vor Otte auf. »Ein paar Beamte liegen keine zehn Zimmer weiter. Polizisten. Das mögen wir gar nicht. Wenn es Kollegen erwischt. Und die Staatsanwaltschaft und der Richter auch nicht. Waffen, Pässe ... Ein Toter auf einem Schiff. Zwei verletzte Polizisten. Dafür werden wir dich an den Eiern kriegen!«

»Anwalt.«

»Otte, wenn Sie kooperieren«, meinte Svea, »werden wir dafür sorgen, dass es in der Verhandlung Berücksichtigung findet.«

Offenbar hatte Jans Drohung Otte doch etwas Angst gemacht. »Ach. Und das können Sie?«

Svea nickte, obwohl sie wusste, dass ihr Einfluss bei einem Verfahren eher gegen null ging. »Wenn Sie uns einen Namen geben, legen wir ein gutes Wort bei der Staatsanwaltschaft ein.«

»Ich will 'n Deal. Ich will 'n Anwalt und dann 'n Deal.«

»Ich glaub eher, bei dir läuft es auf einen schlechten Pflichtverteidiger raus«, meinte Jan und fummelte am Schieber vom Tropf herum.

»Ey!« Otte versuchte, nach ihm zu schlagen, doch er konnte sich in seinen Verbänden nicht bewegen.

Jan zog die Finger zurück. »'tschuldigung. Du weißt, was ich mein'. So ein Typ, der's nicht ganz gepackt hat, zwar Anwalt ist, aber 'ne ruhige Kugel schieben will. Egal, ob er verliert oder gewinnt – er kriegt sein Geld. Das verstehste, oder?«

»Und ohne ein bisschen guten Willen wird's schwer, die Staatsanwaltschaft zu überzeugen«, ergänzte Svea.

Nachdem Otte keine Anstalten machte auszusagen, wandte sie sich an Jan. »Lass uns gehen. Das ist hier Zeitverschwendung.«

Seufzend stimmte Jan zu. Die beiden liefen zur Tür, und Svea hielt sie für Jan auf.

»Der Wichser hat mich aus dem Wagen geworfen!«, meinte Otte endlich.

»Wie bitte? Wer?« Svea drehte sich um.

»Den Sie suchen. Der Typ.«

»Dem Sie das Gewehr verkauft haben?«

Otte nickte.

»Und wie heißt der?«, fragte Jan. »Name?«

Sie gingen zurück an Ottes Bett.

»Weiß ich doch nich'.«

Svea beobachtete Otte genau, aber obwohl sie sonst ganz gut darin war, Lügen zu erkennen, fiel ihr das bei Ottes geschwollenem, zerschundenem Gesicht schwer. »Ist doch mal ein Anfang«, lobte sie ihn trotzdem.

»Wieso war er da?«, wollte Jan wissen. »Neue Waffen? Sprengstoff?«

Otte lachte, versuchte es zumindest, aber es schmerzte ihn wohl zu sehr. »Er wollte 'n Pass. Hab ihm einen besorgt.«

»Sie meinen Pässe. Mehrzahl. Vier Stück?«, hakte Svea nach. Wenn die Aktivisten der MNF untertauchen wollten, dann ...

»Nein. Er wollte einen Pass. Für sich. Noah Nielsen. N. N. Fand er irgendwie witzig.«

»N. N.? Nomen nominandum«, überlegte Svea laut.

»Latein?« Im Gegensatz zu ihr konnte Jan damit nichts anfangen.

»Der Name muss noch genannt werden, heißt das«, erklärte sie. »Nicht unkomisch.«

»Ja, voll! Scheiße!« Vergeblich versuchte Otte, an die Fernbedienung zu kommen, die auf dem Nachttisch außerhalb seiner Reichweite lag. »Schmeißt der Wichser mich aus meinem Wagen. Leck mich doch.«

»Du hast diesem Noah Nielsen 'n Sturmgewehr verkauft und 'n Pass?« Jan hielt Otte die Fernbedienung so hin, dass er um ein paar Zentimeter nicht rankam. »Das war's? Keine Adresse, kein Hinweis, wo wir den finden?«

Otte schüttelte den Kopf, und Jan drückte ihm die Fernbedienung in die Hand.

»Deal und Anwalt!«

»Jaja.« Svea wartete auf mehr, aber Otte sagte nichts mehr. Schließlich nickte sie Jan zu. Sie wollte gehen.

Jan zog die Tür auf und sagte leise: »Wenn der sich einen Pass machen lässt, wieso nicht auch für die anderen? Er verübt diesen Überfall auf Teschners Party, sie wollen alle in die Medien ... Gut. Und jetzt holt er sich einen Pass und will abhauen. Allein?«

Sie traten aus dem Zimmer, und die Tür glitt zu, doch bevor sie sich schloss, hörten sie Otte brummen: »Vor fünf Wochen ... Idioten. Als würden scheißgute Pässe vom Himmel fallen.«

Svea zog noch einmal die Tür auf und lugte ins Krankenzimmer. »Sekunde. Dieser … dieser Noah Nielsen war vor *fünf Wochen* bei Ihnen und hat den Pass bestellt?«

26

Während ein Schlauchboot mit einem verliebten Pärchen an Sveas Hausboot vorbeifuhr und unter der Wartenaubrücke verschwand, schlugen ein paar Wellen an die Kaimauer. Ansonsten bewegte sich nichts. Das Wasser am Kai war dunkel und so trüb, dass niemand das Licht dort unten bemerkt hätte.

Schon gar nicht den Schatten, der im Wasser geradewegs auf Sveas Hausboot zusteuerte.

Im Kanal war die Sicht schlecht. Das spärliche Licht, für das sich der Taucher entschieden hatte, erhellte kaum einen Radius von zwei Armlängen.

Er tauchte längsseits des Hausboots und gelangte zur Hängeleiter. Svea hatte sie nicht hochgezogen. Es war ein Leichtes, daran an Bord zu klettern.

Im schwarzen Neopren zeichneten sich weibliche Züge ab. Eine durchtrainierte, sportliche Frau.

Tauchbrille und Haube auf, im Anzug – jeder würde sie wahrscheinlich in der Dämmerung für Svea halten. Selbst die kleine Drucklufthartpune, kaum größer als eine Pistole, fiel nicht auf.

Sie blickte sich um.

Niemand zu sehen. Die Lichter im Boot waren gelöscht.

Die Taucherin löste sich von der Reling, huschte zur Glastür und spähte hinein.

Sveas winziges Wohnzimmer lag im Dunklen. Sie konnte Sessel, Fernseher und die Küchenanrichte ausmachen. Mit geübtem Schwung hakte sie den Lockpicker, den sie in einem wasserdichten Beutel trug, vom Gürtel.

In weniger als zehn Sekunden hatte sie damit die Tür aufgesperrt und betrat das Hausboot.

Das Erste, was ihr auffiel, war der Geruch.

Die Luft schmeckte nach Essen, nach Holz und Gemütlichkeit. Geräuschlos huschte sie durchs Zimmer und sah sich neugierig um. Auf dem Glastisch im Wohnzimmer Illustrierte neben Fachzeitschriften für Taucher. Ein neues iPad auf dem Korbsessel.

Aber sie war nicht hier, um etwas zu stehlen.

In der Küche war es sauber. Kein dreckiges Geschirr, keine leeren Flaschen. Das dunkle Holz der Ablagen passte perfekt zu den strahlenden Farben, die unter dem Licht ihrer Lampe aufleuchteten. Das Rot, Türkis und Gelb erinnerten sie an Südamerika. Das Hausboot hatte nur ein paar Quadratmeter Wohnfläche. Sie kannte das. Wie oft hatte sie schon auf Schiffen gewohnt? War wochenlang auf See gewesen? Da hatte man Ordnung zu halten, falls es Sturm gab. Für die Fluchtwege.

Gut so, dachte sie. Kleine Räume machen es einfacher, ein gutes Ergebnis zu erzielen. Und das war nötig. Jetzt, da der Alte seinen Verletzungen erlegen war und die Schnüffler ihnen schon so nahgekommen waren.

Die Taucherin zückte einen zweiten wasserdichten Beutel und holte einen dunklen Klotz heraus.

Er sah aus wie eine gewöhnliche Akku-Power-Bank. In Wirklichkeit war es ein sensibles Mikrofon. Sie hatte sich für dieses Modell entschieden, weil es über fünfhundert Stunden autark lief und quasi ein halbes Jahr betrieben werden konnte, ohne den Akku nachzuladen. Es hatte gerade einmal sechzig Euro in einem Versandhandel gekostet, und die Audiofiles ließen sich per Bluetooth herunterladen.

Als sie sich nach einem geeigneten Platz umsah, streifte von außen Licht durch das Bullauge der Küche. Sofort duckte sie sich, verharrte lauschend.

Ein Auto näherte sich oben auf der Straße. Es fuhr langsam und ...

Blieb es stehen?

Sie spürte ihren Herzschlag, ihr Mund war plötzlich knochentrocken. Wie festgenagelt hockte sie da, unfähig, sich zu bewegen, konnte nur horchen ...

Tu was, ermahnte sie sich.

Endlich gab sie sich einen Ruck. Hektisch sah sie sich in der Küche um. Wohin mit dem Ding? Hinter eine Obstschüssel? Zu auffällig. Unter den Tresen kleben? Sie hatte keine Zeit.

Eine Autotür wurde zugeschlagen. Das Piepen der Zentralverriegelung ...

Der Kühlschrank. Es war ein großer frei stehender. Hoch genug, um als normalgroße Frau nicht obendrauf blicken zu können.

Schnell schob sie den schwarzen Klotz hinauf, möglichst

weit nach hinten, an die Wand, und richtete ihn zum Wohnzimmer aus. Svea Roth würde das Ding frühestens beim nächsten Hausputz bemerken, und es würde dort oben jedes gesprochene Wort im Schiff aufzeichnen. Perfekt.

Da hörte sie das Quietschen der Pforte und Schritte auf der Gangway.

Das Handy am Ohr, spielte Svea mit dem Schlüssel der Pforte, die zur Gangway führte.

»Ja. Ich schau mir das Video vom Raub auch noch mal genau an. Wenn dir was auffällt, meldest du dich, ja?« Eigentlich hatte sie mit Jan ins LKA fahren wollen, um das Video gemeinsam anzusehen. Aber er hatte zu seiner Tochter gewollt.

Jan hatte ihr von der Ratte erzählt. Kein Wunder, dass er Sophie nicht alleine lassen wollte. Das Mädchen war zu Recht verängstigt. Wenn er richtiglag und es eine Botschaft seiner Ex-Kollegen war, dann musste er es ernst nehmen. Und Tennhaus hoffentlich auch.

Svea betrat das Deck.

»Sicher«, kam Jans Antwort.

Wenn sie jemand gefragt hätte, hätte sie nicht zugegeben, dass sie sich auf die gemeinsame Videoanalyse gefreut hatte. So musste sie sich das Ding eben zum x-ten Mal alleine ansehen. »Wenn dieser Noah Nielsen wirklich unser Schütze ist ... Immerhin hat die Spusi den gefälschten Pass sichergestellt. Und damit haben wir ein Foto von ihm.«

»Ja. Das ist mal ein Anfang. Vor fünf Wochen gibt er ihn in Auftrag ... Denkst du, was ich denke?«

»Hm ... Irgendwie hatte ich schon die ganze Zeit das Gefühl, dass da was nicht stimmt.« Sie schloss die Tür auf.

Die Taucherin huschte durchs Wohnzimmer. Noch zwei Schritte bis zur Glastür, durch die sie gekommen war. Zu weit weg.

Der Sessel mit dem iPad bot kaum Schutz ... Egal.

»Du glaubst auch, der Schuss war Absicht?«

Svea schaltete das Licht an und ging zum Küchentresen. »Könnte doch sein.« Sie legte ihre Tasche ab. Für einen Moment meinte sie, einen ungewöhnlichen Geruch wahrzunehmen. Lars? Es war nur der Anflug eines Dufts, flüchtig. Einen Gedanken später war er fort.

»Dann muss dieser Noah Nielsen in irgendeinem Zusammenhang mit Teschner stehen«, meinte Jan.

Sie versuchte, nicht zu atmen. In ihren Ohren rauschte das Blut. Behutsam, ganz ohne Geräusch, zog sie ihre Harpune und ließ den Pfeil langsam und möglichst ohne einen Mucks einrasten.

Sollte die Kommissarin sie entdecken, würde sie sich nicht kampflos ergeben.

Sie rutschte etwas zur Kante des Korbsessels vor ...

Sei leise, ermahnte sie sich. *Bloß still ...*

Vorsichtig spähte sie um die Ecke: Die Polizistin stand am Küchentresen. Ihr Blick war auf die Fotos an der Wand gerichtet, und sie hörte ihrem Gesprächspartner am Handy zu.

Du musst hier weg. Du musst raus!

»Was mit seinem Baugeschäft? ... Was wäre, wenn unsere Täter aufs Schiff kamen mit der Absicht, Teschner zu erschießen? Sie haben den Raub nur vorgetäuscht, und das Motiv ist ein ganz anderes.« Svea unterdrückte ein Gähnen. Jede Faser in ihrem Körper sehnte sich nach ihrem Bett. Ob sie einschlafen könnte, war allerdings eine andere Frage. Einen kurzen Moment überkam sie der Drang, sich in der kühlen Tiefe, in der Schwerelosigkeit zu entspannen. Aber sie war zu müde für einen Tauchgang.

»Das klingt für mich echt unwahrscheinlich«, sagte Jan.

Svea seufzte innerlich. Ja, dachte sie. Das ist unwahrscheinlich. Immerhin hatte sich die Mother-Nature-Front zur Tat bekannt.

Sie trat an den Kühlschrank und holte eine Flasche Wasser heraus. »Wir brauchen«, meinte sie, »seinen Klarnamen. Die Namen von allen. Alle Mitglieder der MNF und die Identität des Schützen. Sonst sind alle Spekulationen für die Katz.«

Sie liebte es, kaltes Wasser zu trinken, setzte an und nahm einen gehörigen Schluck, dann schlenderte sie zum Wohnzimmer.

Ihr Blick suchte das iPad auf dem Korbsessel. Sie ging hinüber und griff danach. Einen Moment dachte sie, wieder den Geruch wahrzunehmen, doch hier war niemand. Weder im Korbstuhl noch dahinter.

»Rufst du mich morgen früh an, wenn du den Film gecheckt hast?«, fragte sie.

»Gerne.« Sie hörte auf Jans Seite eine Tür klappen, Dielen knarzen.

»Bist du zu Hause?«

»Ja. Sophie schläft.« Sie konnte sein erleichtertes Lächeln hören. »Bis morgen, Kollegin.«

»Bis morgen.« Sie legte auf, steckte das Handy in die Hosentasche und ging hinüber zur Terrassentür, um sie zu öffnen. Kühle Nachtluft würde ihr sicher guttun.

Verblüfft stellte sie fest, dass die Tür bereits offen war. Hatte sie sie nur zugeschoben, ohne abzuschließen? Gewöhnlich drehte sie den Schlüssel um, wenn sie das Schiff verließ. Seltsam ...

Misstrauisch blickte sie sich zum Wohnzimmer um, da waren feuchte Tapser auf dem Boden. Aber die stammten sicher noch von ihrem Tauchgang am frühen Morgen.

Kaum platzt Lars hier unerwartet rein, siehst du Gespenster.

Über sich selbst den Kopf schüttelnd, schob sie die Tür ganz auf und trat hinaus in die frische Nachtluft.

Bloß kein Geräusch, bloß leise die Sprossen hinabsteigen ... Behutsam, kein Mucks.

Da. Das Wasser ... Es umspülte ihre Beine, ihren Oberkörper. Geräuschlos ließ sie sich ins Wasser hinab und spürte, wie sich die Kommissarin an Deck näherte. Gedämpft drangen Roths Schritte zu ihr. Sie ahnte, dass die Kommissarin jetzt direkt über ihr stand und vermutlich über den Kanal blickte ...

Schau bloß nicht runter. Schau bloß nicht die Leiter runter, sonst muss ich ...

Sie umfasste ihre Harpune, zielte über sich. Der Pfeil war bereit und auf diese Entfernung – bloß anderthalb Meter – tödlich.

Ihr Herzschlag dröhnte wie Trommelwirbel.

Wenn du deinen Kopf über die Reling streckst, wenn ich deinen Atem höre, dann ...

Einen Moment lang genoss Svea die frische Luft und lauschte auf die Musik, die über den Kanal herüberwehte. Der Abend duftete wunderbar nach Sommer. Der Geruch ließ sie an Kolumbien denken und damit an ihre kleine Schwester. Der Karottenkuchen war ein schlechtes Zeichen. Sie sollte sie endlich anrufen, aber dieser Fall hatte sie die ganzen Tage über in Atem gehalten. Sie sah auf ihre Tauchuhr. Es war schon zu spät für einen Anruf. Lizeths furchtbarer Mann würde sich nur aufregen und Lizeth es wieder abbekommen. Svea beschloss, es für heute gut sein zu lassen und ins Bett zu gehen.

Die Schattentaucherin umklammerte die Harpune, hob sie etwas an, schob den Finger über den Abzug. Sie horchte so intensiv, dass sie jedes Knacken des Hausboots wahrnahm, jedes noch so feine Plätschern. Da spürte sie endlich, dass die Polizistin sich abwandte und ging.

Sveas Schritte entfernten sich, dann wurde die Glastür auf- und zugezogen.

Sie atmete aus, verharrte einen Moment, um sicher zu sein, bevor sie sich endgültig ins kühle Nass gleiten ließ.

Das Wasser umfing sie wie ein schützender Freund. Unbemerkt tauchte sie ab.

27

Der Mond stand derart hell am Firmament, dass Mareike in seinem eigentümlichen Licht meinte, jede noch so kleine Bewegung zwischen den Bäumen wahrnehmen zu können. Leise paddelte sie auf die Insel zu und peilte eine Stelle bei zwei Fichten an. Das kleine Eiland schien gottverlassen und menschenleer.

Sie würde gut hundert Meter von der Bucht entfernt, wo sie sonst anlandeten, das Ruderboot festmachen. Ihren Rucksack hatte sie zwischen die Beine genommen, damit er sie beim Rudern nicht störte.

Hoffentlich war Petra nicht im Versteck. Es war zwar mitten in der Nacht, aber ihr traute Mareike inzwischen alles zu.

Sie zitterte. Jedoch nicht wegen der kühlen Brise, die vom Wasser aufstieg und ihre Wangen umstrich. Sie hatte Angst. Angst vor Petra, die nicht aufhören wollte, sondern im wahrsten Sinn des Wortes Blut geleckt hatte. Inzwischen hatte Petra sich in den Kopf gesetzt, die positive Stimmung in den sozialen Netzwerken zu nutzen und – wie hatte sie es genannt? – noch *einen draufzusetzen*.

Durchs Internet hatte Mareike auch von der katastrophalen Stürmung des Schrottplatzes erfahren, und sie wusste, dass Jerome die Waffen dort bei einem seiner Kumpel aus der Bundeswehrzeit beschafft hatte. Sie selbst hatte diesen Typen, der jetzt im Krankenhaus lag, zwar nie getroffen, aber wie vertrauenswürdig war er? Würde er bei einer Befragung einknicken?

Was, wenn er Jerome verriet – und damit sie alle?

Aus der Presse hatte sie auch erfahren, dass Teschner an seinen Verletzungen gestorben war. Für Mareike änderte das alles. Sie hatten jemanden ermordet. Und die Polizei hatte bloß ein paar Stunden gebraucht, um einen Waffenhändler hochzunehmen. Obwohl sie es nicht wusste, weil Jerome immer darüber geschwiegen hatte, woher er die Waffen bekam, schwor sie Stein und Bein, dass es sein Kontakt war. Und Jerome selbst? Ihn hatte sie nicht mehr erreichen können. Weder mit ihren geheimen Schlagworten auf Twitter noch auf seinem Handy.

Mareike atmete durch, aber auch die angenehme Sommerluft vertrieb ihre Bedenken nicht, denn da war noch Petra.

Petra … Was war mit ihr?

Nichts. Sie spann größenwahnsinnige Pläne, faselte etwas vom *nächsten Schritt gegen den faschistisch-antiökologischen Komplex.*

Antiökologischer Komplex. Mareike konnte sich noch erinnern, wie sie an Petras Lippen geklebt hatte. Damals, vor vier Jahren, als Petra am Campus einen Vortrag gehalten hatte und sie sich danach bis spät in die Nacht bei billigem Rotwein aus dem Tetrapak im ranzigen Zimmer der Studentenvertretung die Köpfe heißgeredet hatten. Petra hatte nur so vor Ideen gesprüht, war so mitreißend und in ihrer Logik so bestechend gewesen ... Mareike war als anderer Mensch nach Hause geradelt. Dann kam der G-20-Gipfel in Hamburg, und sie hatte den Mut gefunden, ihre Stimme auf der Straße zu erheben, und war mit einem Mal Seite an Seite mit Petra marschiert. Petra hatte sie von den Polizisten weggezogen, und sie hatten zusammengestanden, und Mareike hatte zu dieser tatkräftigen, intelligenten Frau aufgeblickt ...

Antiökologischer Komplex. Heute klangen Petras Worte wie leere Worthülsen.

Sie waren zu weit gegangen. Tote hatten nichts mehr mit aufrüttelnden Videos für Facebook zu tun, nichts mehr mit Protest.

Sie hatten einen Menschen erschossen.

Und Petra sah es als ... als *Startschuss.*

Diese Gewalt musste ein Ende haben. Und sie musste aus der Sache irgendwie mit einem blauen Auge herauskommen. Alle aus der Gruppe hielten sie für schwach und naiv, doch Mareike wusste genau, was sie zu tun hatte.

Am liebsten hätte sie mit Jerome darüber gesprochen. Er hatte so darauf gedrängt, dass sie alle untertauchten. Dass sie nicht weitermachten, sondern Gras über die Sache wachsen lassen sollten. Er hätte sie sicher unterstützt, sich gegen Petra und ihre Pläne zu stellen.

Mit Sicherheit ging es ihm nun, da der Mann gestorben war, richtig schlecht.

Sie packte das Paddel und tauchte das Blatt möglichst

lautlos ein. Nach wenigen Zügen lenkte sie das Boot an Land, stieg aus und zog es hoch.

Eine Brise strich durch die Baumwipfel, flüsterndes Rascheln, ansonsten lag die Insel vollkommen ruhig da.

Mareike schulterte den Rucksack, wagte es nicht, ihre Taschenlampe anzuknipsen. Auf dem Trampelpfad näherte sie sich dem Versteck, vorsichtig und langsam. Sie bog jedoch einige Meter davor ins Dickicht ab und schlich sich von hinten an. Obwohl sie schon so oft hier gewesen war, fiel es ihr schwer, den Unterschlupf von dieser Seite zu erkennen.

Sie war bis auf fünf Schritte herangekommen, als sie einen Schatten in der Mulde bemerkte. Erschrocken kauerte sie sich ins Gestrüpp, starrte bewegungslos in die Senke, zwischen die Stämme, bei denen sie den Schatten ausgemacht hatte ...

Nichts tat sich.

Nur Einbildung?

Es dauerte eine geraume Zeit, bis sie wagte, näher heranzugehen. Der Schatten verzog sich. Bloß die Angst, sonst nichts. Sie erreichte die Senke und stellte erleichtert fest, dass wirklich niemand hier war. Keine Petra.

Sie wusste, wo das Versteck für die Schreibmaschine war. Diesmal zögerte sie nicht.

Mareike huschte hinüber, fand das Erdloch und holte die in eine Tüte gewickelte Maschine heraus. Petra hatte sogar den Entwurf eines neuen Schreibens in die Tüte gesteckt. Perfekt.

Vorsichtig schob sie Maschine und Blätter in den Rucksack. Sie wusste, sobald Petra ihren Diebstahl bemerkte, würde die Hölle losbrechen. Doch sie würde sich absichern.

Gerade wollte sie das Loch wieder abdecken, als sich eine kalte Hand über ihren Mund legte.

Vor Schreck schrie Mareike auf, wollte sich befreien, doch sie wurde nach hinten gerissen.

»Scht!«

Plötzlich spürte sie eine Klinge an ihrem Hals.

Petra!, schoss es ihr durch den Kopf, aber sie konnte vor Angst kaum denken.

»Scht! Ein Mucks und ... Leise!«, ermahnte die Stimme sie, und die Klinge drückte fester zu. Sie drohte in ihre Haut zu schneiden und ihren Hals ...

Das war nicht Petras Stimme.

»Wenn du schreist, dann ... Ich lass los, okay?«

Endlich löste sich die Hand. Mareike schnappte nach Luft. Sie wagte nicht, sich umzudrehen. Die Stimme, dachte sie fieberhaft ... Jerome? Nein.

»Ansgar?«, flüsterte sie zitternd.

Das Messer löste sich von ihrem Hals, und er trat vor sie. »Was willst du mit der Schreibmaschine?«, fuhr Ansgar sie zischend an.

Er hatte ihr ein Messer an die Kehle gehalten! Wenn sie ihm die Wahrheit sagte, was würde er tun? War Petra etwa auch irgendwo in der Nähe und hatte ihn vorgeschickt? Ansgar ging mit ihr ins Bett, vergötterte Petra. Er würde Mareike eiskalt ausliefern.

»Ich ... ich soll sie holen, weil ... also, Petra«, begann sie zu lügen, aber es wollte nicht gelingen. »Ich ...« Sie brach innerlich zusammen und sagte schluckend: »Ich kann das nicht mehr, Ansgar.« Jetzt war es raus. Flehend sah sie ihn an.

Seine blauen Augen musterten sie scharf. »Was? Was meinst du?«

»Ich weiß ... ich weiß, dass der Kampf wichtig ist. Also unser Kampf und ... und ich weiß auch, wie sehr Petra von unserer Mission überzeugt ist, wir haben ja auch ein wichtiges und richtiges Ziel, aber ...«

»Aber?«

Ohne es zu bemerken, griff sie den schweren Rucksack und hielt ihn wie ein Schild vor sich, klammerte sich daran fest. »Es ist jemand gestorben. Tot, Ansgar«, sagte sie leise und beobachtete ihn genau. War da eine kleine Unsicherheit in seinem Blick?

»Der Kampf muss weitergehen, Mareike.«

»Der Kampf ... Der Kampf gegen wen? Den faschistisch-antiökologischen Komplex? Mit ...« Sie brach ab und dachte: Mit Waffen? Und Toten?

Er nickte.

»Ach, komm schon, Ansgar.« Ihr Blick blieb auf seinem Messer haften, das matt im Mondlicht glänzte. »Es ist jemand gestorben. Durch uns. Jemand, der Kinder hat. Eine Tochter. Eine Frau.«

»Großindustrielle Faschisten«, entgegnete er etwas zu schnell, und es klang wie auswendig gelernt.

»Glaubst du wirklich, was du da sagst? Schau dir doch Jerome an. Er kann damit kaum umgehen. Er ist untergetaucht. Die haben seinen Dealer hochgenommen und ... und dieser zweite Mann, das war sicher er. Oder?«

»Ja, weil die Bullen …«

»Weil die Bullen einen Mord aufklären wollen, deswegen, Ansgar. Merkst du es nicht? Wir rutschen da immer tiefer in was rein. Willst du für immer untertauchen? Wir wollten der Welt dienen, sie besser machen. Aber … aber nicht zu Mördern werden.«

»Petra …«

»Petra! Petra hat das Augenmaß verloren. Das sind keine Protestaktionen mehr. Das ist kein Aufrütteln. Sie will Blut vergießen. Das will sie.«

Er schwieg.

»Hast du mit Jerome gesprochen?«, wollte sie wissen.

Ansgar schüttelte den Kopf. »Nein. Ich hab ihn nicht erreicht.«

»Ich auch nicht. Ansgar! Du weißt, was das heißt?«

Sie konnte sehen, wie er schluckte, wie es in seinem Kopf ratterte. Fieberhaft suchte er nach einer Antwort. Die Antwort, die er fand, schien ihm allerdings nicht zu behagen. »Nein«, sagte er mehr zu sich als zu Mareike. »Das kann nicht sein.«

»Er ist untergetaucht. Er hat uns schon verlassen. Aber echt, was soll er auch machen? Er hat diesen Mann erschossen, Ansgar. Ein Leben genommen. Er hätte zur Polizei gehen können. Ja, aber ich glaube, er ist abgehauen. Auch um uns zu schützen. Er ist weg.«

»Er hat uns und Petra im Stich gelassen.«

»Jerome ist nicht mehr in unserer Gruppe, Ansgar, weil er nicht töten wollte. Und die Einzige, die noch immer große Pläne schmiedet und radikale Phantasien träumt, das ist Petra.«

Ansgar ließ das Messer sinken.

»Jerome ist weg. Weil er nicht mit seiner Schuld klarkommt. Früher oder später wird er zur Polizei gehen.« Sie musterte Ansgar. Er musste das erst mal sacken lassen. Ganz behutsam trat sie vor und nahm seine Hand. »Wir müssen Petra überzeugen, dass sie aufhört.«

»Und die Schreibmaschine?« Er nickte zum Rucksack.

»Ich ... ich wollte sie vernichten«, log sie. »Wir sollten das alles hier vernichten.«

Er sah sich zu dem Unterstand um. »Aber wir ... wir müssen mit ihr reden. Mit Petra. Sie hat uns zusammengebracht. Sie ist doch die MNF.«

Mareike nickte. »Ja. Das ist sie.« Noch einmal atmete sie durch, checkte unauffällig, wie er das Messer hielt. Sollte sie sich trauen?

Sie nahm all ihren Mut zusammen und berührte seine Hand sanft: »Ich fürchte, es ist an der Zeit, Ansgar, dass du dich entscheidest.«

Jetzt war es raus. Sie war hier vollkommen ungeschützt, wenn er sie aufhalten wollte, konnte er es jederzeit tun.

Ansgar schwieg. Er musterte sie, die Stirn in tiefe Falten gelegt.

Mareike schnürte es die Kehle zu.

Sag was, dachte sie. Sag doch was ...

»Ich werde jetzt gehen«, durchbrach sie schließlich die Stille und war überrascht über ihren eigenen Mut. »Ich nehm die Schreibmaschine mit. Du kannst auch gehen. Oder du hältst mich auf und rufst Petra. Und dann müsst ihr sehen, was ihr mit mir anstellt. Bist du bereit dafür?« Aus einem Impuls heraus griff sie seine Hand mit dem Messer fester und richtete die Klinge auf ihren Bauch. »Bist du bereit?«

Er wehrte sich, sie konnte den Widerstand spüren, aber dennoch ließ er es zu, dass sie die Spitze bis dicht an ihre Bluse führte.

Es brauchte nur einen kurzen, kräftigen Stoß.

Sie sah ihn an. »Du musst dich entscheiden, Ansgar.«

28

Svea hatte vom Tauchen geträumt. Um sie herum war tiefblauer Ozean gewesen, und irgendwer hatte ihr vom Meeresgrund gewunken. Eine Frau.

Gähnend aß sie Karottenkuchen zum Frühstück. In Kolumbien hatte ihre Mutter oft Kuchen zum Frühstück gebacken.

Sie war spät dran, und der Kuchen passte perfekt zum äußerst wichtigen Morgenkaffee. Sie trank ihn aus und wollte gerade ihre Sachen nehmen und aus dem Haus, als ihr Handy klingelte.

Es war weder Jan noch Hendrik, sondern ihre Schwester. Und das bedeutete so früh morgens reichlich viele Tränen. Sie nahm ab und hörte Lizeth tatsächlich weinen.

»Lizeth? Alles okay? Wo bist du?«

»Svea.«

»Wo bist du?«, wollte sie noch einmal wissen.

»Hier.«

»Bei ihm?«

»Ja.«

»Soll ich eine Streife schicken?« Sie fragte es jedes Mal, jedes verdammte Mal, und immer – jedes Mal, jedes verdammte Mal – lehnte Lizeth ab. Genau wie sie ablehnte, sich endlich von ihrem Mann, diesem Mistkerl, zu trennen.

Als Lizeth nicht antwortete, fragte Svea: »Was hat er gemacht?«

»Nichts.«

»Lizeth«, bat sie drohend.

»Er ... Ich bin ja selbst schuld, ich meine, er hat ja recht.«

»Einen Scheiß hat er.« Svea ballte eine Faust und sah wütend zum Kuchen. Warum hatte sie nicht sofort reagiert? Sie hätte gestern Abend anrufen und mit ihr reden sollen, sie irgendwie überzeugen, zu ihr zu kommen. »Lizbeth. Geh. Sofort. Komm zu mir aufs Boot.«

»Nein. Es ...«

»Doch. Pack deine Sachen. Sorry, dass ich mich nicht gemeldet habe, aber ich bin da. Wir ...«

Sie schniefte. »Nein. Schon gut. Ich ... ich ... es ist nichts.« Lizeth legte auf.

Wütend starrte Svea das abgedunkelte Display an. Wie oft hatte sie in ihrem Job mit schlagenden Vollidioten zu tun? Und mit den selbstzerstörerischen Verhaltensmustern der Opfer, der Frauen, die sich einredeten, dass es ihre Schuld war, die – aus Angst und weil sie keine Perspektive hatten – bei ihren Männern blieben. Svea kannte auch die Statistik, wie solche Beziehungen enden konnten.

Vor einem Jahr hatte sie Lizeth überzeugt, endlich Schluss zu machen. Sie hatte ihre Schwester trotz der Querelen mit Lars und Lenas Tod bei sich aufgenommen. Doch Ben war aufgekreuzt, und Svea hatte ihr einen Platz in einem guten Frauenhaus vermittelt. Anonym. Ben hätte sie nicht gefunden. Doch Lizeth hatte bei ihm angerufen. Sie hatte einfach bei ihm angerufen ... um sich zu entschuldigen. Bei dem Gedanken wurde Svea beinahe schlecht. Lizeth hatte sich auf seine Schmeicheleien, auf seine herzerweichenden Schwüre, er würde sich ändern, natürlich eingelassen. Zwei Wochen hatte er sie auf Händen getragen, mit Blumen und Pralinen überhäuft. Dieses Arschloch.

Svea war davon überzeugt, dass Lizeth wusste, wie verlogen seine Worte waren. Aber ihre Schwester wollte daran glauben, dass Ben sich tatsächlich ändern konnte. Die Angst und ihr verfluchtes Minderwertigkeitsgefühl hinderten sie daran, die Wahrheit zu akzeptieren.

Alles Reden, alles Bitten und Flehen, sie möge endlich von Ben weggehen, vielleicht sogar in eine andere Stadt – vergebene Liebesmüh.

Hoffentlich war es diesmal nicht allzu schlimm. Sie entschied, eine Streife rumzuschicken, egal, was Lizeth sagte, und informierte die Kollegen.

Sie hatte gerade aufgelegt, als ihr Handy erneut klingelte.

»Lizeth! Ich ...«

»Ähm ... Entschuldigung?«, hörte Svea eine verunsicherte Frauenstimme. Es war nicht Lizeth.

»Ja?«

»Ist dort ... Also, ähm, Svea Roth?«

Svea sah aufs Display. Unbekannt. »Wer will das wissen?«

»Ich ... ich habe Informationen zum Überfall. Auf dem Schiff.«

Svea horchte auf. »Informationen? Wieso rufen Sie nicht die Hotline an, die dafür eingerichtet wurde?«

»Nein. Ich ... ich weiß, wer hinter der MNF steckt.«

»Aha«, meinte Svea reserviert. Wollte sich da jemand wichtigmachen? »Woher haben Sie meine Nummer?«

Schweigen. Dann: »Eine ... eine Freundin von mir hat Ihre Karte.«

»Petra Bosse?«

Schweigen.

»Hören Sie, wenn Sie wirklich Informationen haben, dann geben Sie mir was«, forderte Svea die Frau sachlich auf. Sie ärgerte sich, dass sie nicht im Büro war und niemand mithören konnte.

»Wie ... wie meinen Sie das?«

»Einen Namen. Wer sind Sie?«

»Ich ...«

»Hören Sie, ich brauche etwas, das mir sagt, dass ich Ihnen vertrauen kann. Verstehen Sie?«

»Aber ...«

»Als Zeichen des guten Willens.«

Pause. Die Frau überlegte. Lange. Das war gut. Vielleicht war sie wirklich bereit, ihren Klarnamen zu nennen. Anscheinend hatte sie bisher in ihrem Leben noch nicht viel verhandelt. Und mit Ermittlungsbehörden schon gar nicht. Ihre Stimme wirkte extrem nervös und unsicher.

»Wissen Sie, wie viele Menschen bei uns anrufen und behaupten, sie wären die MNF oder sie würden jemanden kennen ...«

»Ich weiß es aber wirklich!«

»Schon gut, aber dann beweisen Sie mir, dass Sie es ernst meinen. Nennen Sie mir Ihren Namen.«

Wieder musste Svea warten. Die Sekunden verstrichen. Sie hörte die Frau atmen.

»Mareike.«

»Mareike, gut, Mareike. Und weiter?«

»Ich weiß nicht, ob ich …«

»Sie möchten doch, dass ich Ihnen vertraue, oder?«

»Ja.«

»Gut, Mareike. Dann vertrauen *Sie* mir. Sie haben nichts zu befürchten … Wie heißen Sie?«

»Mareike … Ich …« Pause. Wieder ein langes Schweigen. »Mareike Leisner.«

»Mareike Leisner. Gut. Das ist gut.« Svea kritzelte den Namen auf den Sticker am Kühlschrank. »Und Sie haben Informationen zu der Gruppe, die das Boot überfallen hat?«

»Ja. Ich weiß, wer das war, wer auf dem Schiff war.« Sie zögerte. »Ich weiß auch, wer … wer geschossen hat.«

Svea hielt kurz die Luft an. »Woher?«

»Was?«

»Woher haben Sie Ihre Informationen? Waren Sie dabei?«

Svea hörte so etwas Ähnliches wie ein Ja. Gepresst, dünn. Diese Frau war völlig verängstigt. War sie wirklich Teil der Gruppe? Oder jemand von der Crew, der bei der Befragung gelogen hatte? »Hören Sie … Sie machen das Richtige. Wir können Sie beschützen«, versuchte Svea ihr Mut zu machen.

Mareike lachte voll unterdrückter Angst. »Das … das will ich von Ihnen hören. Ich … ich will nicht von *irgendwem* beschützt werden, sondern … sondern von *Ihnen*!«

Svea antwortete nicht sofort. Der Wunsch traf sie tiefer,

als sie zugegeben hätte. Unwillkürlich musste sie zum Foto mit Lena sehen.

Ihre Tochter gemeinsam mit Lars beim Eisessen. Ein Tauchurlaub in Norwegen.

»Natürlich. Hören Sie, Mareike?«, fragte sie, und in ihrem Kopf rasten die Gedanken. Warum hatte sie solches Vertrauen in sie, kannte die Zeugin sie?

»Ja.«

Noch einmal atmete Svea durch. Lena blickte hoch, die Lippen ganz blau vom Eis.

Ihre Hand streckt sich aus dem dunklen Wasser ...

»Ich kann Sie beschützen. Ich werde Sie beschützen, Mareike. Ihnen wird nichts passieren.« Svea sprach es ruhig und gefasst aus, damit es seine Wirkung entfaltete, dieses Versprechen. Aber sie spürte jäh das Stechen der tausend Nadeln. Ganz fein, noch weit entfernt, aber es kündigte sich an. So als hätte der Irre, den man Erinnerung nennt, erst angefangen, ein wenig zuzustechen, langsam und mit Bedacht. Noch nicht in rasender Wut, wie er es tat, wenn man ihn ungezügelt laufen ließ. Den Irren mit seinen Bildern von damals und dem Gefühl der unendlich schweren Schuld.

Beschützen ...

Lena gleitet fort ins Wasser, und sie taucht und taucht und kann niemanden beschützen. Niemanden.

»Ich beschütze Sie. Sie können mir vertrauen, Mareike«, wiederholte sie mit ruhiger Stimme und merkte, wie das Stechen zunahm, wie ihre Brust immer mehr zusammengedrückt wurde, als tauchte sie tiefer und tiefer.

»Ich habe Angst.«

»Das brauchen Sie nicht. Ihnen wird nichts passieren. Es ist gut, dass Sie angerufen haben, Mareike. Was für Informationen haben Sie genau?«

»Ich … ich treffe Sie und ich übergebe Ihnen alles. Ich … ich habe Sie im Fernsehen gesehen. Sie … Sie scheinen mir ehrlich zu sein.«

»Das bin ich.«

»Aber … aber ich will Schutz, und ich will ohne Strafe da raus.«

»Das kann ich nicht bestimmen, Mareike. Das muss das Gericht entscheiden. Aber wenn Sie aufrichtig sind und uns wirklich helfen, wird das sicher das Strafmaß mindern. Ich denke, Sie haben wenig zu befürchten. Es hat ein Mann geschossen, richtig?«

»Ja.«

»Also nicht Sie. Wenn Sie uns helfen, dann werde ich persönlich ein gutes Wort für Sie einlegen. Versprochen.«

»Sie beschützen mich, Sie helfen mir?«

»Ganz genau. Wenn Sie mich treffen wollen, kein Problem. Ich denke, wir können sofort …«

»Auktionshalle, beim Fischmarkt. 14 Uhr. Rotes Top. Rucksack«, wurde Svea unterbrochen, dann hatte Mareike Leisner aufgelegt.

Svea zögerte keine Sekunde und rief sofort Jan an, dann setzte sie Tennhaus und Hendrik in Kenntnis.

29

Sie steckte die Kopfhörer in ihren Laptop und legte den Computer auf das Geländer, das den Gehweg zum Kanal abgrenzte. Von hier aus waren es bloß ein paar Meter Luftlinie zu Sveas Hausboot. Mit etwas Glück würde sie nicht näher rangehen müssen, sondern konnte die Audiofiles von hier runterladen.

Tatsächlich gelang es dem Laptop, eine Verbindung herzustellen. Lächelnd drückte sie auf »Download« und wartete gespannt, bis die Daten übertragen waren.

Das Gerät hatte über zweihundert kurze Dateien aufgezeichnet.

Sie ließ sich die Dauer anzeigen und entschied, alle unter einer Minute, weil sie wahrscheinlich nur Geräusche enthielten, erst einmal beiseitezulassen. Die Auswahl wurde merklich kleiner.

Neugierig spielte sie ein paar der Dateien an, spulte vor, lauschte und versuchte zu ergründen, um was es ging.

Wie war der Ermittlungsstand? Was wussten diese Svea Roth und ihr Partner?

Sie begann bei der ältesten Aufzeichnung. In einer Aufnahme aus der Nacht hörte sie immer wieder unterdrücktes

Stöhnen, eine seltsame Stimme und schließlich Schreie. Die Kommissarin hatte anscheinend nicht sehr gut geschlafen und im Traum geredet. Beim Aufstehen hatte Svea Roth etwas gesungen, ein Lied, das sie nicht kannte. Etwas Spanisches oder Portugiesisches? Dann ein Telefonat. Ein Gespräch mit einer gewissen Lizeth. Sie wurde nicht recht schlau draus. Vielleicht ihre Freundin? Sie tippte die nächste Datei an, lauschte und stockte mit einem Mal ...

Mareike bot Informationen an.

Schwer holte sie Luft und blickte hinüber zum Hausboot. Hastig ließ sie die nächste Datei laufen. Svea Roth meldete den Anruf an ihren Vorgesetzten. Sie nannte Ort und Zeit für die Übergabe der Beweise.

Verdammt. Sie sah auf die Uhr des Laptops. Ihre Gedanken rasten. Es blieb noch ein wenig Zeit bis zu diesem Treffen. Immerhin.

Wut stieg in ihr auf. Dieses Dreckstück musste alles verkomplizieren.

Bleib ruhig!, ermahnte sie sich und klappte den Laptop zu. Sie strich mit ihren schlanken Fingern über den Deckel.

Sie musste handeln.

Und zwar schnell und entschlossen.

30

Auf dem Fischmarkt war nicht besonders viel los. Wo am Sonntag Dutzende Buden aufgebaut waren und Fischhändler lautstark ihre Ware anboten, parkten nun Autos, und es ging eher ruhig zu.

Ein paar Verliebte knipsten an der Promenade knutschend Selfies, während eine Gruppe von Skatern grölend zwischen geparkten Wagen über mitgebrachte Schanzen sprang. Über dem Kopfsteinpflaster des Platzes, der sich direkt an der Elbe entlangzog, flimmerte vor Hitze die Luft.

Svea schlenderte gemächlich über den Platz, beobachtete am anderen Elbufer die mächtigen Kräne von Blohm und Voss. Sie ließen ihre Arme auf dem größten Schwimmdock Europas, Dock 11, über einem Ozeanriesen kreisen. Das Schiff wirkte eigentümlich verschachtelt mit seinen Aufbauten. Wahrscheinlich die *Uisge Gorm*, mutmaßte Svea, denn sie hatte vor einem Monat von Reparaturen an dem Ölproduktionsschiff gelesen. Es konnte aus anderthalb Kilometern Tiefe Öl fördern. Mächtige Technik für die Weltmeere, um der Erde das flüssige Gold zu entreißen.

Was Petra Bosse wohl zu dem Schiff gesagt hätte?

»Träumst du?«

»Was?« Sie fuhr herum.

Jan trat neben sie und hielt, statt das Schwimmdock zu bewundern, unauffällig nach Mareike Leisner Ausschau. »Hat Sie gesagt, wie wir sie finden?«

»Sie wartet am Wasser, direkt bei der Auktionshalle. Rotes Top.« Svea nickte zum historischen Backsteingebäude mit der Pickelhaube als Kuppel, das am Ende des Platzes stand.

Unauffällig wandte sie sich über das versteckte Mikro an die Einsatzleitung. »Irgendwas Auffälliges?«, wollte sie wissen und erhielt über ihren Ohrstöpsel reihum Meldung. Drei Polizeiwagen parkten in einer Querstraße und waren bereit.

»Alles ruhig«, meldeten sich die Kollegen, die nur einschreiten sollten, falls ihre Informantin unerwartet den Rückzug antrat. Am Telefon hatte diese Mareike äußerst verängstigt geklungen, und Svea hatte Tennhaus bekniet, keine Hundertschaft in Stellung zu bringen. Sie wollte der Frau auf Augenhöhe begegnen und sie nicht einschüchtern.

»Wie sieht's 'n in der PMK aus?«, wollte Jan wissen, während er mit Svea weiter auf das Gebäude zuging. Politisch motivierte Kriminalität, ob von links oder rechts, wurde in einer Datenbank vermerkt. »Irgendwelche Querverweise oder Treffer zu Mareike Leisner gefunden? Irgendwas?«

Seit sich die Frau gemeldet hatte, war die Suche auch digital losgegangen, und obwohl Svea glaubte, dass sie ihren richtigen Namen genannt hatte, hatten Lars und sein Team bisher nichts gefunden.

»Ich hab vor zehn Minuten mit Lars telefoniert. Nichts.« Weder in der KPMD-PMK – dem Kriminalpolizeilichen Meldedienst politisch motivierter Kriminalität – oder im polizeilichen Informations- und Analyseverbund PIAV noch im Fingerabdrucksystem EURODAC: Mareike Leisner war ein unbeschriebenes Blatt.

»Lars? Dein Ex?« Jan klang deutlich überrascht.

»Ja. Er arbeitet in den Computerkatakomben. Tief im Kabelbaum des Internets.«

»Auch beim LKA?«

Sie nickte.

»Echter Familienbetrieb bei euch.«

»Lars liebt Computer, Netzwerke und den ganzen Kram. Und wir tauchen zusammen.«

»Für die Bereitschaft? Hast du ihn da kennengelernt?«

Sie bejahte brummend.

Sie schlenderten an den Skatern vorbei und erreichten die Fischhalle. Sveas Blick glitt über die Promenade zwischen Gebäude und Elbe entlang. Hundert Meter von ihnen entfernt saß eine schlanke Frau in rotem Top auf dem Metallgeländer. Sie hatte einen Rucksack auf und sah sich immer wieder nervös um.

»Sie ist vor Ort«, meldete Jan den Kollegen per Funkknopf im Ohr.

»Lass mich gehen«, sagte Svea. »Halt dich bitte ein bisschen zurück. Sie hat zu große Angst.«

»Wie du meinst.« Er ließ sich ein paar Schritte zurückfallen.

Der Wind drückte vom Wasser her den Geruch von Diesel und Fisch zu ihr. Ein Schiff tuckerte vorbei, der schwere Dieselmotor brummte laut. Mareike Leisner fuhr herum, sah kurz dem Frachter entgegen, dann die Elbe hinunter, die anderthalb Meter unter ihr dahinfloss. Nervös strich sie sich eine Strähne aus dem Gesicht. Sie sah auf die Uhr und zuppelte am Rucksack. Es war ein altmodisches Ding – Militärrucksack oder einem nachempfunden – und anscheinend schwer. Der Brustgurt saß straff, und die Trageriemen schnitten offenbar in ihre Schulter.

Protestierend hob ein Dutzend Möwen vor Svea ab, als sie näher kam. Die Vögel flogen die Halle entlang und drehten zum Wasser ab. Endlich registrierte Leisner Svea. Sie grüßten sich mit einem schnellen Handzeichen. Jan hatte sich noch etwas zurückfallen lassen. Hoffentlich brachte Mareike ihn nicht mit Svea in Verbindung.

Noch gut siebzig Schritte. Von der jungen Frau schien keine Gefahr auszugehen, trotzdem war Svea froh, ihre Dienstwaffe an ihrer Seite zu spüren. Zu ihrem roten Top trug Mareike abgeschrammte Doc Martens und eine enge Jeans. Eine Waffe konnte Svea nicht ausmachen.

Das Tuckern des Frachters, aus dessen lang gezogenem Frachtraum ein Berg aus Metall ragte, brandete an die Fischhalle und wurde zum Wasser zurückgeworfen. Der Lärm übertünchte alle Geräusche.

Sveas Blick ging flüchtig zur Seite, weil der Kapitän des Schiffs sie anstarrte. Der Typ hatte eine alte Schiebermütze auf, aß ein Brötchen und glotzte.

Kaum wieder den Blick auf Mareike Leisner gerichtet, winkte die ihr erneut zu.

Sicher hatte sie im Rucksack die Beweise, von denen sie gesprochen hatte.

Svea checkte, ob sich jemand näherte. »Alles ruhig«, gab sie unauffällig durch.

Auf der Promenade hinter Mareike stand ein Rentnerpärchen, das Schwäne fütterte. Ein Typ mit Inlinern zog seine Runden und hörte Musik. Ein paar Touristen, eine schlanke Frau mit Hund. Sie alle waren weit weg. Keine Gefahr.

Mareike Leisner winkte ihr noch einmal zu und ...

Und kippte mit einem Mal nach hinten.

Svea stutzte. Für ein, zwei Lidschläge verstand sie nicht, was sie sah.

Da war ihre Informantin, saß auf dem Geländer. Und plötzlich zuckte sie zusammen, schrie auf und fiel wie in Zeitlupe nach hinten.

Was zum ...?

Sofort sprintete Svea los, sah im Augenwinkel das ältere Ehepaar zeigen, die Frau mit Hund entsetzt starren, und Mareike Leisner?

Svea erreichte das Geländer, sah hinunter. Da! Mareike war auf die Schräge der Kaimauer geschlagen. Blut unter ihr. Ihr Kopf, nein. Noch mehr Blut. Wieso so viel? Was ...? War das der kurze Pfeil einer Gasharpune? Er hatte ihren Körper durchschlagen ...

»Frau Leisner!«

Svea fing den benommenen, verwirrten Blick der Frau auf. Sie lebte! Rang nach Atem, ihr Schrei wurde vom Motorhämmern des Frachters geschluckt.

»Heilige Scheiße!« Jan.

Da flankte Svea bereits über das Geländer, sprang hinunter, kam schief auf und überschlug sich. Hastig rappelte sie sich auf und rannte zu Mareike Leisner.

Hilflos reckte die ihre Hände empor, als wollte sie etwas greifen, sich festhalten. Da rutschte sie nach hinten, zur Kante.

»Svea!«, brüllte Jan von oben, doch sie hatte es bereits begriffen. Mareike rutschte nicht. Sie wurde gezogen!

Ein Schatten. Im Fluss. Ein Taucher. Er hatte Mareike gepackt.

Nur noch ein paar Schritte. Kurzerhand sprang Svea kopfüber in die Elbe.

Das Wasser war eisig. Svea riss den Kopf an die Oberfläche, griff sofort zu, wollte Leisner packen, doch die war verschwunden.

Ohne zu zögern, tauchte Svea abermals ab. Das Wasser war extrem trübe, brannte in den Augen. Sie konnte nichts sehen, nur Schemen, milchige Schatten.

Das Vibrieren des Frachters erfüllte die Dunkelheit. Sie tauchte tiefer, zwei Züge, meinte Mareike zu sehen. Dunkel im Dunkeln. Unten. Noch weiter unten. Sie stieß noch tiefer vor, packte zu. Nichts. Noch ein Stück.

Ihr Gesicht kribbelte. Schlagartig. Wie permanente elektrische Entladungen.

Nicht drum kümmern.

Wo bist du?

Komm!

Svea tauchte tiefer, fuhr herum. Angestrengt ließ sie ihren Blick durch die Dunkelheit gleiten ... Da! Mareike!

Die junge Frau sank noch immer tiefer. Wurde in einem wahnsinnigen Tempo durchs Wasser gezogen.

Svea schwamm ihr nach, Zug um Zug kam sie ihr näher. Nur noch drei Armlängen. Sie war nah genug, um ihr erschrockenes Gesicht zu erkennen. Verzweifelt, panisch, die Augen weit aufgerissen, klammerte Mareike sich an den Harpunenpfeil, der ihren Körper durchstoßen hatte. Blut sickerte aus der Wunde.

Svea legte alle Kraft in ihre Schwimmstöße. Endlich gelang es ihr, Mareike zu packen. Sie wollte sie festhalten und wusste in dem Moment bereits, dass es vergeblich war.

Sie konnte sich noch so sehr an sie klammern ...

Die Kinderhand streckt sich durch das Metall, und sie sieht, wie der Wagen langsam weggleitet. In die Dunkelheit hinein, in das gefräßige Nichts des Vergessens ...

... sie konnte noch so sehr festhalten – im Wasser, ohne Boden und Halt, wurde sie mitgezogen, mitgerissen in die kalte Stille, die von so viel Lärm erfüllt war.

Svea rang um Fassung, hatte Mareike am Brustgurt des Rucksacks gepackt und deutete ihr, ruhig zu bleiben, doch sie sah an ihrem verzweifelten Blick und ihrem hilflosen Rudern, dass Mareike die Luft ausging.

Sveas Wangen kribbelten. Als liebkosten sie hundert Feuerquallen.

Tauch auf.

Nein.

Ich hab dich, dachte sie. Ich habe dich ...

Und das Auto sackt weg, kippt dem Grund entgegen. Und die Hand streckt sich aus dem Metall.

Lena.

Mareike fest im Griff, wurde sie tiefer hinabgezogen, während sie verzweifelt am Pfeil zerrte, ihn durchbrechen wollte. Er war nur zwanzig Zentimeter lang und aus Fiberglas.

Der Frachter, schoss es ihr durch den Kopf. Jemand hatte das Seil der Harpune an dem Frachter befestigt. Mareike wurde hinterhergezogen.

Svea versuchte, hinter sie zu kommen. Doch ihr fehlte die Kraft. Mareikes Blick wurde starr. Ihre Lungen zwangen sie, Luft zu holen. Sie atmete Wasser.

Nein!

Mareikes Blick brach.

Und das Auto taucht hinfort und du aus meinem Leben.

Und die Muscheln am Steg sind mit Blut besudelt.

Und meine Wangen brennen.

Und ich spüre die Splitter. Tausend feine Splitter.

Und du gleitest in die Dunkelheit, aber nicht aus meinem Leben.

Lena.

Endlich knickte das Fiberglas, der Pfeil brach, riss weg, aus Sveas Hand. Das Seil verschwand augenblicklich. Und Svea packte Mareike, zog sie an sich. Ihr Blut zog Schlieren durch das trübe Wasser. Svea hielt sie umklammert, schwamm hinauf, dem Licht entgegen.

Plötzlich meinte sie einen Schatten neben sich zu sehen. Sie fuhr herum ...

Eine Taucherin!

Svea sah sie aus dem Dunkel herankommen.

Petra!, schoss es ihr durch den Kopf. Dann verschwand die Gestalt wieder im dunklen Wasser, und Svea stieß mit Mareike im Arm endlich an die Oberfläche, rang nach Atem.

Mit geübtem Rettungsgriff schwamm sie zur Kaimauer, hielt Mareikes Kopf über Wasser und schrie – schrie nach Hilfe.

31

Jan reichte Svea eine Decke. Sie bedankte sich stumm und sah ihn fragend an.

»Sie hat's nicht geschafft.« Er setzte sich neben sie auf die Trittstufe des Rettungswagens. Gemeinsam sahen sie zu, wie die Sanitäter die Trage mit Mareike Leisner über den Fischmarkt rollten. Sie hatten eine Decke über den Körper gelegt und schoben die Liege zu einem Leichenwagen, der sie zur Forensik bringen würde. »Geht's dir so weit gut?«

Svea nickte und zog sich die Decke um die Schultern. Allmählich ließ das Adrenalin nach, und die Erschöpfung gewann die Oberhand. Ihre Knochen fühlten sich an, als wären sie aus Blei. Und selbst die Sonne und die extreme Temperatur vertrieben nur langsam die Kälte des Wassers.

»Warte mal.« Kurzerhand begann Jan, sie mit der Decke am Rücken trocken zu rubbeln.

»Was war im Rucksack?« Sveas Stimme war noch brüchig. Sie musste sich räuspern. Die Luft schmeckte irgendwie fade, obwohl sie so guttat. Einen Moment schloss sie die Augen und ermahnte sich, nicht an den Unfall mit Lena zu denken. Und auch nicht an das Kribbeln, dass erst nachgelassen hatte, nachdem Jan Mareike an Land gezogen hatte.

Wie betäubt hatte Svea dagesessen und auf die Sanitäter gestarrt, wie sie eine halbe Stunde versucht hatten, die junge Frau wiederzubeleben. Vergeblich.

Svea atmete durch. Seine Hände auf der Decke zu spüren, fest und energisch, tat gut. Dennoch rückte sie ein bisschen ab, so dass sie den Kopf in die Sonne strecken konnte. »Danke«, murmelte sie.

Die Sonnenstrahlen liebkosten ihre Wangen, fluteten ihre Sinne und schenkten ihr ein wenig Zuversicht.

»Und?«, wollte sie wissen.

»Was?«

»Was war drin?«

»Ach so. Eine alte Schreibmaschine. Wahrscheinlich die, mit der die Bekennerschreiben verfasst wurden. Außerdem Entwürfe für weitere Bekennerschreiben. Sie checken alles nach Fingerabdrücken.«

Svea nickte. »Da werden sie Petra Bosses Abdrücke finden, wetten?«

»Sollen wir eine Fahndung rausgeben?«

»Ja.« Sie reckte sich noch mehr zum warmen Licht. Das war eigentlich das Schlimmste an Hamburg. Im Gegensatz zur Karibik schien hier zu selten die Sonne.

»Es war doch die Bosse, oder? Ich mein, da unten ist ja nicht so viel zu erkennen. Und in einem Neoprenanzug …«

»Es war eine Taucherin.« Sie rief sich den Schemen unter Wasser in Erinnerung. Statur und Größe passten. »Petra Bosse. Doch. Ich bin mir sicher.«

»Gut. Ich fahr zu ihrer Wohnung und schau mal, ob ich einen Anhaltspunkt finde, wo sie stecken könnte.«

Nachdem Svea aufgestanden war, streckte sie sich. »Im LKA hab ich noch Klamotten, wir können zusammen zur Bosse …«

»Vergiss es.« Jan musste lächeln. Er stand, geschickt nur sein gesundes Bein belastend, ebenfalls auf, und legte ihr erneut die Decke um. »Du fährst nach Hause und ruhst dich gefälligst erst mal aus. Ich schau, ob ich die Bosse finde, und kümmer mich um die Fahndung.«

»Du wurdest angeschossen!«

Er winkte ab. »Ich bin wach und nicht ausgepowert!«

Sie wollte protestieren, schon allein weil sie es nicht ausstehen konnte, wenn ein Mann ihr sagte, was sie zu tun und zu lassen hatte. Doch er hatte recht.

Svea schloss gähnend auf. Ohne Elan schlappte sie zum Küchentresen, legte ihre Tasche ab. Das Schiff lag ruhig da. Lichtreflexe vom Wasser spielten an der Decke und tauchten alles in ein schummriges, angenehmes Dämmern. Sie brauchte unbedingt Schlaf. Erst der Zugriff auf dem Schrottplatz, jetzt der Mord an Mareike Leisner. Ihr Körper fühlte sich an, als wäre er nicht aus Blei, sondern aus schwerem Eisen, das Jahre vor sich hin gerostet hatte. Jede Bewegung zog, und in ihrem Kopf versuchten die Gedanken vergeblich, sich durch eine zähe Leere an Land zu ziehen.

Kurzerhand entschied sie sich gegen eine Dusche und ging schnurstracks zum Sessel im Wohnzimmer, auf dem sie die letzten Wochen wegen Lars' Krempel im Schlafzimmer geschlafen hatte.

Schnappst nach Luft, weil Jan dir sagt, du sollst nach Hause ge-

hen – und den Scheißkram deines Ex lässt du unberührt liegen ... Doch sie war zu erschöpft, um mit sich selbst zu streiten.

Das Gähnen ließ ihre Augen tränen, und sie wollte sich gerade in den Sessel fallen lassen, als sie einen Schatten sah.

Vor Schreck schrie sie auf.

»Lars?!«

Ihr Ex-Mann saß mit einem Bier in der Hand da und starrte durch die gläsernen Wohnzimmertüren aufs Deck, wo Maigret, der Waschbär, auf der Sonnenliege hockte und sich eine Beere schmecken ließ.

»Lars?«, wiederholte sie, und für eine furchtbare Schrecksekunde hatte sie Angst, er wäre tot.

Endlich kam Bewegung in ihn. »Reg dich nich' auf, ja«, ging er gleich in die Offensive.

»Was machst du hier?«

»Ich ... ich hab auf dich gewartet.«

»Mitten am Tag?«

»Es ist doch immer unpassend, wenn ich komme.«

Svea verdrehte innerlich die Augen. Auf den Mist würde sie nicht eingehen.

Wieso musste er schon wieder in ihre Privatsphäre eindringen wie ein Dieb? Sie musterte ihn. Die Flasche in seiner Hand war nicht sein erstes Bier heute. Vier leere Flaschen standen auf dem Boden neben dem Sessel.

»Ach, Scheiße, Lars ... Musst du nicht im LKA ...«

»Hab gesagt, dass ich noch was von zu Hause checken muss. Wegen dieser Leisner.« Er sah auf die vier Biere, ließ sie aber unkommentiert. »Hast du sie getroffen? Die Informantin? Viel hab ich nicht gefunden. Die ist vor Jahren beim

G-20-Gipfel aufgefallen. Hat eine Anzeige kassiert, wegen Sachbeschädigung. Nichts Großes.«

»Ist jetzt auch egal.« Svea nahm ihm sein angefangenes Bier aus der Hand und trank es kurzerhand aus, dann schnappte sie sich die Flaschen und brachte sie in die Küche. Früher hatte sie ihm immer ausführlich von ihren Einsätzen berichtet. Damals, wenn Lena im Bett war und sie sich aneinandergekuschelt gegenseitig von ihrem Tag erzählt hatten, hatte die Welt eine Pause eingelegt. Vor dem Guten und vor allem eine Pause vor dem Schlechten. Sie hatten dagelegen und sich ihre Tage erzählt, damit sie teilnehmen konnten am Leben des anderen und damit das Schlechte verflog und nicht in ihre Träume sickerte oder auf der Straße plötzlich bei einem Einsatz wieder hochschwappte wie eine unerwartete Welle.

Die Gewalt, der Bürokratiewahnsinn, der Stress. Der ganze Mist, dem Svea als LKA-Beamtin jeden Tag ausgeliefert war. Sie hatte ihn bei Lars abladen können und er seine Probleme bei ihr.

Nach Lenas Tod war das schlagartig vorbei gewesen.

Von einer Nacht auf die andere.

Und heute würde sie sicher nicht wieder damit anfangen.

Mit Lenas Tod war alles zersplittert. Ihre Beziehung war in der Dunkelheit verschwunden, weggeglitten wie Lena selbst.

»Es wär nett, wenn du endlich Kisten mitnimmst. Irgendwas von deinem Kram. Wie bist du überhaupt reingekommen?«

»Deine Tür stand offen.«

Skeptisch sah sie ihn an. Für wie blöd hielt er sie?

Er machte keine Anstalten, aufzustehen. »Hör mal. Wegen letztens ... Ich hatte einfach ein bisschen viel getrunken und ...«

»Bisschen? Willst du mich verarschen?« Langsam wurde Svea richtig sauer. »Du holst seit Monaten deine Klamotten nicht ab, dann kommst du besoffen hierher und fängst zu streiten an ...«

»Er hat zugeschlagen.«

»Jan? Hör auf. Du weißt, dass das nicht stimmt.«

Lars wollte etwas erwidern, aber er schluckte es herunter. Einen Augenblick saß er reglos da, suchte nach Worten, atmete dann jedoch lediglich hörbar ein und schüttelte den Kopf.

Sie bemerkte, wie sich Tränen in seinen Augen bildeten. Er drehte sich weg, wischte sie lässig weg, aber sie hatte es genau gesehen. Dafür war sie zu lange mit ihm verheiratet gewesen.

»Was ist los?« Svea stimmte einen versöhnlicheren Ton an.

»Ich ...« Er starrte wieder nach draußen. »Ich komm einfach nicht damit klar, Svea. Ich ... ich kann das nicht.« Die Sätze brachen aus ihm heraus, als könnte er sie nicht mehr zurückhalten, und er begann richtig zu weinen. »Sie ist weg und ich ... Ich kann damit nicht umgehen. Ich ... ich sitze nur rum und ... und sauf mir einen. Jeden Scheißtag.«

Svea schloss die Augen, damit ihre Gefühle unten blieben. Dort, wo sie sie immer wieder einsperrte. Sie hatte Lars wütend, deprimiert und sehr zornig gesehen. Und vor Trauer ganz verschlossen. Aber nach all den Monaten war dies das erste Mal, dass er ihr die Wahrheit über seine Gefühle sagte.

Noch nie hatte er so hilflos geklungen, so herztief machtlos und doch kämpfend.

»Du musst dir von jemandem helfen lassen, Lars. Ich kann das nicht.«

»Du meinst die PSNV-E.«

»Ich meine einen Psychologen oder Psychiater, der dich länger betreuen kann. Geh zur PSNV, die werden jemanden empfehlen können.«

Lars schnaubte und wollte einen Schluck Bier nehmen, bevor er realisierte, dass die Flasche weg war. »Psychoheinis«, brummte er abfällig, wischte sich aber die nächsten Tränen von den unrasierten Wangen.

»Ja, Psychoheinis. So kann das doch nicht weitergehen. Lars, bitte.«

»Weiß nich'.«

»Oder geh zu Hansen.«

»Als wär der für so was der Richtige.«

»Ich meine ja nur, du hast doch mal ein paar Wochen bei ihm gewohnt. Nachdem ... Vielleicht weiß er wen, mit wem du reden kannst.«

»Du hast gesagt, ich soll mit *dir* reden.«

Svea stutzte. Ja, sie erinnerte sich. Das hatte sie auf dem Steg gesagt, bevor sie auf die Elbe rausgefahren waren, um nach der Tatwaffe zu tauchen. Aber damit hatte sie gemeint, er solle sich wegen seiner Sachen melden, wegen dem alltäglichen Kram, den ausstehenden Rechnungen, dem Wirrwarr, der immer noch wegen der Scheidung offen war. Er sollte einfach mit ihr reden, anstatt ihr die kalte Schulter zu zeigen.

»Das war kein Angebot, dass ich dich ...« Ihr fiel kein

gutes Wort ein. »Und ... und es tut dir auch nicht gut, wenn ich's versuche.«

»Du meinst: mich therapieren?«

»Mit dir das alles noch mal durchstehen. Ich kann das nicht und will das nicht, Lars. Und wahrscheinlich ist es für dich auch nicht gut. Für keinen von uns.«

Er stand auf und nahm ihre Hände. Er sah sie an, während ihm die Tränen über die Wangen liefen. »Du warst aber mal gut für mich.«

»Lars ... bitte.«

»Das warst du mal. Und ich sitz so oft da und denke immer dran. Wie du warst, wie es mit ihr war. Wie Lena ... Weißt du noch, wie wir tauchen waren mit ihr? In Norwegen? Ausgerechnet Norwegen. Es war so scheißkalt, und dann hat Lena ...«

»Lars.« Sie legte ihm den Finger auf die Lippen. »Ist gut. Es ist eine schöne Erinnerung.«

»Das ist immer noch da. Da drin.« Er tippte sich an die Brust. »Alles da drin. Und die Bilder alle hier drin. Und das geht nicht weg. Das kommt immer wieder. Ihr Lächeln. Und ich Arsch sauf sie weg, die Bilder. Ich sauf Lena weg, Svea.«

»Ich weiß.«

»Und dann ... dann flipp ich aus und schlag alles kaputt und ... Ich sitz immer nur rum und saufe und, fuck, ich bin irgendwie da drin, in den Bildern. Ich bin gefangen. Und ich komm nicht raus. Ich werd noch verrückt«, schluchzte er.

Als sie seine Hände umschloss, spürte sie, wie sehr er zitterte.

»Ich weiß nicht, wie du das schaffst. Wie kannst du das

schaffen?«, fragte er, aber sie meinte einen Vorwurf herauszuhören. War er so wütend auf sie, weil sie nicht den Halt verlor, in Alkohol und Selbstvorwürfe abdriftete? »Wie schaffst du das? Svea? Wie?«

»Ich ... ich weiß nicht, ob ich es wirklich schaffe, Lars. Ich versuch es irgendwie. Irgendwie eben, damit ... damit ich nicht ganz untergehe. Das ist das Geheimnis. Glaub mal nicht, dass ich nicht hier gelegen hätte. Auf dem Teppich da.«

»Ich hab das Gefühl, Svea, als bräche alles unter mir weg. Das Eis hat schon Risse, es knirscht überall, weißt du.«

»Aber das Ufer ist zu weit weg ...« Das Gefühl kannte sie.

»Das Ufer ist unerreichbar, und ich weiß, ich breche ein. Ich weiß es. Ich werde einbrechen. Ganz, mein ich. Ganz einbrechen. Ich werd verrückt.«

»Nein. Wirst du nicht. Nein.« Sie wischte ihm eine Träne aus dem Gesicht. »Es irgendwie an Land zu schaffen, das geht Schritt für Schritt. Ganz vorsichtig. Wie beim Tauchen. Manchmal denke ich einen halben Tag nicht an sie. Und dann kommt etwas. Ein Lächeln vom jemandem oder ein Satz. Ein Ort, ein ... einfach irgendwas. Aber es wird besser. Irgendwie muss es gehen. Es wird alles anders. Aber es muss gehen.«

»Ich atme ein und rieche sie. Ich atme aus und spüre sie. In meinen Armen. Weißt du?«

Sie nickte.

Er hatte wieder zu weinen begonnen. Still, kaum hörbar. Als Lena noch lebte, hatte sie ihn niemals so gesehen. So zerbrechlich und wütend zugleich. Wütend auf sich und die

Welt. Lars war immer ein zuverlässiger Kerl gewesen, der seine Computer liebte, seine Fantasy- und Sci-Fi-Filme. Ein fröhlicher Mann, der höchstens bei seinem Musikgeschmack eine dunkle Ader gezeigt hatte.

»Wie schaffst du das bloß?«, fragte er noch einmal, doch abermals klang es weniger fragend oder anerkennend als vielmehr vorwurfsvoll. Als wollte er sagen: *Wie kalt kann man sein, wenn man daran nicht zerbricht?*

Bildete sie sich seinen Unterton bloß ein?

»Wir müssen damit irgendwie leben, Lars. Und wir schaffen das. Okay?«

Sie hielt seine tränennassen Wangen in ihren Händen, um ihm Zuversicht zu spenden. Das bisschen, das sie in den letzten Monaten gewonnen hatte, zu teilen. Sie spürte, wie schwer er atmete, wie er gegen weitere Tränen ankämpfte und schließlich seufzte. Kaum hatte sie die Hände weggenommen, nickte er.

»Danke«, brummte er. »Ich geh jetzt besser. Danke.«

Zwei Herzschläge lang wollte Svea noch etwas erwidern, aber sie schluckte die Sätze herunter. Was hätte sie auch sagen sollen? Dass es gut war, mit ihm so intim gesprochen zu haben? Dass sie ihm Glück wünschte?

Lars schnappte sich im Schlafzimmer eine Kiste mit alten Tastaturen und Star-Trek-Filmen. Dann ging er.

Svea sah ihm reglos nach. Verharrte ein paar Atemzüge, blickte in die Lichtreflexe, die durch den Raum tanzten, dann schob sie sich im Schlafzimmer zwischen den Kartons hindurch zum Bett, legte sich hin und zog die Decke unter das Kinn. Mit offenen Augen lag sie da, inmitten der Umzugskisten und seinem Klamottenberg, verborgen unter einer schützenden Hülle.

Sie zog die Decke über den Kopf und wusste, dass sie nicht einschlafen würde.

Ein paar Minuten später glitt sie von der Hängeleiter ins Wasser.

Hier war es besser. Im Wasser.

Einige hätten nach dem Anschlag auf Mareike Leisner nie mehr das Wasser betreten, aber Svea wusste, dass sie nur hier Halt finden konnte.

Nur im Nichts, in der schwerelosen Kälte, konnte sie abschalten und zu sich finden.

Sie tauchte hinab zum Grund, breitete die Arme aus und schloss die Augen. Svea lauschte auf ihr Herz.

Alles war hier unten Kilometer entfernt. Hamburg, ihr Leben, die Vergangenheit. Jedes Gefühl.

Hier, schwebend im Dunkeln, gab es nur sie. Sie und ihre Welt.

Svea spürte, wie alles von ihr abfiel. Wie sie ruhiger und ruhiger wurde.

32

Svea rückte ihre Schultasche zurecht und ließ die Hände über die warmen runden Felsen gleiten. Es fühlte sich schön an, beruhigend, als streichelte man sein Haustier. Die Felsen markierten den Anfang des Fußpfads, der zum Strand führte. Der Weg schlängelte sich zwischen Palmen nur wenige Schritte oberhalb des Sandstrands entlang, bis man die Hütte mit den Kajaks und der Tauchausrüstung erreichte. Von der Tauchschule aus konnte man direkt auf einen Steg hinaustreten, der weit ins Meer ragte und an dem ein winziges Segelschiff vertäut lag.

Wenn sie von der Schule heimkam, setzte sie sich oft auf die abgetretenen, vom Sonnenlicht warmen Holzbretter des Stegs. Hier ließ es sich phantastisch träumen – mit Blick auf das beinahe türkise Meer. Sie hatte noch etwas Zeit, bis sie ihrer Schwester mit den Hausaufgaben helfen musste. Essen gab es erst abends, wenn ihr Vater und ihre Mutter mit den Tauchkursen durch waren.

Dass das Boot festgemacht war, hieß, der Vormittagskurs war bereits zu Ende.

Zufrieden nahm Svea ihre Schultasche von der Schulter und machte es sich im Schneidersitz auf dem Steg bequem.

Sie saß still da und sah auf die Wellen hinaus. Hier in der Bucht waren sie meist nicht sehr hoch, und das Meer war oft glatt wie ein Spiegel. Sie spürte der Sonne auf ihren Wangen nach und wie die laue Meeresbrise mit ihrem Haar spielte. Obwohl sie erst zehn Jahre alt war, fühlte sie sich mit dem Meer und der Natur verbunden. Sie wollte hier niemals weg, und die Bucht war ihr ein Stück Paradies. Jeder, der zu Besuch kam, nannte ihr Zuhause so. Hier in Santa Marta, jenseits der Betonklötze und Bettenburgen, hatten ihre Eltern ein wahres Kleinod geschaffen.

»Wie war es in der Schule?« Ihr Vater kam mit zwei Taucherflaschen, die er für den nächsten Kurs gefüllt hatte, von der Hütte und ging an ihr vorbei zum Segelschiff.

»Langweilig.«

»Ach. Was ist denn mit Gabriela und Daniela?«

Sie winkte ab. »Die sind voll scheiße.«

Er lachte. »Ach, Sternchen. Gestern waren sie doch noch deine besten Freundinnen?«

»Na und? Jetzt nich' mehr.«

»Und das polizeiliche Lagetraining? Kriminalistik? Kommunikationstraining?«

»Kommunikations… Ach komm!«

»Du musst auf deine Noten achten, Svea.«

Sie winkte ab. Das erste Jahr hatte sie bei der Polizeiausbildung Probleme gehabt, aber jetzt…

Irgendwas stimmte nicht. Wieso sprach er von ihrer Polizeiausbildung?

Die Frage verschwand sofort wieder.

Beruhigend streifte die Sonne über ihre Haut, und sie sah

ihrem Vater zu, der die Flaschen verstaute und zurück in die Hütte ging. Es gab im Leben nichts Schöneres, als hier zu sitzen und dem Meer beim Flüstern zuzuhören. Eigentlich gab es nur einen einzigen Ort, der noch schöner war – vor allem, weil er mehr Abenteuer versprach, mehr Geheimnisse barg: das Meer selbst. Dort unten zu sein, am Grund. Im Meer. Wenn die Stille sich um sie schloss und eine neue Welt vor ihren Augen auftauchte ...

Dort unten wartete ein ganz anderes Paradies. Sie war dann noch weiter weg, weg von all den Geldsorgen, deretwegen sich ihre Eltern oft stritten, fort von schlechten Noten und ungerechten Lehrern. Sie musste nicht mehr an Daniela und Gabriela denken, die sie heute geärgert hatten, weil sie keine *echte* Kolumbianerin war.

Dort unten am Meeresgrund fühlte Svea sich noch geschützter als auf dem Steg. Das Wasser umschloss sie, das Meer schenkte ihr seine Liebe, indem es sie vor der Welt oberhalb schützte.

»Svea! Svea!«

Sie wurde von den Rufen ihrer achtjährigen Schwester aus den Gedanken gerissen.

»Ich habe noch ein paar gefunden!« Ihre Schwester flitzte auf dem Steg zu ihr, die Hände an ihre Brust gepresst. Keuchend und wie ein Honigkuchenpferd grinsend, streckte Lizeth ihr ihren Fund hin.

Die Muscheln schimmerten in tausend Farben. Bläulich, rötlich ... ein Glanz von Grün und Purpur.

Eine war so groß wie ihre Hand.

»Wow!« Svea musste lachen. Lizeths Schatz war nicht ungewöhnlich, aber die Auswahl wirklich beeindruckend. Sie hatten sich eine Kiste mit feinem Sand gebastelt, in der sie die schönsten Muscheln fein säuberlich anordneten. Und dieser Fund gehörte eindeutig in die Schatzkiste.

»Lizeth, die sind ja super, die …«

Das Lächeln auf den Lippen ihrer Schwester verzog sich. Es wurde seltsam steif. Lizeth blickte an sich herab, und mit einem Mal konnte Svea Blut sehen. Es floss aus Lizeths Bauch und über ihre Arme, ihre Hand. Sie ließ ihren Schatz auf den Steg fallen. Auf die Bretter. Und Blut tropfte auf die wunderschönen Muscheln.

Erst dann hörte Svea die Schüsse. Sie riss den Kopf herum und sah einen Wagen unweit der warmen Felsen stehen, die sie vor wenigen Minuten noch berührt hatte. Drei Männer, alle maskiert, stürmten auf die Hütte zu, teilten sich auf, zwei liefen zum Haus. Sie trugen Gewehre, einer eine Machete.

Dann hörte sie ein dumpfes Stöhnen. Sie riss den Kopf herum, aber neben ihr stand plötzlich nicht mehr Lizeth, sondern ihre Mutter. Sie blutete am Kopf und kippte weg, fiel rückwärts vom Steg ins Wasser, ins Meer. Ohne Bewusstsein.

»Mamá!« Svea sprang ihr nach, Köpper ins Wasser, tauchte, versuchte sie zu erreichen … Aber ihre Mutter verschwand, wurde vom Meer geschluckt.

Und das Wasser der Karibik wurde dunkel. Das Türkis wandelte sich in Schwarz, und Schatten breiteten sich um sie aus. Da waren Autos, ein Audi rutschte neben ihr in die Finsternis.

»Mamá!« Sie schrie, sie schrie unter Wasser.

Vor ihr im dunklen Nichts tauchte ein weiteres Fahrzeug auf. Es war ihr eigener Wagen. Die Familienkutsche, die sie sich gekauft hatten, kurz bevor Lena geboren worden war.

Und dann sah sie sie.

Nicht Mamá.

Lena.

Lena war im Wagen. Sie streckte die Hand durchs Fenster, sah sie an, wollte, dass Svea sie rauszog, während das Auto wegsackte, tiefer und tiefer in das Schattenmeer hinabglitt, und Svea schrie. Sie schrie und tauchte und bekam keine Luft …

Svea fuhr aus dem Albtraum hoch. Sie spürte, wie ihr Herzschlag ihr den Hals zuschnürte.

Nur ein Traum, ermahnte sie sich und rang nach Atem.

Es war nur wieder einer deiner Träume. Komm zu dir.

Es war frühmorgens, die Sonne noch nicht aufgegangen, aber der wolkenlose Sommerhimmel bereits tiefrot.

Ein paar Atemzüge lauschte sie geübt in sich hinein und fühlte dem bitteren Geschmack nach, während Lena und Lizeth aus ihrem Bewusstsein verschwanden.

Da hörte sie ein Geräusch.

Jemand schloss die Wohnzimmertüren zum Deck.

»Lars?«, rief sie, erhielt jedoch keine Antwort.

Was zum Teufel …?

Noch ganz erdrückt vom Traum, stand sie auf. Da war jemand. Eindeutig. Schlagartig fiel der Schlaf von ihr ab. Innerlich fluchend, schob sie sich zwischen Lars' Kartons durch und griff sich ihr Handy und die Dienstwaffe, die sie gestern vor Erschöpfung einfach bei ihren Klamotten hatte liegen lassen.

Sie steckte das Handy ein, entsicherte ihre Pistole und horchte abermals. Da war jemand im Wohnzimmer, eindeutig ... Sie konnte ein Keuchen hören, ein Stöhnen.

»Ich bin bewaffnet«, rief sie. »Ich mache von der Schusswaffe Gebrauch.«

Keine Antwort.

Svea, die Pistole im Anschlag, schob sich aus dem Schlafzimmer, achtete auf Deckung und checkte den Raum ab.

Da!

Auf dem Korbsessel.

Eine Frau.

Für einen Moment dachte sie, dort säße Mareike Leisner, doch dann wurde ihr schlagartig klar, wer bei ihr eingebrochen war.

Petra Bosse.

Die Einbrecherin hob die Hände. »Nicht schießen«, sagte sie tonlos, und Svea sah, dass ihre Finger aussahen, als hätte sie sie tief in einen Eimer voll Blut getaucht.

»Ich war es nicht«, flüsterte Petra. »Ich bin das nicht gewesen.«

Das Blut war bereits trocken, in langen Tränen ihre Arme hinabgelaufen und erstarrt. Was zum Teufel ...?

Svea verstand kein Wort. Ungläubig starrte sie auf die durchtrainierte Frau und das Blut. Auch Petras T-Shirt war besudelt.

»Hände oben lassen. Aufstehen. Langsam, ganz langsam.« Die Handschellen hatte sie bei den Klamotten gelassen. Unerreichbar. Sie brauchte Verstärkung. »Drehen Sie sich um«, befahl sie. »Schön langsam umdrehen, Hände oben lassen, wo ich sie sehen kann ... So, jetzt nach vorne auf den Glastisch.«

»Hören Sie ...«

»Auf den Tisch! Oberkörper drauf.«

»Is' ja gut.« Petra legte sich mit Brust und Bauch auf den Tisch.

»Hände nach vorne! Beine breit.« Routiniert stieß Svea ihr die Füße mit einem Tritt etwas zur Seite und klopfte sie am Oberkörper und an den Beinen ab. Keine Waffe, soweit sie feststellen konnte.

Wieso hast du deine Handschellen nicht mitgenommen? Du Idiotin.

»Okay. Hochkommen, Hände oben lassen. Setzen Sie sich hin. Aber auf die Hände.«

Bosse stöhnte genervt, gehorchte aber und setzte sich in den Korbstuhl zurück, die Hände unter ihrem Hintern.

Svea behielt Bosse im Visier, während sie ihr Handy zückte, umständlich mit einer Hand freischaltete und das LKA anrief.

»Ich tue nichts«, meinte Bosse. »Ich will nur fair behandelt werden.«

»Ach, und deswegen brechen Sie hier ein?« Svea konnte nicht weitersprechen, weil Hendrik ranging. Sie berichtete ihm schnell, was los war. In fünf Minuten würde Verstärkung eintreffen.

»Sie sollten auch einen Wagen in die Kottwitzstraße schicken.«

»Eimsbüttel? Wieso? Was ist da?« Svea stellte das Handy auf Lautsprecher und schob es auf den Glastisch, so dass Hendrik alles mithören konnte. Sicher war mittlerweile die halbe Belegschaft zu seinem Schreibtisch gelaufen.

»Ansgar ... Er ...«

»Ihr Kollege?«

Sie nickte.

»Ist das sein Blut?«

»Ja. Aber ... aber ich war das nicht.«

»Habt ihr das, Hendrik?«, erkundigte sich Svea und konnte hören, wie er Befehle in den Raum rief. »Sie haben ihn gefunden?«, wandte sie sich wieder an Petra.

Bosse nickte. »Grade eben. Ich ... Da war alles voll Blut.«

Svea sah die junge Frau forschend an, aber Bosse wich ihrem Blick aus, und als sie doch kurz hersah, meinte Svea bloß Kälte zu erkennen.

Die blutigen Hände, das Gestammel, der Einbruch ... War das alles gelogen?

Das Wasser am Waschbecken war blutrot, letzte Tropfen liefen von der Emaille herab und klatschten auf den Badezimmerboden.

Ansgar Tröge lag einen Schritt weiter, den Kopf ans Klo gelehnt, die verschmierten Hände vor der Brust. Jan stellte sich zu Hendrik an die Tür des Badezimmers. Sein junger Kollege vermied es, den Toten anzusehen, und selbst Jan musste sich eingestehen, dass er ein verstörendes Bild abgab.

Anscheinend war Ansgar Tröge erstochen worden. Zumindest lautete die erste Einschätzung der Gerichtsmediziner so. Sie würden noch ein genaueres Bild des Tathergangs und der Todesursache liefern, aber bereits jetzt hatten sie vier Stiche ermittelt. Aus nächster Nähe, in die Seite und die Brust. Die Spurensicherung war noch dabei, die Zweizimmerwohnung zu durchkämmen.

»Ich muss hier raus«, stöhnte Hendrik und ging.

»Ich komm gleich nach.« Die Spurensicherung war im Bad bereits fertig und die Leiche zum Transport freigeben. Jan betrachtete den Toten.

Ansgar Tröge war offensichtlich im Badezimmer niedergestochen worden. Er trug bloß einen Slip und ein T-Shirt, eins von Greenpeace mit einem Schiff und einem Wal drauf, soweit das noch zu erkennen war. Sophie hätte das Shirt sicher gefallen – allerdings ohne Blut, denn jetzt sah es aus, als schwimme der Wal in einem roten Meer.

Irgendwie passend, dachte Jan.

Auf seinem Handy meldete sich Svea. »Geht's dir gut?«, fragte er.

Nachdem Svea im LKA angerufen hatte, war er in seinen Wagen gesprungen, um ihr beizustehen, aber Tennhaus hatte ihn zum Tatort umgeleitet. Svea hatte die Situation auf ihrem Boot unter Kontrolle, also war er widerwillig dem Befehl gefolgt.

»Alles okay. Wir haben sie im Verhör«, antwortete Svea.

»Gut.«

»Tennhaus möchte sie befragen.«

»Warte mal lieber noch. Lass die Bosse ein bisschen schmoren. In 'ner Stunde bin ich da. Ich versuch, einen ersten Ad-hoc-Bericht mitzubringen«, erklärte er. Die gefliesten Wände waren von blutigen Handabdrücken bedeckt, so als hätte eine Horde Kinder unter Zuckerschock und mit Fingermalfarbe freie Bahn gehabt. Es war offensichtlich, dass nicht alle von Ansgar Tröge selbst stammten. Einige zeigten Spuren in den Handflächen, wie Narben. Bosse.

»Und Fotos vom Tatort«, sagte sie.

»Ja, mach ich. Ja. Bis gleich.« Froh, dass sie normal klang und es ihr gut ging, legte er auf und wandte sich wieder dem Bad zu.

Der Angreifer war durch das Blut gelaufen und hatte Spuren auf der Auslegeware hinterlassen. Er folgte ihnen ins Wohnzimmer.

Erst Mareike Leisner und jetzt das. Da räumte jemand gehörig auf.

Jan kniete sich neben einen der Abdrücke. An jedem stand ein Schildchen mit Nummer. Den mahnenden Blick eines Beamten der Spurensicherung übersah er geflissentlich und nahm den Schuhabdruck genauer unter die Lupe.

Er stammte eindeutig von einem Stiefel.

33

Svea stellte einen Plastikbeutel der Forensik, in dem Petras Doc-Martens-Stiefel steckten, auf den Tisch. Im Verhörraum war es leise, die Bürogeräusche der Etage wurden vollkommen abgeschirmt. Bloß die Klimaanlage schnarrte gleichmäßig vor sich hin. Ein rotes Licht an den Kameras unter der Decke zeigten ihr, dass alles aufgezeichnet wurde.

»An den Sohlen ist auch Blut. Ansgar Tröges Blut. Genau wie an Ihren Händen«, stellte Svea fest und rückte den Beutel etwas näher zu Petra Bosse, die mittlerweile von den Rechtsmedizinern untersucht worden war und sich umgezogen hatte. Das LKA hatte ihr einen schlichten Overall zur Verfügung gestellt.

Sie schenkte den Stiefeln bloß einen flüchtigen Blick und rieb ihre Finger. Svea sah, dass sie alle vernarbt waren. »Ich bin ja auch reingegangen«, meinte Bosse.

»Ins Badezimmer. Und haben ihn da gefunden.«

»Wie oft soll ich das noch sagen? Kann ich eine rauchen?«

»Nein«, meinte Jan schroff und schob ihr einige Fotos über den Tisch, die Ansgar Tröge und das besudelte Badezimmer zeigten.

»Da sind Ihre Spuren, Frau Bosse«, sagte Svea ruhig. »Und was uns stutzig macht: Nur ihre … An den Wänden Ihre Hände, auf dem Boden Ihre Stiefel.«

»Jemand hat ihn umgebracht. Ich … ich hab ihn abholen wollen und da … Er war schon tot.«

»Und Sie rufen uns nicht?« Jan nahm den Beutel runter und lehnte sich vor. »Sondern Sie fahren durch die halbe Stadt, um bei meiner Kollegin einzubrechen.«

»Die Tür war offen.«

»Das erklärt es nicht«, stellte Jan klar.

Bosse rieb sich die zernarbte Hand, lehnte sich zurück und sah Svea an. »Ich war voll durcheinander und … Sie haben mir Ihre Karte gegeben.«

»Ja, hab ich. Mit der Nummer des LKA. Woher wussten Sie, wo ich wohne?«

Hörbar sog sie die Luft ein. »Ich bin zu Ihnen gekommen, okay? Ich bin nicht abgehauen, sondern zu Ihnen gekommen.«

»Ja.« Jan nickte und sah sie lächelnd an. »Sie sind zu uns gekommen. Täter machen das manchmal gerne, um im Verfahren gut dazustehen.«

»Täter? Ich … ich bring doch nicht Ansgar um! Ich bin einfach abgehauen und … Ich … ich weiß, dass Sie mich auf der Liste haben. Und dann wird mein Freund ermordet. Glauben Sie, ich will erschossen werden, wenn einer von euch fucking Bullen mich irgendwo sieht?«

»Gibt es denn für'n *fucking Bullen* wie mich einen Grund, Sie zu erschießen? Ach ja, den gibt's vielleicht sogar«, meinte er provozierend. »Wollen mal sehen. Vielleicht, weil Sie eine terroristische Vereinigung leiten?« Er ging zu einem metallenen Rollwagen, auf dem diverse Kartons standen, und schleppte einen zum Tisch.

»Was wird das?«, fragte Bosse, und Svea bemerkte, wie sie begann, nervös an ihren Fingernägeln den Lack abzufisseln.

Jan zog die Schreibmaschine aus dem Karton, die von der Spurensicherung in eine Plastiktüte gesteckt worden war.

»Woher …?« Bosse biss sich auf die Lippen.

Bist du wirklich überrascht?, fragte sich Svea und versuchte, in Bosses Blick zu lesen. Oder spielst du nur die Erstaunte, weil du Mareike genau deswegen umgebracht hast?

»Kommt Ihnen bekannt vor, ja?«, übernahm sie wieder das Gespräch. »Diese hier auch, denke ich.« Sie zog ein paar Blätter aus dem Karton, die Entwürfe eines Bekennerschreibens, und klatschte sie vor Bosse auf den Tisch. »Ihre Fingerabdrücke. Auf der Maschine, auf all den Seiten.«

»Wir wissen, dass Sie hinter der Mother-Nature-Front stecken. War Ansgar Tröge auch mit dabei?«

Petra Bosse schwieg.

»Sie haben Mareike Leisner umgebracht, weil sie aussteigen wollte.«

»Was? Nein! Was ist denn mit Mareike …? Ist sie auch …«

Svea bemerkte, dass sie tatsächlich geschockt war. Oder spielte sie nur gut?

»Sie haben gewusst, dass Frau Leisner aussteigen will, und ihr am Fischmarkt aufgelauert. Im Wasser.«

»Nein! Was? Wann? Wann denn?«

»Gestern Mittag.«

»Da war ich im Institut. Fragen Sie Ans…« Sie brach ab.

»Ansgar?« Svea schüttelte den Kopf. Was spielte Petra Tröge hier für ein Spiel?

»Irgendwen anders! Fragen Sie da nach. Da gibt's doch Kameras und alles.«

Jan warf Svea einen Blick zu, machte sich eine Notiz. Sie würden das checken. Er ergriff das Wort und versuchte sie weiter zu provozieren: »Mareike Leisner will aussteigen und stirbt, und dann töten Sie den nächsten Mitwisser. Ansgar Tröge. Hat er auch Beweise gegen Sie gesammelt?«

»Nein! Ich ... Das ist Unsinn. Ich bin zu ihm. Ich wollte ihn nur abholen.«

Svea versuchte, ihr zu glauben, doch es fiel ihr verflucht schwer. Irgendwie war diese Frau an ihre Privatadresse gekommen und ...

»Fahren Sie ein Motorrad?« Sie musste an die Maschine denken, die sie vor ein paar Tagen auf der Straße vor ihrem Hausboot gesehen hatte.

»Ich?«

»Nein, der pokerspielende Tintenfisch hinter Ihnen«, frotzelte Jan.

Obwohl Jan keine Ahnung hatte, worauf Svea hinauswollte, war er sofort eingesprungen, wie sie anerkennend feststellte.

»Ja. Eine Kawasaki.«

»Rot?«, hakte Svea nach.

Bosse nickte.

Svea lief es kalt den Rücken runter. Was wäre passiert, wenn sich Bosse an Bord geschlichen und sie überrascht hätte? Sie wollte gar nicht drüber nachdenken.

Vielleicht war sie auf meinem Schiff und hat irgendwie vom Treffen mit Mareike erfahren, schoss es ihr durch den Kopf. Das ist doch alles nur ein Spiel für diese Frau. Sie ist hier, um uns dreist was vorzulügen.

»Sie sind mir gefolgt. Deswegen wussten Sie, wo ich wohne.«

»Ja.«

»Na, immerhin das geben Sie zu ... Sie haben im Namen Ihrer Terrororganisation Anschläge verübt, mindestens zwei. Und jetzt die Morde. Sie wissen nicht, wie Sie da rauskommen, und deswegen versuchen Sie jetzt, das Unschuldslamm zu spielen.« Svea tat es Jan gleich, ging zum Rollwagen und zog einen Beutel heraus. Darin war ein Tauchermesser. Es schimmerte in seiner Schlichtheit. »Ein Scubapro-Titanmesser. Nicht ganz preiswert. Ihres?«

Nur kurz sah Bosse es an. »Ja. Kann sein. So eins habe ich. Selbe Marke.«

»Selbe Marke, selber Typ. Es ist Ihr Messer. Fingerabdrücke auf dem Griff. Sogar auf der Klinge. Fragmentarisch. Ihre Abdrücke.«

»Dann ist es wohl meins.«

»Und damit wurde Herr Tröge erstochen.«

»Was? Nein.«

»Doch. Können Sie von ausgehen. Wir haben genug forensische Marker, um das zu belegen. Was ist mit der Harpune?«

»Welche Harpune?« Sie wurde lauter: »Was ... was wollen Sie mir hier anhängen?« Bosse sprang auf.

»Schön ruhig. Und setzen, bitte. Danke«, fuhr Jan sie an.

»Die Harpune, mit der Mareike Leisner getötet wurde. Wir haben sie ebenfalls gecheckt.«

»Ich habe ... Ich weiß nichts von Mareike. Wenn sie auch tot ist ...«

»Es ist ihre. Soll ich sie holen?« Er sah rüber zu den Kartons auf dem Rollwagen.

Abermals schwieg Petra Bosse, doch nach ein paar Atemzügen ging sie in die Offensive. »Ich dachte, ich komme zu Ihnen, damit Sie ihn aufhalten.«

»Wen? Den Vierten im Bunde? Diesen Mann?« Svea schob ein paar Fotos über den Tisch. Vergrößerungen des Passes, den sie bei Otte gefunden hatten. »Noah Nielsen. N. N. Nomen nominandum. Ein echter Spaßvogel, hm?«

Das Porträt von Noah Nielsen schien Bosse magisch anzuziehen. Sie konnte kaum den Blick vom Pass lassen.

»Wer ist das?«, forderte Svea sie mit ruhiger Stimme auf zu antworten.

Schweigend starrte Bosse das Foto an, bevor sie meinte: »Er ... Er hat einen Pass machen lassen?«

Svea warf Jan einen Blick zu. Anscheinend war Bosse tatsächlich überrascht. »Vor ein paar Wochen schon, ja.«

»Wochen? Aber ... Wieso?«

»Das würden wir gerne von Ihnen wissen. Wer ist das? Er hat auf dem Schiff geschossen, richtig? Sie wollen, dass wir ihn aufhalten.«

»Ich ... Er ... er will mir das unterschieben. Ich ... ich war das nicht.«

»WER?«, fuhr Svea sie so laut an, dass Bosse zusammenzuckte. »Wie heißt dieser Mann?«

Bosse biss sich auf die Lippen, und Svea konnte spüren, wie die Frau mit sich rang.

»So wie es aussieht«, schaltete Jan sich wieder ein, »räumt Ihr Weggefährte – oder wie nennt man das in einer terroristischen Vereinigung? ›Kollege‹? Nein, eher ›Genosse‹, oder? Vielleicht ›Kampfgefährte‹? ... So wie es aussieht, hat ihr *Kumpel* sein Untertauchen schon vor Wochen geplant. Klingt ein bisschen nach Verrat, finden Sie nicht?«

Petra Bosse rang noch immer mit sich, aber es wirkte auf Svea eher wie ein theatralisches Gehabe. Sie wollte sich wichtigmachen – selbst jetzt noch, obwohl sie angeblich zu ihnen gekommen war, um den Schützen aufzuhalten. Dass sie nicht auf Teschner geschossen hatte, bewies das Video in den sozialen Medien ... Aber trotzdem kam sie sehr wohl für Leisners und Tröges Tod in Frage. Immerhin waren das Messer und die Harpune tatsächlich ihre Waffen.

»Er heißt Jerome. Jerome Faber ...«

Svea schloss zufrieden die Augen. Endlich hatten sie einen Namen. Jetzt waren sie in der Lage, eine Fahndung einzuleiten und gezielt nach ihm zu suchen.

»Und ich weiß, wo er wohnt«, sagte Bosse, ohne den Blick vom gefälschten Pass zu nehmen. Ein Blick voller Enttäuschung und Wut, wie Svea ihn nur selten gesehen hatte.

34

Sie fuhren das Schulterblatt Richtung Karolinenviertel hinunter. Geschäft an Geschäft, alternatives Straßenbild. Cafés. Dort draußen strömten Touristenmassen durch die Sommersonne. Svea sah sich zu Petra Bosse um. Die drahtige Frau blickte zerknirscht vom Rücksitz des Zivilwagens auf das bunte Treiben. Jan und sie hatten gemeinsam entschieden, die Zeugin mitzunehmen, gesichert mit Handschellen.

»Ist da vorne rein«, brummte Bosse. »Er hat da eine Kellerwohnung, zweiter Hinterhof.«

»Coole Gegend. Nicht grade billig«, meinte Svea.

Sie zeigte Jan, wo sie abbiegen mussten, und warf einen Blick in den Seitenspiegel. Mehrere Zivilfahrzeuge folgten ihnen. Diesmal würden sie nicht mit dem SEK aufkreuzen, dafür aber nicht minder hart durchgreifen, wenn es sein musste.

Die beiden ließen Bosse im Wagen zurück und von Beamten bewachen, während sie wenig später den ersten Hinterhof durchquerten. Vier Kollegen standen ihnen zur Seite, und sie wussten, dass sich noch mehr bereithielten, sobald sie das Hinterhaus erreichen würden. Für den Notfall führten sie sogar einen Rammbock mit sich.

Im Gehen sah sich Svea um. Mit gutem Willen verströmte der Wohnkomplex aus den Fünfzigerjahren ein Flair von Shabby Chic und alternativem Wohnen. Auf der anderen Seite war die Mietskaserne einfach vor die Hunde gegangen: Graffiti, verwaiste Wäscheleinen, zigfach überklebte Plakate, Kübel mit verwelkten Blumen, rostige Fahrräder, abblätternder Putz, kaputte Fenster und der Geruch von Kohleöfen.

»Warte mal«, hielt Jan sie kurz zurück. Er hatte was über Funk gehört.

»Was ist?«

»Tennhaus ...« Jan lauschte, dann wandte er sich Svea zu: »Er hat Petra Bosses Alibi gecheckt. Sie war tatsächlich im Institut bei ihren Algen, als Mareike getötet wurde.«

»Hm ...« Svea strich sich eine Strähne ihrer roten Haare hinters Ohr. »Jerome Faber? Dann war es doch ein Mann unter Wasser.«

»Denke ich auch. Wenn er Mareike umgebracht hat, dann vielleicht tatsächlich auch Ansgar Tröge.«

Sie nickte, dann eilte sie voraus zum zweiten Hinterhof, der ebenfalls vollkommen im Schatten lag. Es roch ein wenig moderig, aber die Kühle tat nach der sengenden Hitze auf der Straße überraschend gut. Jan nickte zu einer abgeranzten Tür, die in das Hinterhaus führte.

Svea bemerkte, wie Jan seine Pistole checkte, und tat es ihm gleich. Auch die vier Kollegen machten sich für den Zugriff bereit.

Jan drückte die Tür auf. Ein Flur mit gebrochenem Betonboden führte direkt zur Treppe nach oben. Daneben gelangte man zum Kellerabgang. Es roch nach Mittagessen. Irgendjemand briet Hühnchen. Mit gezückten Waffen schoben sie sich an der Treppe vorbei. Nach einer Abzweigung führte der Gang ein paar Stufen abwärts zu einer Souterrainwohnung.

Es gab kein Namensschild. Während sich Svea außerhalb der Schussbahn postierte, richtete Jan sein Haar und hielt die Waffe hinter dem Rücken verdeckt. Er klingelte. Sie konnte das Schellen hören und horchte auf Schritte.

Eine Sekunde, zwei Sekunden ... Da war etwas. Schritte, irgendwas rumpelte. Wollte jemand aus dem Fenster fliehen und ...? Sie spannte sich an. Die Waffe bereit.

Nein. Es kam von woanders, vom Treppenhaus. Sie atmete durch und zwang sich, wieder locker zu werden. Jemand schleppte etwas die Stufen runter, vielleicht ein Fahrrad.

Jan klingelte noch einmal. Abermals warteten sie. Doch hinter der Wohnungstür blieb es still. Svea winkte dem Beamten mit Rammbock. Stumm wies er alle an, zurückzutreten, dann holte er aus.

Ein Schlag reichte, und die Tür kippte aus den Angeln.

Sofort waren Svea und Jan zur Stelle. Die Waffe im Anschlag, ging sie voraus.

In Jeromes Wohnung stand die Luft. Der Geruch von klammen Wänden, einer brackigen Toilette und feuchtem Papier. Hier war seit Wochen niemand mehr gewesen.

Routiniert verteilten sie sich, checkten die Räume. Es gab nur drei. Das Wohnzimmer direkt hinter der Wohnungstür, ein Schlafzimmer und ein winziges Bad.

»Ausgeflogen«, meinte Jan schließlich und trat zu Svea. Grübelnd sah sie sich im Wohnzimmer um, an das sich ein offener Küchenbereich anschloss. Irgendwas stimmte hier nicht. Sie beschlich dasselbe ungute Gefühl, das sie bei ihrem Studium des Videos immer wieder überkommen hatte. Es war mehr eine feine Ahnung als ein starkes Gefühl, mehr ein Tasten im seichten Wasser als kräftiges Schwimmen ...

»Ich weiß nicht.« Sie ging zur Küche hinüber und strich über die Ablage. Ihre Finger wurden vor Staub ganz grau.

»Was ist?«

Statt einer Antwort sah sich Svea zum Herd um, dann zur Spüle. Alles war aufgeräumt, wirklich aufgeräumt. Kein Krümel, kein Geschirr, keine angefangenen Flaschen.

»Er hat keine Spülmaschine. Gibt's im Bad eine Waschmaschine?«

Jan schüttelte den Kopf.

»Und er hat gründlich sauber gemacht. Hm, keine Waschmaschine.«

»Es gibt viele, die ...«

Sie zog den Kühlschrank auf. Er war gähnend leer. Bloß drei Packungen längst abgelaufener Protein-Drinks und paar Bier. »Ich weiß. Aber wie viele haben dick Staub auf der Ablage und nichts im Kühlschrank? Er war hier seit Wochen nicht. Wenn nicht seit Monaten.«

Jan ging zum Buchregal und sah es sich an. »Kann sein ...« Er zog ein Buch über Che Guevara heraus. Es war abgegriffen und aus den Achtzigern. Die anderen Bücher waren allesamt alternative Ratgeber und politische Schriften. Passend zur MNF.

Die beiden warfen sich einen Blick zu, und Jan gab per Funk durch, dass Bosse hergebracht werden solle.

Svea schlenderte an den Postern entlang, die die Wohnzimmerwand schmückten. Filmplakate aus den Fünfzigern, ein altes, recht hübsch anzusehendes Plakat der Arbeiterbewegung, eines mit einem gemalten Tiger, der in Flammen aufging – Greenpeace.

Svea blieb bei Jan stehen. »Ich glaube sogar, er hat hier niemals gewohnt. Nicht wirklich.«

Er war derselben Meinung.

»Aber ich war hier! Ich …«

Die beiden fuhren herum. In der Tür stand, von zwei Beamten eskortiert, Petra Bosse. Fassungslos starrte sie erst Svea an, dann das völlig aufgeräumte Wohnzimmer. »Wir waren alle mal hier. Wir haben da gesessen.« Sie zeigte auf den Boden.

»Wann war das?«

»Vor … vor einem Jahr ungefähr. Gleich nachdem er sich uns angeschlossen hat. Wir wollten uns bei ihm treffen, weil«, sie wurde leiser, weil sie sich der Tragweite bewusst wurde, »weil wir ihn abchecken wollten. Ob … ob er zu uns passt.«

Seufzend sah Svea zu Jan. Der zog eines der zerlesenen Bücher aus dem Regal. »Zeig mir dein Buchregal, und ich sag dir, wer du bist. Der Flohmarkt macht's möglich.«

Petra Bosse war alle Farbe aus dem Gesicht gewichen. »Wir haben über Politik geredet, die ganze Nacht. Gekocht und … und getrunken. Wir …«

»Waren Sie ein weiteres Mal hier?«, unterbrach Svea sie.

»Ein paarmal hab ich ihn hier abgeholt.«

Svea nickte. Jerome, wenn das überhaupt sein richtiger

Name war, hatte seinen Beitritt in die MNF von langer Hand geplant.

»Er *hat* hier gewohnt.« Bosse wurde plötzlich laut. »Jerome Faber. Ich bin doch nicht blöd! Ich weiß auch, wo er arbeitet.«

Gigantische, automatisch gesteuerte Containerwagen fuhren zwischen den haushohen Reihen hin und her. Arbeiter checkten Ladung, Fahrer brachten Container, luden auf und ab. Svea saß mit Petra im Dienstwagen und sah Jan zu, der mit einem Vorarbeiter sprach. Der Mann hatte eine Kladde geholt, verglich zwei Papiere und blätterte immer wieder hin und her.

Schließlich kam Jan zurück zum Auto. »Fehlanzeige«, meinte er und ließ sich auf den Fahrersitz fallen.

»Ich ... ich bin doch nicht verrückt«, protestierte Bosse. »Er hat gesagt, er arbeitet hier. Und wir waren mal hier, um ihm was zu bringen. Er ...«

»Er hat immer gesagt, wann Sie kommen sollen, richtig?« Jan wandte sich zu ihr um.

Petra Bosse schwieg. Sie sah der Verladung der Container einen Moment zu, dann zischte sie plötzlich: »Er ist einer von Ihnen!«

»Was?« Svea schüttelte den Kopf. »Denken Sie doch mal nach. Wäre er einer von uns, müssten wir keine Türen aufbrechen. Er hat Sie benutzt.«

»Nein! Er ist ein Bulle.« Fassungslose Wut schwang in Bosses Stimme. »Wer ist der? Terrorabwehr? Ein V-Mann? Er ist ein V-Mann. Klar, der Arsch war bei der Bundeswehr! Der Wichser ist ein V-Mann von euch!«

Schön wär's, dachte Svea. »Hatte Jerome die Idee?«, fragte sie ruhig. »Die Sache mit dem Partyschiff, mein ich?«

»Ja!« Mit einem Aufschrei begann Bosse plötzlich zu randalieren. »Ja! Verfluchte Scheiße!« Sie schrie und ließ sich immer wieder gegen Sveas Sitz fallen. »Hat er! Fuck! Ihr Wichser! Ihr Wichser habt uns reingelegt! Ihr Arschlöcher! Ihr ...!«

Wenn hier wer jemanden reingelegt hat, dann dieser Jerome Faber Petra Bosse und ihre Gruppe, dachte Svea. Er hatte sich vor einem Jahr bei ihnen eingeklinkt und den Überfall initiiert. Alles von langer Hand vorbereitet. Ihr begegnete Jans Blick, und sie las darin die gleiche Frage, die sie sich selbst stellte: Warum?

Die beiden ließen Bosse machen. Sollte sie sich austoben, solange sie niemanden verletzte. Jan startete den Wagen und fuhr los.

35

Während die Sonne bereits tief im Westen stand, hockte Svea immer noch im Besprechungszimmer des LKA und kämpfte gegen die Kopfschmerzen. Der Geruch des Klebers war auch in den letzten Tagen nicht verflogen. Allerdings kamen die Schmerzen nicht nur vom Klebstoff.

»Wie oft willst du dir das noch angucken?« Mit einem Stapel Papiere kam Jan vom Großraumbüro herein. In seinem Gesicht spielte ein Grinsen. Seit er vor einer Stunde zu Tennhaus gegangen war, hatte sie das Facebook-Video von Petra Bosse dutzendmal durchlaufen lassen.

Abermals beobachtete sie, wie Iris Teschner sich auf Jerome Faber stürzte, sich der Schuss löste und ... Sie drückte auf Pause und streckte sich. »Weißt du, was ich jetzt gern machen würde?«

»Feierabend? Füße hoch, Bierchen und ’n bisschen Hertha ... ähm, Dings, St. Pauli?«

»Exuma Cays. Abtauchen, bisschen schnorcheln. Den Schildkröten zusehen, den Rochen ... Ich war mal vier Wochen zum Apnoetauchen da.«

»Abtauchen. Da wären wir wieder bei ihm ...« Er nickte

zum Monitor und schaffte es kaum, sein Lächeln zu unterdrücken.

»Was grinst du denn so?«

»Ach.« Jan ließ den Stapel auf den Tisch fallen und schnappte ihr die Fernbedienung weg. »Dein Ex hat sich gemeldet. Ich hab ihm die Kontaktdaten von Major Bäringer vom Landeskommando Hamburg gegeben.«

»Er ist nicht schwul.«

»Bäringer ist ja auch kein Mann.«

Fragend sah sie ihn an. Hatte er wirklich Lars verkuppelt, oder was sollte das werden? Grinste er deswegen wie ein Honigkuchenpferd?

»Er hat mit Bäringers Hilfe ein bisschen was zusammengetragen ...« Jan schob die Akten vor sich auf dem Tisch auseinander.

Svea seufzte. »Lars ist ganz gut in Sachen Computerrecherche.«

»Ja. Ist er.« Jan zog sich ein paar Ausdrucke heran. »Pierre Aube alias Noah Nielsen alias Jerome Faber. 1993 in Dortmund geboren. Realschule. Lehre als Industriekaufmann. Vater Léo Aube, Franzose. Mutter Heidemarie Schirna, geborene Hüttner.«

»Was?« Svea klappte die Kinnlade runter. »Wie ...?«

»Na, Lars ist wirklich gut. Wir haben sein Passbild. Und Bosse meinte, er sei bei der Bundeswehr gewesen, was wir eh vermutet haben.« Er ließ noch einmal kurz den Film laufen. »So wie er das Gewehr hält, hat er 'ne Ausbildung genossen.«

»Pierre Aube. Und gibt's eine Verbindung zu Teschner?«

»Kommt gleich.« Er blätterte um. »Die gibt's nämlich

tatsächlich. Er hat bei einer Baufirma gearbeitet, einer kleinen, mittelständischen in Poppenbüttel. Die hat Teschner geschluckt. Und Pierre Aube ist in diesem Zug gekündigt worden.«

»Ach ...«

Jan schob seine Hemdsärmel hoch. »Wäre ein Motiv.«

»Aube nennt sich Jerome und ... und hat die Ökos tatsächlich ausgenutzt!« Svea sah zum Standbild auf dem Monitor. Iris Teschner – dahinter ihr Vater, der getroffen zusammensackt. »Er flüstert ihnen ein, dass Teschner mit seinem Elbprojekt genau der Feind ist, den sie brauchen. Das war alles geplant. Sie sollten Teschner bei seiner Siegesfeier überfallen, und Aube alias Jerome nutzt den Raub für einen Mord.«

Seufzend spulte Jan noch einmal ein paar Bilder zurück und drückte auf »Play«. Wieder stürzte sich Iris Teschner auf den Angreifer, auf Aube, und der Schuss löste sich.

»Sieht das nach Absicht aus?«, fragte Svea und massierte sich die Schläfen. Welche Verbindung übersah sie nur?

»Na ja, wenn Aube bei der Bundeswehr war, müsste er eigentlich wissen, wie man den Finger hält, um nicht unabsichtlich abzudrücken.« Jan zoomte in das Videobild, stand auf, um es ihr zu zeigen. Tatsächlich legte Pierre Aube kurz vor Iris' Angriff den Finger auf den Abzug, anstatt ihn ausgestreckt an die Waffe zu legen.

»Er wollte ihn also sowieso erschießen«, meinte Svea. »Die Gelegenheit ist günstig. Doch Iris Teschner kommt ihm in die Quere. Er verreißt. Teschner ist nicht sofort tot.«

»Wahrscheinlich, ja. Oder er drückt ab, weil er denkt:

Gute Gelegenheit, wenn sie mich angeht.« Jan warf ihr die Fernbedienung zu. »Bosse sitzt in Untersuchungshaft, Mareike Leisner und Ansgar Tröge sind tot. Die MNF hat ausgespielt. Und den da«, er nickte noch mal zum Monitor, »haben wir auch bald an den Eiern. Immerhin haben wir von Otte das Passfoto und jetzt einen Klarnamen ...« Er suchte in den Akten herum und zog schließlich eine Mappe heraus. Als er sie aufschlug, konnte Svea diverse Papiere der Bundeswehr sehen. »Wenn du mich fragst, dann hatte Pierre Aube keine glückliche Kindheit ...«

Schnell bedeutete sie ihm, ruhig zu sein. Sie musste nachdenken. »Warte mal ... Warte ... Wir übersehen was ...«

Sie nahm sich die Papiere und sah grübelnd darauf, dann griff sie sich den Pass, den Pierre Aube sich von Otte hatte machen lassen. Ein weiteres Mal glitt ihr Blick zu den Unterlagen der Bundeswehr.

»Oh nein. Pierre Aube und Otte ...«

»Ja?«

»Die waren beide in Munster.«

»Nee, oder?« Jan zog sich einen Laptop heran und loggte sich ins LKA-Netzwerk ein. Mit wenigen Klicks hatte er den Ordner von Otte gefunden und ging mit Svea das Register mit dem Beweismaterial durch, das sie bei Otte beschlagnahmt hatten.

»Hier, was ist das? Persönliche Fotos.« Sie zeigte auf einen Ordner der Spurensicherung, in dem alle Fotos abgelegt waren. Jan öffnete ihn.

Er enthielt eingescannte Papierfotos, die bei Otte im Empfang an der Pinnwand gehangen hatten. Verblichene Aufnahmen, die von der Explosion beschädigt waren. Die meisten zeigten Otte und seinen Vater, bei irgendwelchen Rennen, in der Kfz-Werkstatt. Ein paar Partybilder mit Kumpels. Otte mit zwei jungen Frauen im Arm, irgendwo in einer Bar. Jan klickte weiter. Mehrere Bilder aus seiner Bundeswehrzeit in Munster. Zwei aus seiner Stube: feixende Soldaten. Eines, das ihn neben einem Kameraden vor dessen offenem Spind zeigte. Die beiden streckten den Mittelfinger in die Kamera.

»Bingo«, sagte Svea und legte den gefälschten Pass und die Bundeswehrpapiere neben den Laptop. Der grinsende Typ neben Otte war eindeutig Pierre Aube alias Jerome Faber. »Die kennen sich.«

»Gut sogar«, ergänzte Jan.

Otte brummte unwirsch und richtete sich etwas in seinem Bett auf, versuchte es zumindest, doch die Schmerzen waren offenbar zu stark.

»Haben Sie uns noch etwas zu N. N. zu sagen?«

Svea hielt Otte das Bild der beiden in ihrer Stube vor dem Spind hin.

»Und?« Verärgert sah Otte zur Seite. »Wir haben zusammen gedient. Bis ... bis ich da raus bin.«

»Wegen der geklauten Waffen aus dem Armeebestand«, meinte Svea. »Pierre Aube. Er hat 'ne Wohnung angemietet. Aber die ist fake. Wo ist er wirklich?«

Otte schluckte. Offenbar hatte er nicht damit gerechnet, dass sie die wahre Identität von Noah alias Jerome herausfinden würden. Sie sah ihm an, wie sehr er mit sich rang, irgendetwas preiszugeben. Fühlte er tatsächlich so eine Verbundenheit zu seinem Ex-Kameraden?

»Sie wollen Ihren Kumpel nicht verpfeifen. Das ist rührend. Wirklich«, mischte sich Jan ein. »Aber hier geht's nicht mehr um einen missglückten Raubüberfall. Ihr *Freund* hat drei Menschen ermordet.«

Otte schloss die Augen. »Blödsinn.«

»Davon gehen wir aus, alle Beweise deuten auf ihn«, sagte Svea. »Hat er jemals von Teschner gesprochen?«

»Wem? Nein.«

»Otte!«

Der stöhnte. »Ja. Hat er. Er hat immer gesagt, der Teschner hat sein Leben ruiniert. Oder so. Der hat dem Teschner die Pest an den Hals gewünscht.«

»Oder 'ne Kugel in den Bauch«, warf Jan ein.

»Er wollte den Pass, um unterzutauchen.« Mit schmerzverzerrtem Gesicht griff sich Otte einen Plastikbecher mit Wasser und trank einen Schluck. »Der Pass. Mehr hab ich nicht mit dem zu tun. Was er treibt, ist mir egal. Wir kennen uns von der Bundeswehr, aber das heißt nicht, dass wir zusammen ins Bett gehen.«

»Aber Sie wissen, wo er ist. Das wissen Sie genau«, nahm Jan den Faden wieder auf. »Drei Tote, und Sie haben ihm geholfen, abzutauchen. Und dabei Beamte verletzt. Sieht aus, als seien sie Komplizen.«

Ottes Blick verfinsterte sich. »Wir sind Freunde, ja. Aber ich hab mit diesen Ökos, bei denen er sich eingeschleimt hat, nichts zu schaffen. Linksversifftes Pack.«

Svea verlor langsam die Geduld. »Wo ist er?«, fuhr sie Otte

an und trat näher ans Bett. »Sie haben es noch nicht in Gänze verstanden, glaub ich. Sie haben Beihilfe zu mehrfachem Mord geleistet …«

»Einen Scheiß hab ich!« Er wollte lauter werden, aber seine gebrochenen Rippen stoppten ihn. Stöhnend fiel er zurück und sog die Luft ein. »Eine Scheiße ist das. Alles Scheiße!«

»Ja, kann man sagen«, meinte Jan lächelnd. »Also. Wo is' Pierre Aube?«

36

Die Lobby des Dreieinhalb-Sterne-Hotels unweit der Elbe war prunkvoller, als Svea sie in Erinnerung hatte. Tennhaus begleitete Jan und Svea, die mit zwei weiteren Beamten in Zivil hinter dem Hotelmanager hergingen.

Der Mann hatte um Diskretion gebeten, und Tennhaus hatte zugestimmt, obwohl er sich Sorgen um die Sicherheit seiner Leute machte.

In Svea breitete sich ein ungutes Gefühl aus. Sie spürte, wie die Angst ihren Geschmack veränderte. Sie meinte, die Furcht schmecken zu können. Ein metallisches Aroma, ähnlich dem von Blut, hatte sich auf ihren Gaumen gelegt wie eine böse Vorahnung.

Lass bloß das Kribbeln nicht kommen, richtete sie ein Stoßgebet zum Himmel.

»Wir haben Beamte auf der Straße. Vorne und hinten«, wandte sich Tennhaus an den Manager. »Es wäre gut, wenn Sie Ihre Leute aus der vierten Etage raushalten und die Nachbarzimmer räumen. Aber diskret.«

»Das habe ich bereits in die Wege geleitet. Wir haben die halbe Etage …« Nach einem Wort suchend blieb er vor dem Fahrstuhl stehen. »Evakuiert?«

»Gut.« Mit einem Pling hielt der Fahrstuhl, und sie stiegen ein. »Ich möchte einen schnellen und reibungslosen Zugriff«, ermahnte Tennhaus Svea sowie Jan und musterte die beiden überaus streng im Spiegel der Kabine.

Jan nickte. »Keine Sorge.«

»Die mach ich mir bei Ihnen, Brixn, sobald Sie durch unsere Tür sind«, brummte Tennhaus. »Was macht das Bein?«

»Muss ja.«

»Wie lang wohnt er schon hier?«, fragte Svea den Manager und blickte noch einmal in die Lobby zurück, bevor sich die Fahrstuhltüren schlossen. Sie bestach durch hochwertige Designermöbel und hohe Palmen in mächtigen Kübeln.

»Acht Wochen.«

»Acht?« Sie hatte eindeutig den falschen Job, wenn Pierre Aube sich für so viele Tage hier ein Zimmer leisten konnte. »Bezahlt er bar?«

Der Manager nickte, woraufhin Svea Jan einen fragenden Blick zuwarf.

»Vielleicht hat er auch richtige Raubüberfälle begangen«, warf Tennhaus ein. »Offensichtlich hat er ein Doppelleben geführt, um den Mord durchzuziehen. Irgendwie muss er das finanzieren.«

Svea nickte zwar, aber eine Antwort war das nicht. Woher hatte Aube so viel Geld? Er finanzierte nicht nur das Hotelzimmer, sondern auch die Fakewohnung. Vermutlich hatte Aube seinen Anteil an der Beute vom Überfall auf die Partygesellschaft verhökert. Doch er hatte schon vorher eine große Summe benötigt. Und das alles aus Rache, weil er entlassen wurde?, grübelte Svea.

Bevor sie sich weitere Gedanken machen konnte, hielt der Fahrstuhl. Alle stiegen aus.

An einem Flucht- und Rettungsplan verschafften sie sich einen Überblick über die Etage.

»Die Feuertür ist am anderen Ende des Flurs. Es gibt noch eine da vorne.« Der Manager zeigte in die entgegengesetzte Richtung, wo der Flur um die Ecke ging.

»Und das Zimmer? Kann er noch einen anderen Fluchtweg nehmen?«, wollte Jan wissen.

»Wie Sie sehen, gibt es einen schmalen Balkon. Wir sind aber im vierten Stock. Darunter ist das Dach der Tiefgarage. Ich denke nicht, dass man dort hinunterspringen kann.«

»Das heißt«, meinte Svea und spürte, wie nun doch das Kribbeln auf ihren Wangen einsetzte, »er muss durch uns durch, um zu fliehen?«

Der Manager nickte. »Ja. Ich möchte Sie nur bitten, möglichst keinen großen Schaden anzurichten.«

Tennhaus verkniff sich ein Seufzen und warf Jan einen mahnenden Blick zu. Dann sagte er: »Keine Sorge, Herr Meffers. Meine Leute sind Profis in ihrem Job. Ihrem Hotel passiert nichts.« Er zupfte dem Manager die General-Key-Card aus den Fingern und händigte sie mit einem ebenso warnenden Blick Svea aus.

Wenig später pressten sich Jan und Svea an die Wand rechts und links der Tür. Svea zählte innerlich bis drei und zog die Karte mit ausgestrecktem Arm durch das Türschloss.

Kaum machte es Piep, stieß Jan die Tür auf, und Svea stürmte in den Raum. Jan direkt hinter ihr.

Pierre Aube! Der Mann schreckte auf, sprang zum Nachttisch, riss eine Waffe rum.

Svea sprang zur Seite.

Ein Schuss peitschte an ihr vorbei, durchschlug die Trockenwand und verfing sich irgendwo im Badezimmer.

»Polizei!«, rief Jan, der sich hinter einen Sessel gerettet hatte. »Wir sind bewaffnet. Lassen Sie Ihre Waffe fallen.«

Svea hatte Deckung hinter dem Bett gefunden und atmete durch. Sie sah zu Jan, der ihr das Zeichen gab, dass sie freie Bahn hatte. Sie sprang auf, die Waffe im Anschlag, Jan gab ihr Feuerschutz, doch ...

Kein Aube ...

»Scheiße!«, hörte sie Jan fluchen.

Wo war er?

Ihr Blick flog zum Flur. Alles still. Er war nicht im Zimmer, sonst hätten die Kollegen ihn bereits erwischt. Hier gab es keine Möglichkeiten, sich zu ...

Der Balkon!

Svea sprang über das Bett. Da! Auf dem Betonstreifen des Geländers, vor den schimmernden Dächern der Stadt. »Shit!«, entfuhr es Svea. Sie sprintete zur Balkontür. »Nein!«, schrie sie. »Nicht! Nicht! Nein!«

Sie erreichte die Glasfront, stolperte durch die offene Schiebetür nach draußen. Sie wollte Aube greifen, doch der balancierte einen Schritt zur Seite.

Ihre Blicke trafen sich. Ruhig musterten seine dunklen Augen Svea.

Jan kam, steckte seine Waffe weg und machte sich bereit für einen Sprung, um Aube festzuhalten.

Das Geländer war schmal. Aber Aube schien keine Probleme mit dem Gleichgewicht zu haben. Er wirkte sportlich, muskulös. Wollte er springen? Da runter?

»Kommen Sie, seien Sie nicht dumm«, versuchte Svea seine Aufmerksamkeit auf sich zu ziehen. Vielleicht hatte Jan dann eine Chance, ihn zu packen.

»Wer?«, fragte Aube ruhig, während er Svea fixierte.

»Was?« Ihr Blick flog zu Jan. Er wartete auf ihr Zeichen.

»Wer hat mich verraten? Petra?«

»Petra Bosse, ja.« Svea senkte die Waffe, um ihm zu signalisieren, dass sie keine Gefahr darstellte. »Und Otte. Kommen Sie runter. Es ist vorbei.«

Er sah sich zum Abgrund um.

»Lassen Sie's! Bitte! Hören Sie, wir wissen, dass Sie Ihren Job verloren haben, wegen Teschner.«

»Teschner!« Er lachte. »Hat sich immer für den Mittelpunkt des Universums gehalten.«

Unauffällig gab Svea Jan ein Zeichen. Er nickte kaum merklich, doch bevor er eine Chance hatte, sprang Pierre jäh von der Brüstung ...

»NEIN!«, schrie Svea erschrocken, und Jan stürzte mit einem langen Satz vor, versuchte Aube an den Beinen zu greifen, doch ...

Wegen seines verletzten Beins war er nicht schnell genug, berührte Aube, verfehlte ihn aber.

Fassungslos sah Svea zu, wie Aube zur Seite hechtete, waghalsig probierte, auf den Balkon des Nebenzimmers zu springen.

Er krachte dagegen, rutschte ab, packte zu und konnte

sich gerade noch mit der Linken an der Betonkante der Balustrade halten.

Panisch sah er nach unten.

Das Dach der Tiefgarage. Eisen und Glas. Gute acht, neun Meter unter ihm ... Viel zu tief. Stöhnend vor Kraftanstrengung versuchte Aube, sich hochzuziehen.

Sie hatten keine Zeit mehr. Svea rannte zurück ins Zimmer, riss dabei fast Jan um, der ebenfalls losgehumpelt war. Sie sprintete in den Flur und zum Zimmer nebenan, drückte die Karte vors Lesegerät ...

Keine Freigabe.

»Komm schon!«

Noch mal. Ihre Finger zitterten.

Endlich – das Piepen. Sie stürzte durch die Tür, taumelte in den Raum und zur Balkontür. Aufschieben. Schneller!

Der Balkon.

Seine Hand, die Finger an der Kante – Svea sprang zu ihm, packte zu, aber ...

Pierre Aubes Schrei war kurz, aber laut. Ihn verließ die Kraft. Svea griff ins Leere.

Sie hörte, wie er auf das Glas des Garagendachs schlug, das Krachen und Splittern. Eine Alarmanlage durchschnitt die Stille, die auf den Schrei und das Bersten des Glases gefolgt war.

Die kühle Luft hier unten in der Garage – mit ihrem diffusen Licht und der seltsamen, gedämpften Akustik – fühlte sich für Svea ein bisschen so an, als wäre sie wieder im Kanal. Die Augen geschlossen, spürte sie dem kühlen Wasser nach.

Gemeinsam mit Jan war Svea sofort in die Tiefgarage gerannt, aber sie hatten nichts mehr tun können. Pierre Aube war sofort tot gewesen, wie der Gerichtsmediziner eine Dreiviertelstunde später berichtet hatte. Genickbruch. Svea hatte diese Nachricht lediglich mit einem Nicken aufgenommen.

Damit war der Fall also nun abgeschlossen.

Eine seltsame Leere machte sich in ihr breit. Es fühlte sich unvollständig an. Pierre Aube hätte einen fairen Prozess verdient, nicht den Tod.

Sie hatten den Mörder gefunden. Die Mother-Nature-Front war zerschlagen, und die Welt drehte sich ungerührt weiter.

Teschner, Mareike Leisner, Ansgar Tröge und jetzt Pierre Aube ... Zu viele unnötige Tote für eine Rache.

Svea öffnete die Augen. Die Gerichtsmedizin gab die Leiche gerade zum Abtransport frei, und wie bei Mareike sah Svea zu, als ein Beamter der Spurensicherung Pierre Aube in einem schmucklosen Transportsarg durch das Meer aus Scherben rollte.

Sie blickte sich zu Jan um, der sein Gespräch mit Tennhaus beendete und zu ihr trat.

»Er muss sich ziemlich sicher gefühlt haben.«

Svea sah ihn fragend an.

»Weil er nich' gleich verschwunden ist. Aus Hamburg raus, mein ich.«

»Wahrscheinlich wollte er auch noch Bosse aus dem Weg räumen. Als letzte Zeugin. Ich glaube, es hat ihr das Leben gerettet, sich zu stellen.«

Jan nickte seufzend und sah er sich in der Tiefgarage um. »Geht's dir gut?«

»Ja.« Tatsächlich kämpften in ihr die Erschöpfung und die Ruhe mit einem Gemisch aus Enttäuschung und Unzufriedenheit. »Von zwei Sachen kannst du auf jeden Fall ausgehen, Jan.«

»Und die wären?«

»Du lernst jetzt hundertprozentig den Papierkram beim LKA kennen. Und in diesem Fall hier wird die Zettelwirtschaft 'ne Welle geben, da sind schon ganze Behörden dran ertrunken.« Ihrer beider Blicke wanderten zu Tennhaus, der den völlig aufgebrachten Hotelmanager zu besänftigen versuchte.

»Und das zweite?«

Sie tippte sich ein paarmal an die Stirn. »Du lernst die Couch unseres polizeipsychologischen Dienstes kennen.«

»Die Klempner?«

Sie nickte. »Tennhaus schickt uns sicher zu ein paar schönen Sitzungen, um Aubes Tod zu verkraften.«

»Dann lieber Papierkram.« Statt eines Lächelns sah er dem Bestatter zu, der den schlichten Sarg in den Wagen schob. »Wenn ich bei den Psychos erst mal auf der Couch liege, komme ich nie wieder hoch.«

Wortlos stimmte sie ihm zu, dann sah sie dem Leichenwagen nach, wie er die Auffahrt hinauf und in den grellhellen Sommertag fuhr.

37

Svea schützte mit der Hand ihre Augen. Eine schwimmende Landbrücke führte zum City-Sporthafen hinab, und das glitzernde Licht auf dem Wasser blendete. Auf den Anlegern und an Deck der Schiffe herrschte gedämpftes Treiben. Alle saßen im Schatten, jemand hörte leise Radio, und zwei Frauen fischten neben einem Sportboot.

Svea musste zur Pressekonferenz im LKA sein, wollte aber Iris Teschner die Nachricht persönlich überbringen. Sie wusste, dass es für Opfer besser war, direkt mit ihnen zu sprechen, als Neuigkeiten zuerst aus der Presse zu erfahren.

Ein paar Möwen stoben auf und flogen protestierend den Steg hinunter, als Svea die Yacht ansteuerte. Barbara Teschner hatte ihr den Liegeplatz mitgeteilt, als sie nach Volksdorf rausgefahren war und die Witwe über das Ergebnis der Ermittlungen in Kenntnis gesetzt hatte.

Auf dem Deck war niemand zu sehen.

»Hallo!«, rief sie und wartete geduldig. Sie hatte sich nicht angekündigt. »Hallo? Jemand an Bord?«

Nach ein paar Sekunden kam Iris an die Reling. »Oh, Frau Roth«, sagte sie lächelnd und blickte zu Svea herab. Sie trug einen Neoprenanzug, und ihre Haare waren nass.

»Hallo. Störe ich?«

»Nein, nein …«

»Darf ich?« Sie nickte zur Gangway, die aufs Schiff führte.

»Sicher. Kommen Sie rauf.«

Mit wenigen Schritten war Svea bei ihr an Deck.

Der Papierkram hatte zu warten. Im LKA herrschte helle Aufregung aufgrund von Pierre Aubes Tod während des Einsatzes. Ulrich, die Staatsanwältin, hatte für sechzehn Uhr eine Pressekonferenz angekündigt, und Tennhaus tigerte aufgeregt in seinem Büro auf und ab, weil er zur Konferenz gern auch die Generalstaatsanwaltschaft hinzuziehen wollte. Der Teilabdruck auf der Tatwaffe stimmte mit Pierre Aubes überein, insofern hatten sie eindeutig den Schützen erwischt, der Teschner erschossen hatte. Außerdem stimmte die DNA-Spur von den Anthrax-Drohbriefen, die vor einem halben Jahr verschickt worden waren, mit Spuren an der Schreibmaschine und mit Bosses Abdrücken überein.

Petra Bosse würde als Anführerin der Terrorgruppe für eine lange Zeit einsitzen.

Jan beobachtete nun schon eine Weile seinen Chef beim Telefonieren. Wann die Interne wohl aufkreuzte, um ihm Fragen zu stellen?

»Ohne Zucker, wenn ich das korrekt erinnere?« Hendrik reichte Jan einen Becher Kaffee. In seinem piekfeinen Anzug und mit der adretten Aktentasche sah der schlaksige junge Mann aus wie ein Geheimagent aus einem Disney-Movie.

Hendrik öffnete seinen Koffer, in dem – penibel sortiert – Fotos, Mappen und eine Wasserflasche lagen. In aller

Ruhe nahm er das Wasser heraus und trank ein hauchfeines Schlückchen.

»Hast du 'ne Aspirin?«, fragte Jan.

»Nein ... Teppich?«

»Was, Teppich? Nee. Den krieg ich nicht runter.«

Hendrik brauchte einen Moment, um den Witz zu verstehen, aber er lachte. Kurz zumindest. »Tennhaus hat mich gebeten, dass ich mit dir die Mappe für die PK erstelle.« Er zog einen Stapel Ausdrucke und Fotos aus seinem Aktenkoffer.

»Jetzt?«, fragte Jan seufzend.

»Jetzt. Facto. Ich wurde angehalten, den Schwerpunkt auf Pierre Aube zu legen, aber auch die terroristischen Hintergründe, was die MNF betrifft, mit dir zu verklaren.«

»*Zu verklaren*. Schönes Wort.« Jan gähnte. »Dann zeig mal her.« Er griff sich den Stapel. Tatortfotos, Dokumentationen der Forensik, Lebensläufe ...

»Gibt es Neuigkeiten im Fall? Deswegen sind Sie doch hier?«, fragte Iris Teschner, nachdem sich Svea an Deck etwas umgesehen hatte. Die Yacht war piekfein und geschruppt. Fertig zum Auslaufen. Zwei Sonnenliegen standen bereit.

»Waren Sie grad im Wasser?«

»Bisschen Stand-up-Paddling. Tut mir ganz gut.« Iris kniff sich gespielt in die Hüfte und strich sich über den Tauchanzug. »Aber das Wasser ist mir ein bisschen zu kalt. Lieber kein Bikini ...« Lächelnd schüttelte sie den Kopf. »Setzen Sie sich doch. Wollen Sie was trinken?«

»Danke. Ich bin im Dienst.«

»Dann hol ich Ihnen ein Wasser.« Iris Teschner ging zur Kajüte, während Svea zurückblieb, sich an die Reling stellte und ihren Blick über die Elbe schweifen ließ.

Iris öffnete den Kühlschrank der Bar und zog eine Flasche Aperol Spritz für sich und ein Wasser für die Kommissarin heraus. »Ich habe von dem Anschlag gehört. Auf diese Terroristin«, rief sie hinaus, während sie die Getränke einschenkte. »Und die andere? Die Anführerin, die hat sich gestellt? Richtig?«

»Ja. Die Ökogruppe ist passé.«

»Das hör ich gern. Leider hilft das meinem Vater aber wenig.« Sie zog den Eimer mit Eis heran.

»Ich dachte, ich informiere Sie persönlich, dass wir den mutmaßlichen Schützen auch identifiziert haben.«

Iris horchte auf. »Was? Wirklich?« Ihr Blick suchte Svea Roth durch die getönte Scheibe der Kabine. Roth sah noch immer auf die Hafenanlage, wo die Containerschiffe gelöscht wurden.

»Wer ...«, setzte Iris an, aber ihre Stimme brach. »Wer ist es denn? Dürfen Sie das sagen?«

Jan seufzte. Sie hatten in den letzten Minuten einige Verbindungen zwischen Bosse und ihrer Mannschaft aufgelistet und die Beweise einleuchtend und knapp für die Präsentation zusammengetragen.

»Dann schnappen wir uns mal Pierre Aube. Als zweiten Komplex in der Sache.« Jan zog den Laptop zu sich und klickte einen Ordner mit Fotos von ihrer Stürmung der Kfz-Werkstatt an. Der Schrottplatz, der erste Stock, das Chaos mit den Pässen, der zerstörte Eingangsbereich. Überall Splitter und Bruchstücke, Papiere, versenkte Fotos von den Pinnwänden und Schaukästen. »Die Sache müssen wir irgendwie kleinhalten.«

»Ich denke, mögliche kritische Fragen bezüglich der Stürmung wird Tennhaus abbügeln.«

Jan nickte. Da fiel sein Blick noch einmal auf die verstreuten Fotos von Otte. Die Partybilder mit den jungen Frauen, den Kumpels, Saufgelage ... Und die Bilder von Munster. Die Spurensicherung hatte sie alle separat abgelichtet und gespeichert. Otto mit Pierre am Spind, feixend vor der Kamera.

Jan und Hendrik rekapitulierten noch einmal ... Pierre wollte sich an Teschner rächen, weil er seinen Job verloren hatte. Er nutzte die Kontakte zu Otte, besorgte sich Waffen und umschmeichelte Petra und ihre Gruppe. Er setzte sie alle auf Teschner an, der seine Bauprojekte gegen alle Widerstände der Naturschutzverbände und Bürgerschaft durchboxte. Und nutzte den Überfall für einen Mord.

Jan wollte den Laptop schon zuklappen, als ihm ein Detail auf einem der Fotos auffiel. Otte und Pierre Aube vor dem Spind. Und im Spind pinnten Bilder, Fotos von Aube und ...

Jan zoomte heran.

Aube stand vor einem Vulkan. »Der ist ganz schön rumgekommen. Kennst du den? Den Berg?«, fragte er seinen Kollegen.

»In Anbetracht der Vegetation und der Antilopen ... Ich würde auf Afrika tippen. Mit hoher Wahrscheinlichkeit der Kilimandscharo. Tansania.«

»Tansania?«, grübelte Jan.

»Was ist los?«

»Kann man da gut tauchen?« Er scrollte das vergrößerte Bild mit Pierre und dem Spind im Hintergrund weiter herunter und blieb bei einem zweiten Foto im Umkleideschrank hängen. Da war Pierre Aube zu sehen, im Neoprenanzug. Er hatte ihn halb runtergezogen, eine Tauchbrille im Haar, Schnorchel. Er hielt eine Frau im Arm. Die beiden lachten.

»Tansania ist einer der besten Tauchplätze der Welt.«

»Ach …«

»Facto. Stand in *Nature*.«

Die Frau hatte Jan bereits so groß gezogen, wie die Auflösung des Bildes es zuließ. Pixelig starrte sie ihn vom Laptop an – und es lief ihm eiskalt den Rücken runter.

»Scheiße!« Jan sprang auf und stieß beinahe Hendrik um. »Schick jemanden zu den Teschners«, rief er. »Zur Firma. Ich fahr zur Villa. Schick Verstärkung.«

»Aber …«

»Mach's einfach, Hendrik!« Dann war Jan draußen. Der Fahrstuhl dauerte ihm zu lange. Er riss die Tür zum Treppenhaus auf.

»Ein gewisser Pierre Aube«, sagte Svea.

Die Eiswürfel rutschten Iris aus der Zange, klackten neben das Glas und fielen zu Boden. »Pierre?«

»Aube, ja. Unsere Ermittlungen haben ergeben, dass er ein ehemaliger Mitarbeiter einer Firma war, die Ihr Vater gekauft hat. Er wurde von Ihrem Vater entlassen. Er war wohl Industriekaufmann.«

War? »Was? Sie haben ihn …?« Wie versteinert starrte Iris auf das Eis am Boden.

»Er wollte sich der Festnahme entziehen und ist bei seiner Flucht gestorben«, sagte Svea mit fester, ruhiger Stimme.

»Er ist tot?« Iris starrte auf das Eis, spürte ihr Herz nicht mehr, sie spürte gar nichts mehr. »Pierre?«

»Bedauerlichweise.« Svea ging auf die Kajüte zu. Der sanfte Wind, der vom Wasser her kam, spielte mit ihren Haaren. »Es wäre sicher auch für alle Beteiligten befriedigender gewesen, wenn es ein Verfahren …«

Mit einem Schrei trat Iris aus der Tür. Sie hatte sich einen Tauchgürtel mit Messer umgeschnallt und hielt eine moderne Gasharpune in der Hand. Ihr Blick war hasserfüllt. »Sie haben ihn …! Sie haben Pierre umgebracht!«

Völlig verdattert starrte Svea auf Iris Teschner, die sich vor ihr aufbaute und die Harpune auf sie gerichtet hielt.

Jan gab Gas. Er pflanzte das Blaulicht aufs Dach und fingerte nach seinem Handy. Hupend schnitt er einen Volvo und riss das Steuer herum, um die Kreuzung zu nehmen.

Wo verdammt nochmal war Svea? Sicher in der Villa.

»Geh ran!«, fluchte er, als sich auch beim dritten Klingeln niemand meldete.

Sveas Handy klingelte unablässig. Das Dudeln durchschnitt die Stille, während sich die beiden Frauen anstarrten. Die Harpune glitzerte im Sonnenlicht scharf und tödlich. Keine drei Meter von Sveas Brust entfernt.

Svea erkannte die Art der Waffe. Es war der gleiche Typ, der bei Mareike Leisner zum Einsatz gekommen war. »Legen Sie die Harpune weg, Iris!«

»Wir wollten morgen auslaufen und Sie ... Sie bringen ihn um?«

»Hören Sie, ich habe ihn nicht umgebracht. Wenn Sie die ...«

»Halten Sie den Mund!«, schrie Iris und drückte plötzlich ab.

Svea warf sich zur Seite. Zu langsam. Der Pfeil durchschlug ihren rechten Arm und blieb stecken. Sie schrie. Die Schmerzen rissen sie zu Boden, keuchend holte sie Luft, hielt den Pfeil, aber jede Berührung tat unendlich weh.

Iris lud nach. »Mein Vater hat mich jahrelang kleingehalten. Wie oft hab ich ihm gesagt, ich will in den Vorstand! Die geschäftliche Ausrichtung mitbestimmen! Aber er? Er lacht! Er hat gelacht! Ich war immer nur die kleine Tochter. Ich hab's studiert, ich weiß, was ich tue!« Iris baute sich vor Svea auf. »Und da kommst du!«

»Sind wir schon beim Du?«, presste Svea nach Luft ringend heraus.

»Witzig.« Sie zielte erneut auf Sveas Brust. »Pierre und ich, wir haben wundervolle Projekte! Wir könnten expandieren, nach Asien und Afrika! Tansania ist phantastisch. Da haben wir uns kennengelernt. Beim Tauchen.«

»Sie haben ihm das Hotelzimmer bezahlt«, stöhnte Svea und drückte sich mit dem Rücken an der Reling hoch. Vor Schmerzen konnte sie sich kaum auf den Beinen halten. »Und die Fakewohnung.«

Iris lächelte. »Diese Freaks. So leicht zu manipulieren.« Sie ließ die Harpune hinaufwandern, bis sie Sveas Stirn im Visier hatte.

»Haben Sie Mareike Leisner umgebracht? Oder war es Aube?«, fragte Svea und zwang sich, mit ihrem verletzten Arm nach ihrer Waffe zu tasten. Ganz unauffällig.

Verwickle sie in ein Gespräch, verschaff dir Zeit ...

»Woher wussten Sie, dass Mareike aussteigen wollte?«

Der Schmerz raubte ihr beinahe das Bewusstsein.

Die wird dich wie einen Thunfisch abschießen und dann ausbluten lassen ...

Svea zwang sich, aufrecht zu bleiben.

»Na ja, du hast ein hübsches Schiff«, meinte Iris und wischte sich mit dem Handrücken die Lippen ab, ohne die Waffe von Svea zu nehmen. »Ich hab dich mal besucht.«

Nur noch wenige Zentimeter ... Gleich hast du die Waffe, beiß die Zähne zusammen ... Langsam ...

»Sie haben ...?«, begann Svea, aber Iris unterbrach sie.

»... dich verwanzt, ja. Ich wollte auf dem Laufenden bleiben. Und Mareike wollte zu viel verraten. Da dachte ich, ich seh mal nach ihr. Pierre war dagegen. Aber ich konnte ihn überzeugen.«

Atme! Bleib ruhig!

»Sie haben ihn sicher zu vielem überzeugt«, brachte Svea hervor.

»Er war auf meinen Vater wütend, und er ist auch nur ein Mann, leicht zu manipulieren ...«

»War.«

Jetzt! Die Waffe!

Sveas Finger glitten zum Holster und ... Sie trug kein Holster. Ihre Waffe lag im LKA. Sie war nur wegen einer Unterhaltung hergefahren und wollte zur PK wieder zurück sein.

Scheiße!

»Ja! Er *war* ein Mann. Er *war* mein Freund. Und er hat *alles* für mich getan! Er hat mich auf Händen getragen, und als ich ihm von den Ökospinnern erzählt habe, die Vater bedrohten, da reichte ein kleiner Satz, und er war Feuer und Flamme! Feuer und Flamme. Und du? Du liebst das Wasser. Das Meer, richtig? Die Presse war voll davon: Die kleine Nixe vom LKA ...« Iris wischte sich eine Träne aus dem Augenwinkel.

»Hören Sie auf ...«

Langsam wich Svea zurück.

»Keine Sorge. Das wird kurz und schmerzlos gehen. Hat Pierre leiden müssen?« Ihr Finger krümmte sich um den Abzug. »Ein Schuss, und raus aufs Meer. Da bist du in deinem Element.«

Svea sah keine andere Chance. Gegen den Schmerz ankämpfend, ließ sie sich nach hinten über Bord fallen.

»Ja? Hendrik?« Jan raste mit Vollgas eine vierspurige Straße nach Volksdorf runter.

»Svea ist nicht in der Villa. Sie wollte zur Yacht von Iris Teschner«, gab Hendrik durch.

»Was? Wo? Wo liegt die?« Jan legte eine Vollbremsung hin, riss das Steuer rum und Schnitt in den entgegenkommenden Verkehr. Hupen gellten, Bremsen quietschten. Egal. Jan gab wieder Gas.

»Elbe. City-Sporthafen. Direkt in der Stadt. Elbpromenade. Ich schick Verstärkung hin.«

Svea schlug ins Wasser. Der Pfeil bewegte sich und drückte, trieb ein Stechen über ihre halbe Brust bis in ihren Kopf. Sie öffnete die Augen, versuchte, sich zu orientieren.

Der Rumpf der Yacht neben ihr. Bloß nicht an die Oberfläche. Wenn sie unter dem Kiel hindurchtauchte, könnte sie den Steg entlang und im Schutz eines anderen Schiffs auftauchen. Irgendwie Hilfe organisieren ...

Svea wollte tiefer tauchen, aber sie hatte kaum Kraft. Ihr rechter Arm war gefühllos. Blut sickerte hier im Wasser noch schneller aus der Wunde. Der Schmerz fraß sie auf. Am liebsten hätte sie den Pfeil rausgerissen. Doch sie musste es schaffen! Tiefer, noch ein Stück ... Der Kiel.

Gleich würde sie auf die andere Seite gelangen.

Sie spürte die Kälte des Wassers im Gesicht. Aber immerhin kein Kribbeln. Wahrscheinlich, weil die Schmerzen alles vertrieben. Mit der Linken hielt sie sich am Kiel fest, schob sich darunter hindurch.

Plötzlich wirbelte das Wasser um sie herum auf.

Iris.

Sie musste geahnt haben, was sie vorhatte, und war von der Gangway in den Fluss gesprungen.

Von Luftblasen umhüllt, tauchte Iris keine drei Meter vor Svea im Wasser. Sie trug eine Tauchmaske, ein Atemgerät und eine Flasche, sogar Flossen hatte sie an.

Kaum lichteten sich die Blasen wie ein Vorhang, nahm sie Svea ins Visier. Die trug zwar keine Tauchuhr, aber ihre Erfahrung sagte ihr, dass ihr nur noch fünf Minuten blieben. Maximum. Und nur wenn sie konzentriert auf ihre Atmung achtete, bewegungslos – und ohne den verdammten Pfeil im Arm.

Mit zwei langen Zügen war Iris vor ihr, hob die Harpune. Svea hatte keine Chance. Der Harpune konnte sie nicht entkommen, sie musste ...

Kurz entschlossen schwamm sie – so gut es ging – direkt auf Iris zu, die abermals anlegte und ...

Svea griff mit rechts zu, biss die Zähen aufeinander und kämpfte gegen den Drang an, vor Schmerz Luft zu holen. Sie packte die Harpune, riss sie weg. Der Schuss löste sich, zischte an ihrem Kopf vorbei und blieb im Rumpf der Yacht stecken.

Jan brachte den Wagen schlingernd vor dem Eingang des Hafens zum Stehen. Da, eine Yacht. Die größte im Sporthafen. Ohne groß zu überlegen, gab er Vollgas. Schoss auf die schmale Landungsbrücke.

Köpfe drehten sich zu ihm, ein paar Bootsbesitzer schimpften. Ein Typ sprang aus seinem Kassenhäuschen.

Egal.

Er krachte in ein paar Fischboxen und Eimer, erwischte nur mit Mühe den abzweigenden Anleger und fuhr weiter.

Iris war schnell. Sie ließ die Harpune, die jetzt nutzlos war, los und umkreiste Svea. Aus dem Augenwinkel sah Svea, wie Iris ihr Tauchmesser zückte.

Sie wich zurück – ein, zwei Schwimmstöße mit der Linken. Nicht nur, dass sie ihren rechten Arm nicht mehr bewegen konnte und das Blut in roten Fahnen das Wasser färbte, der Schmerz würde sie sicher bald in eine Ohnmacht zwingen. Sie hatte keine Chance, zu entkommen oder sich zur Wehr zu setzen.

Iris fixierte sie. Ihre Augen blitzten kalt hinter der Tauchmaske, während sie sich für einen neuen Angriff in Position brachte.

Da steckte Iris plötzlich das Messer weg. Sie umrundete Svea, dann schoss sie auf sie zu.

Jan lief die letzten Meter zur Yacht, die Gangway herauf. Er zog seine Dienstwaffe. »Svea?«

Iris packte Svea. Sie umklammerte sie und tauchte tiefer. Svea schlug mit der einen Hand um sich, versuchte an Iris Tauchmesser zu kommen.

Es gelang ihr nicht.

Die Frau hielt sie fest im Griff und zog sie weiter zum Elbgrund. Iris würde sie einfach ertränken. Sie einfach hier unten festhalten, bis sie erstickt war!

Die Luft ging ihr aus. Panik stieg langsam, aber sicher in ihr auf. Sie kam von ganz weit hinten, aus den Tiefen ihres Körpers, und hämmerte nur einen Gedanken in ihr Hirn: Tauch auf. Du musst hoch …

Auf dem Schiff war niemand. Jan sah sich um. Blut auf dem Boden. An der Reling. Er blickte ins Wasser.

War da jemand?

Ein Schatten?

Nein. Er konnte nichts erkennen ...

Ihr schwanden die Kräfte. Noch immer umklammerte sie Iris. Sie beide schlugen in den Schlick am Grund. Wolken, wie dunkler Nebel, stoben hoch. Kälte griff nach Svea. Das hier war nicht mehr die von ihr so geliebte Kühle des Wassers. Sie wusste, was diese Kälte bedeutete. Mit aller ihr noch verbliebenen Kraft bäumte sie sich auf, um sich aus Iris' Umklammerung zu winden.

Sie schnellte mit dem Kopf vor, ließ ihn gegen die Tauchmaske prallen. Iris zuckte zurück, und ihr Griff lockerte sich leicht.

Nur noch Sekunden. Svea spürte, dass ihr Körper keine Energie mehr hatte, wie sie langsam bewusstlos wurde, um ohne Sauerstoff das Sterben noch hinauszuzögern ...

Ein weiteres Mal knallte sie ihren Kopf gegen Iris' Tauchmaske, schlug sich ihre Stirn blutig.

Ein Riss, die Brille verrutschte. Wasser drang ein.

Für einen Moment war Iris abgelenkt. Svea schnappte mit den Zähnen nach Iris' Mundstück. Sie biss zu, versuchte, ihr das Ding irgendwie wegzureißen, damit Iris sie freigab. Damit sie hinauf ans Licht konnte, an die Luft, an die Oberfläche. Zurück in den Sommer und ins Leben.

In blinder Panik biss sie ein weiteres Mal zu, erwischte den Schlauch und riss daran. Tatsächlich ließ Iris sie los, als ihr der Atemregler herausgerissen wurde. Sie griff danach.

Endlich! Endlich frei! Aber Svea tauchte nicht auf, sondern

duckte sich im Wasser. Denn Iris begriff ihren Fehler, wollte sie erneut packen.

Verzweifelt fingerte Svea nach Iris' Gürtel ...

Das Tauchmesser! Da. Endlich. Der Griff. In ihrer Hand.

Sie stach zu.

Die Klinge glitt durchs Neopren. Fuhr seitlich in Iris, kurz unter den Rippen. Für eine Sekunde begriff die Frau nicht, was geschehen war, starrte Svea mit aufgerissenen Augen an. Dann packte sie das Messer, panisch, wollte es rausziehen ...

Da stieß Svea sich von ihr mit den Füßen ab, drückte Iris in den Schlick und begann aufzutauchen. Sie schwamm mit einem Arm, so schnell es ging ...

Hoch ... nur hoch ...

Die Sonne.

Da war die Oberfläche.

So unendlich weit weg ...

Doch sie verließen die Kräfte. Statt Licht umgab sie schlagartig Dunkelheit. Finsternis umhüllte Svea.

Wo war oben? Wo unten?

Da war nur Nacht.

Sie war noch unter Wasser. Oder?

Doch, ja ...

Denn hier unten zeichnete sich ein Auto ab. Die Fenster. Ein Gesicht ...?

»Lena?«, sagte Svea, obwohl sie unter Wasser doch gar nicht sprechen konnte.

Das Mädchen lächelte in diesem Auto, diesem Wagen, der in der Finsternis unter Wasser trieb. Lächelnd streckte Lena ihr die Hand hin, und Svea tauchte heran und griff zu. Sie hielt die Hand ihrer Tochter, ihrer verstorbenen Tochter, und fühlte, wie unendliche Wärme sich in ihr ausbreitete.

Sie war angekommen.

Nicht am Licht.

Aber bei ihr.

Bei Lena.

Endlich erkannte Jan etwas im trüben Wasser der Elbe. Panisch und gleichzeitig schmerzhaft hilflos hatte er die Oberfläche wieder und wieder abgesucht. Da waren Bläschen! Luft stieg auf! Vor dem Bug des Schiffs, nur ein paar Meter Richtung Flussmitte.

In der Ferne hörte er Polizeisirenen.

Da durchbrach Svea die Oberfläche. Doch sie lag mit dem Gesicht nach unten.

Fluchend sprang er mit einem Köpper in die Elbe und war mit fünf, sechs Zügen bei ihr. Er packte ihren leblosen Körper, drehte ihn zur Seite, drehte ihr Gesicht in die Sonne.

Sie hatte die Augen geschlossen und atmete nicht. Es fiel ihm schwer, mit ihr über Wasser zu bleiben. Wasser war nicht sein Element.

Verzweifelt rief er nach Hilfe, packte sie, damit sie nicht wegsackte, und strampelte Richtung Steg.

Endlich griffen ihn Hände. Jemand zog.

Zwei Männer, die ein paar Anleger weiter an ihren Schiffen zugange gewesen waren, hievten sie beide auf den Anleger.

Er packte Svea, drehte sie auf den Rücken. Sie atmete nicht. Ganz still lag sie da, wie schlafend. Die Augen geschlossen. Alle gafften. »Rettungswagen!«, schrie Jan. »Los! Ruft Hilfe! … Svea! Svea!«

Sie rührte sich nicht. Er kniete neben ihr, legte sein Ohr an ihren Mund. »Atme! Komm!« Aber da war nichts.

Sofort begann Jan mit der Herzdruckmassage. Er zählte zittrig bis dreißig. Drückte und drückte … Holte Luft, beatmete Svea. Gleichmäßig, immer und immer wieder.

Drücken. Dreißig. Beatmen. Dreißig. Endlos.

Wann kam Hilfe?

Und noch mal dreißig.

Wie lange saß er hier schon?

Beatmen.

Die beiden Männer standen abseits und sahen stumm zu.

Plötzlich spürte er ein Zittern, ein Ruck fuhr durch ihren Körper.

Svea öffnete den Mund, hustete, spuckte Wasser und rang nach Atem.

Atmete und atmete und atmete.

Jan schrie auf, wusste nicht, ob er weinte oder lachte. »Svea. Ganz ruhig. Alles gut. Lass die Augen zu. Atme. Einfach atmen. Okay? Die Sanis sind gleich da. Alles ist okay. Du bist hier. Bei uns.«

Blinzelnd öffnete sie die Augen und sah ihn an.

38

ZWEI MONATE SPÄTER

Svea lenkte das Ruderboot ein wenig von der Boje weg, die die Fahrrinne markierte, und blickte sich nach Hamburg um. Die Stadt verblasste allmählich, die Villen am Ufer wurden spärlicher und machten dem Grün der Landschaft Platz. Die Sonne ließ sie schwitzen, obwohl sie nur einen Bikini und einen Sonnenhut trug.

»Ich weiß nich'. Is' das nicht voll dunkel da unten?« Skeptisch sah Jan, der sich zumindest halbwegs fürs Baden umgezogen hatte, ins Wasser, hielt die Hand hinein und ließ etwas Elbe zwischen seinen Fingern hindurchgleiten.

»Oh, Mann. Papa.« Sophie verdrehte die Augen. »Wir haben doch Lampen.«

»Schon, aber ...«

Lachend spritzte Svea ihn mit etwas Wasser ab. »Es wird dir gefallen.«

»Ey!« Jan nahm seine Sonnenbrille ab und rieb sie an seinem Hemd trocken. »Glaub nich', dass mir das gefällt. Da unten kriegt man keine Luft.«

Svea musste lächeln. Es stimmte ja, was er sagte. Sie hatte es mehr als deutlich am eigenen Leib erfahren.

Als sie dank Jan auf dem Steg erwacht war, hatte bereits ein Aufgebot der Polizei den Sporthafen gestürmt. Sie hatten die verletzte Iris Teschner festgenommen – keine hundert Meter weiter die Elbe aufwärts, als sie an Land gehen und sich verstecken wollte.

Nach ihrer Verhaftung hatte sie gestanden, Mareike Leisner getötet zu haben. Den Mord an Ansgar Tröge hatte ihrer Aussage nach Pierre Aube begangen. Die Attacke mit dem Messer traute Svea tatsächlich eher Aube als Exsoldaten zu, aber bei dem, was sie wegen Iris Teschner am eigenen Leib erfahren musste, war sie sich nicht wirklich sicher.

Iris Teschner erwartete eine Mordanklage und eine Anklage wegen Anstiftung zum Mord an ihrem eigenen Vater, doch Svea hatte darauf bestanden, in Ansgar Tröges Fall weiter zu ermitteln.

Pierre Aube hatte sich radikalisiert, nachdem er gefeuert worden war. Die beiden hatten sich kurz vor seiner Kündigung kennengelernt, und Aube war Iris verfallen.

Für die zynische Barbara Teschner war der Fall glasklar. Von ihr hatten sie erfahren, dass Iris Teschner längere Zeit im Ausland in psychologischer Behandlung gewesen war und unter einem extremen Minderwertigkeitskomplex litt. Sie sehnte sich nach Anerkennung. Vor allem von ihrem Vater, doch der verweigerte sie ihr.

Iris Teschner hatte sich in den Hass gegen ihn, der sie stets kleingehalten und – selbst als sie in der Firma mit Vorschlägen brillierte – nicht beachtet hatte, hineingesteigert.

Die Ermittlungen gegen Petra Bosse wegen Gründung einer terroristischen Vereinigung, Sachbeschädigung, Raub und Beihilfe zum Mord an Teschner liefen noch immer auf Hochtouren. Svea war zuversichtlich, in den nächsten Wochen genug belastendes Material zusammengetragen zu haben, so dass Ulrich den Fall vor Gericht bringen konnte. Petra saß so lange wegen Fluchtgefahr in der UHA in U-Haft ein.

Svea nahm etwas vom kalten Wasser in die Hand und rieb sich das Gesicht. Es kühlte herrlich.

»Du bist doch nur 'n Meter tief. Kannst doch auftauchen«, hörte Svea Jans Tochter auf ihren Vater einreden.

»Auftauchen? Schon, aber ... Nee!«, meinte Jan. »Keine Luft kriegen, das gefällt mir nich'. Nee, nee.«

»Aber du bist schwerelos«, hielt sie ihm entgegen.

»Das bringt mir tot auch nichts. Das is' nicht unser Element.« Er zündete sich eine Zigarette an. »Ich bleib lieber an der frischen Luft.«

»Nee, is' klar, Papa.« Mit der Hand schützte Sophie ihre Augen vor der Sonne, lehnte sich vor und holte aus einer Box drei Tauchbrillen mit Schnorcheln.

»Wir untersuchen ja nicht den Marianengraben«, versuchte Svea Jan zu beruhigen, der ziemlich skeptisch auf das Equipment in den Händen seiner Tochter starrte. »Nur ein bisschen schnorcheln. Kein Tauchen. Nicht mal Flaschen.«

Jan brummelte bloß, sah dann wieder auf die Elbe, die sommerlich glitzernd vorbeifloss, und seufzte tief. »Wollen wir nicht erst mal Pasta essen?«

»Du hast echt Schiss, hm?«, meinte Svea.

»Quatsch.«

»Doch. Du hast Angst vor Wasser.«

»Echt, Papa?«

»Nein. Hab ich nich'! Sagt ma'! Echt! ... Und hört auf, so zu gucken.«

»Wie gucken wir denn?«, wollte Svea wissen.

»So ... so wie Frauen gucken, wenn sie ... wenn sie sich über wen amüsieren. Das ist nämlich nicht lustig. Nicht lustig.« Er wischte sich den Schweiß von der Stirn. »Ich hab' keine Angst! Echt. Absolut nicht. So.«

Die beiden Frauen warfen sich zwinkernd einen Blick zu.

»Wirklich! Das Wasser da unten ist einfach zu ... zu ...«

»Kalt?«, schlug Sophie vor.

»Einsam«, warf Svea ein.

»Zu *nass* da unten! So. Und jetzt lasst uns endlich die fantastische Pasta alla boscaiola essen.«

»Erst schnorcheln. Es sind vierzig Grad hier draußen. Komm schon, Papa.«

»Deswegen haben wir ja auch *kalte* Pasta mitgenommen.« Jan beugte sich zur Tasche mit dem Essen vor. Sie hatten für ein Picknick auf der Yacht, wie Svea den Ausflug mit Ruderboot genannt hatte, Geschirr und Besteck, köstlich riechenden Kuchen und die Pasta eingepackt. Weil Jan nicht rankam, stand er auf, trat einen beherzten Schritt auf die Tasche zu und ...

»Nein!«

»Papa!«

Die beiden schrien auf. Das Boot bekam sofort Schlagseite. Jan packte die Tasche mit der Pasta, ruderte mit den Armen, brachte dadurch das Boot nur noch mehr ins Wanken.

Sophie versuchte, das Schwanken auszugleichen, lehnte sich aber zur falschen Seite und …

Allen entfuhr ein Aufschrei, dann kippte Jan samt Tasche ins Wasser. Mit einem mächtigen Bauchklatscher ging er unter, kam keuchend und nach Luft ringend hoch, während Svea und Sophie sich am schaukelnden Boot festhielten, um nicht komplett zu kentern.

Seine Kippe, abgeknickt und klitschnass, hing Jan noch im Mundwinkel. »Ah, verdammt, is' das kalt! Ah. Shit nochmal.« Er wischte sich Wasser und Kippe aus dem Gesicht und grinste die beiden an. »Was is' nun?«, fragte er. »Ich dachte, ihr wolltet unbedingt rein.«

»Sehr witzig«, entgegnete Sophie und musste lachen. »Siehst aus, wie 'ne Robbe.«

»Danke, mein Schatz!« Er holte aus und schlug eine Welle übers Boot. Sie traf Svea, die lachend aufstand. »Na warte!«, sagte sie und sprang mit einem eleganten Köpper ins Wasser. Sie tauchte neben Jan auf und sah gerade noch, wie Sophie mit einer Arschbombe neben ihr aufschlug.

Kurz darauf dümpelten die drei neben dem Boot und wurden langsam von der Strömung weitergetragen.

»Okay. Ich hab's mir überlegt. Wir schnorcheln doch«, meinte er. »Pasta à la Elbe. Wer die Nudeln und meine Sonnenbrille hochholt, hat gewonnen!«

Das musste man Svea nicht zweimal sagen. Ohne auf die beiden zu warten, tauchte sie ab.

PERSONENREGISTER

SVEA ROTH, 36 Jahre, Taucherin, LKA-Angestellte, getrennt lebend, ihre Tochter Lena ist zwei Jahre zuvor gestorben, ein Verlust, den sie nur mühsam bewältigen kann;

LARS, IHR EX-MANN, 38 Jahre, LKA-Angestellter, hat Schwierigkeiten, die Trennung wie auch den Tod der gemeinsamen Tochter zu verarbeiten;

JAN BRIXN, der neue Kollege, kommt vom BKA Berlin, wurde von dort nach Hamburg versetzt; jung, smart;

SOPHIE BRIXN, seine Tochter, gerade aus Berlin nach Hamburg gezogen und todunglücklich;

DR. TAUENZIEN, Leiter der Forensik;

CARSTEN BREMER, Chef der Spurensicherung;

HANSEN, Leiter der technischen Bereitschaft;

TENNHAUS, Leiter des LKA Hamburg;

REUTLINGER, Linguistik-Experte;

HERMANN TESCHNER, 56 Jahre, Unternehmer, Baulöwe, einer der führenden Befürworter des Hafenausbaus;

IRIS TESCHNER, seine Tochter;

BARBARA TESCHNER, seine zweite Frau;

DIE MOTHER-NATURE-FRONT (MNF):

Petra Bosse, radikalisierte Umweltschützerin;
Mareike Leisner, Mitläuferin;
Ansgar Tröge, Mitläufer;
Jerome Faber, ehemaliger Bundeswehr-Soldat, Waffenkenner.

HAT IHNEN DER ERSTE FALL VON SVEA ROTH GEFALLEN?

Dann lesen Sie gleich weiter –
hier die exklusive Leseprobe
zum zweiten Fall von

POLIZEITAUCHERIN SVEA ROTH

UNTER DRUCK

Dieses Buch erscheint am 28. 02. 2024

1

»Und wo genau soll ich anfangen?« Svea zog den Reißverschluss ihres Neoprenanzugs hoch, dann blickte sie auf die Elbe hinaus, die wie ein breiter, schwarzer Strich in der Nacht vor ihr dalag. Nur die Scheinwerfer des Einsatzfahrzeugs – der Technische Dienst war mit seinem Lkw angerückt, in dem sich das Tauchequipment befand – erhellte ein wenig die Szenerie. Es parkte neben Sveas Zivilwagen, direkt an der Spundwand.

»Hennie meinte, da vorne«, sagte Karl Hansen, der Teamleiter, mit seiner zigarettenrauen Stimme. Sveas Tauchleiter zeigte auf eine Stelle gut dreißig Meter zur Mitte der Elbe hin.

Wenig später tastete sich Svea Schritt für Schritt die von Algen glitschige Leiter in die Elbe hinab. »Dann mal los.« Sie wartete, bis Lars über ihr auf der Leiter war und nickte Hansen zu. Nachdem sie ihre Brille befeuchtet hatte, glitt sie fast lautlos in den Fluss.

Die klare Kälte umfing sie als wohlbekannter Freund.

Sofort spürte sie den angenehmen Schauer, beinahe schwerelos zu sein. Das Wasser, das sie umschloss, drückte die Welt in weite Ferne und schärfte ihre Gedanken. Fast meinte Svea, das kalte Wasser trotz der Tauchmaske zu schmecken ... der befriedigende Geschmack von nichts, wie das seltsame, aber grandiose Gefühl, mit der Zunge über etwas makellos Glattes zu lecken. Zu wissen, dass es da ist, es zu spüren und doch nicht zu fühlen.

Hier ist Ruhe, dachte sie zufrieden. Hier bist du. Und die Welt ist eine andere.

Sie horchte – da war nur ihr Atem und ihr Herzschlag. Und das war genug und alles, was sie brauchte.

Es war genug Welt für den Moment.

Sie schloss die Augen – nur zwei Atemzüge lang, dann zwang sie sich, ihre Mission aufzunehmen und schaltete die Tauchlampe ein. Deren Schein durchdrang immerhin für einige Meter das trübe Elbwasser. Mit einem langen Zug stieß sie sich von der Leiter ab und machte Lars Platz.

Kurz darauf war er ebenfalls im Wasser und gab ihr ein OK-Zeichen, dann begannen die beiden zu der Stelle zu tauchen, die Hansen ihnen gezeigt hatte.

Lars schloss zu ihr auf, und sie verständigten sich per Handzeichen, das Gebiet abzusuchen, indem sie ein paar Meter zueinander Abstand hielten und parallel schwammen. Die Lichtkegel ihrer Lampen schnitten durchs Wasser über den Schlick des Grunds. Zwei Hechte blitzten im Licht auf und suchten das Weite.

Svea ließ sich weiter flussabwärts treiben und leuchtete systematisch die Umgebung ab. Nichts. Ein Aal zog über den Grund davon.

Wie ein diffuser Schatten zeichnete sich Lars im Wasser neben ihr ab, dann glitt der Schein ihrer Lampe wieder ins

Dunkel. Gleichmäßig schlug sie mit den Flossen und schob sich voran.

Hier war rein gar nichts.

Als sie sich noch einmal Richtung Ufer wandte und ihre Lichtkegel über den Boden streichen ließ, zeichnete sich etwas ab. Es war, als rage einige Meter weiter etwas aus dem Grund.

Sofort gab sie Lars mit dem Licht zu verstehen, dass sie etwas entdeckt hatte.

Aus dem Dunkel des Wassers schälte sich langsam eine Silhouette. Im Kegel ihres Lichts erkannte sie einen Schiffsrumpf. Ein Sportboot. Um die fünf Meter und reichlich angeschlagen. Der Rumpf war ausgeblichen und zerkratzt. Das Boot hatte offensichtlich schon so einiges erlebt. Es war auf die Seite gekippt.

Behutsam tauchte Svea um den Schiffskörper herum zur Vorderseite. Der Schein ihrer Lampe strich über vergammelte Sitze.

Das Design sieht nach 80ern aus, dachte sie. Vielleicht 70er-Jahre. Aber so lange kann es hier nicht liegen, dafür war es zu wenig von Muscheln besetzt …

Svea schwamm dichter heran und leuchtete durch das trübe Wasser. Die Frontscheibe war geborsten, das Lenkrad fehlte. Zwischen den vergammelten Sitzen lagen Fässer. Vier Stück. Sie waren mit dünnen Leinen festgebunden. Gewöhnliche Fässer für Öl oder Futtermittel. Auch sie waren alt und rostig.

Verbeult. Der Rost hat Risse reingefressen, das Blech ist schon ganz dünn.

Sie leuchtete in eines der Rostlöcher. Es war kaum faustgroß und im Innern nicht wirklich etwas zu erkennen.

Da bemerkte sie, dass der Deckel fehlte. Er lag unweit im Schlamm, war wohl beim Herausfallen des Fasses abgesprungen.

Läuft was aus?, schoss es ihr durch den Kopf.

Nein. Keine Gefahr. Nichts zu sehen. Wahrscheinlich ist schon längst alles raus, wenn Flüssigkeit drin war.

Sie konnte nicht ins Fass sehen, weil die Öffnung von ihr weg zeigte, aber mit einem gekonnten Schwung drehte sie sich und leuchtete kopfüber hinein.

Sie erschrak.

Ein Mann starrte sie an.

Leblose Augen. Den Mund zum Schrei geöffnet. Dunkle Haare umspielten weiße, vom Wasser bereits aufgedunsene Wangen und Lippen.

Sveas Herzschlag setzte aus. Dieses kalte Gesicht, diese stumpfen, ängstlichen Augen – diese Panik im Blick.

Sie zwang sich, wieder ruhig zu atmen.

Da spürte sie plötzlich eine Hand auf ihrer Schulter und fuhr panisch herum.

Lars. Es war nur Lars.

Ihr Exmann fragte mit Handzeichen, ob alles in Ordnung sei.

Nichts ist in Ordnung!

Vier weitere Fässer.

Und sie ahnte, was das bedeutete …